전능의 팔찌

THE OMNIPOTENT BRACELET

김현석 현대 판타지 소설
FUSION FANTASTIC STORY

전능의 팔찌 53

김현석 현대 판타지 소설

초판 1쇄 찍은 날 § 2015년 12월 24일
초판 1쇄 펴낸 날 § 2015년 12월 31일

지은이 § 김현석
펴낸이 § 서경석

편집책임 § 한준만

펴낸곳 § 도서출판 청어람
등록번호 § 제387-1999-000006호
등록일자 § 1999. 5. 31
어람번호 § 제1-2321호

주소 § 경기도 부천시 원미구 부일로 483번길 40 서경B/D 3F (우) 14640
전화 § 032-656-4452 팩스 § 032-656-4453
http://www.chungeoram.com
E-mail § E-mail § chungeorambook@daum.net

ISBN 979-11-04-90577-3 04810
ISBN 978-89-251-2596-1 (세트)

천능의 팔찌

THE OMNIPOTENT BRACELET

53

[완결]

FUSION FANTASTIC STORY

김현석 현대 판타지 소설

CONTENTS

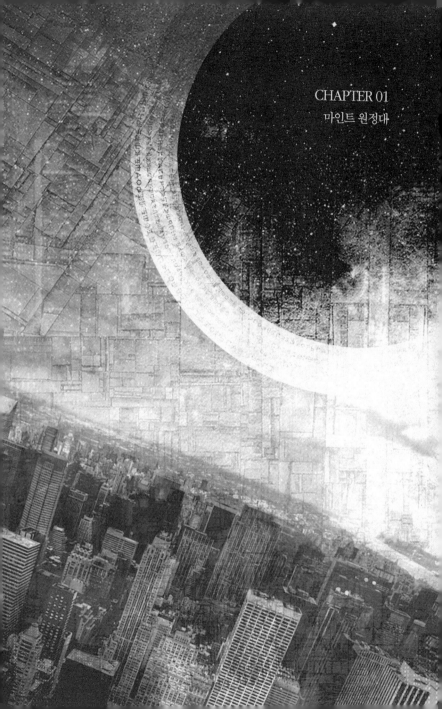

CHAPTER 01
마인트 원정대

전능의팔찌
THE OMNIPOTENT
BRACELET

"이만하면 준비는 다 된 건가? 좀 적지 않을까?"

라세안의 시선은 헤즐링을 제외한 대륙의 모든 드래곤에게 향해 있다. 이들은 현재 옹기종기 모여서 로드인 옥시온케리안으로부터 주의 사항을 듣고 있는 중이다.

현재 말하고 있는 내용은 마인트 대륙에 갔다 오는 동안 절대 개별 행동을 해서는 안 된다는 것이다.

그러면서 마인트 대륙의 모든 드래곤이 흑마법사들에 의해 사냥당했으며 드래곤 하트가 적출된 이야기를 하고 있다. 겁을 주려는 의도인지라 뻥도 섞여 있는데 그중 하나는 죽은 드래곤의 사체를 흑마법사들이 요리해 먹는 내용이다.

뒷다리는 굽고, 앞다리는 찌며, 날개와 꼬리는 삶고, 눈알은 튀겨낸다. 몸통 부분을 가장 먼저 먹는데 죽기 직전이라면 가죽을 벗겨 낸 뒤 예리한 칼로 회를 친다고 했다.

수컷 드래곤의 경우는 성기를 잘라다 독한 술에 담가두었다가 흐물흐물해질 정도가 되면 꺼내서 얇은 육편으로 만들어 술과 함께 먹으면 정력이 왕성해져서 흑마법사들이 특히 좋아하는 안주라는 이야기를 했다.

암컷 드래곤은 그런가 하는 표정이지만 수컷들을 일제히 자신의 성기를 내려다보곤 고개를 설레설레 흔든다.

생각만 해도 끔찍한 때문이다.

암컷들은 애기집이라 할 수 있는 자궁을 적출하여 칼집을 낸 뒤 그 자리에서 바로 숯불에 구워먹는다는 말에 인상을 잔뜩 찌푸린다. 당연히 노기 어린 눈빛이다.

이 자리엔 아르센 대륙의 모든 드래곤이 집합해 있는 상태이다. 물론 헤슬링은 제외이다.

옥시온케리안이 로드의 권능으로 대륙의 모든 드래곤을 소집했고, 대지의 여신이 나서서 거들어준 결과이다. 이는 지난 수천 년간 단 한 번도 없던 일이다.

로드의 권능에 의한 소집은 대륙이 존폐의 위기에 처했을 때만 발휘되는 것이며, 대지의 여신은 드래곤들의 일에 일절 관여하지 않았던 때문이다.

어쨌거나 지금까지는 드래곤의 개체수가 약 70 정도로 알려져 있었다. 물론 헤슬링을 제외한 숫자이다.

그런데 소집 결과는 이보다 훨씬 많은 214개체이다.

물론, 로드와 라세안을 포함한 숫자이다.

깊은 산속에 자리 잡은 레어 안에서 마나로의 회귀를 기다리며 은둔하고 있던 드래곤들에게도 가이아 여신의 신탁이 내려진 결과이다.

이들의 뒤에는 드래고니안들이 무리지어 있다.

7서클 유저 이상인 마법사와 소드 익스퍼트 최상급 이상만 추렸는데도 그 숫자가 상당하다.

드래곤이 많으니 그들의 자식들 또한 많은 것이 당연한 일이다. 파악해 보니 7서클 이상이 311명이고, 거의 소드 마스터 급인 소드 익스퍼트 최상급 이상은 519명이나 된다.

이들의 뒤쪽에는 꿔다 놓은 보릿자루처럼 쭈뼛거리며 무리지어 있는 인간들이 있다.

드래곤과 드래고니안들의 기(氣)에 눌려서 이런다.

이들 인간 중에 마법사는 없다.

7서클 유저 이상인 마법사가 없어서가 아니다.

로만 커크랜드의 뒤를 이어 나머지 6대 마탑주 전원도 8서클을 이루었다. 당연히 현수의 도움을 얻은 결과이다.

이들은 현재 늘어난 서클에 적응하는 중이라 움직일 수 없는 상황이라 이 자리에 빠져 있다.

그리고 각각의 마탑은 현재 밀려드는 자유 마법사들을 받아들이는 일로 정신이 없다.

아르센 대륙의 7대 마탑은 최근 명칭이 모두 바뀌었다.

영광의 마탑, 혈운의 마탑 같은 기존의 명칭 대신 이실리프 마탑 아드리안 분원, 이실리프 마탑 카이엔 분원, 이실리프 마탑 라이서 분원 등으로 개칭되었다.

이실리프 마탑이 대륙의 모든 마탑 위에 우뚝 선 것이다. 이전엔 마탑 간의 눈에 보이지 않는 시기와 알력이 있었는데 현수 덕분에 모두가 하나가 되었다. 모두가 동료인 셈이라 마법사들 사이의 분쟁이나 암투가 사라진 것이다.

어쨌거나 대륙의 마탑들은 몹시 바쁘다. 그래서 이 자리에 참석하지 못한 것이다.

드래곤과 드래고니안 뒤쪽에서 쭈뼛거리고 있는 인간들 전부는 소드 마스터이다.

현수의 요청에 따라 아르센 대륙의 제국과 왕국들이 파견했는데 총인원 34명이다. 소드 마스터 유저 이상만 모였다.

이로써 마인트 대륙의 흑마법사들을 정벌하기 위해 떠나는 총인원은 1,080명이다.

현수와 현수의 곁에 서 있는 가이아 여신의 성녀 스테이시 아르웬을 포함한 숫자이다. 훗날 '마인트 원정대'라 불릴 이들은 지금 출발 직전인 상태이다.

현수를 제외하곤 마인트 대륙에 대해 아는 바가 하나도 없기에 주의 사항을 들으려 모여 있는 것이다.

라세안은 마인트 대륙에 9서클 마스터만 100여 명이고, 8서클도 300명이 넘는다는 이야기를 듣고는 심히 걱정스러운 표정을 지었다. 드래곤이나 드래고니안 중에 9서클 마스터급이나 소드 마스터가 없는 것은 아니지만 그 숫자가 그리 많지 않은 때문이다.

인간이라도 9서클 마스터에 이르면 일대일로 드래곤과 대결할 능력을 가진다. 경우에 따라 드래곤이 목숨을 잃을 수도 있다. 현수의 스승인 멀린이 그 예이다.

그런데 저쪽엔 드래곤을 사냥해 본 9서클 마스터가 즐비하다고 들었다. 그렇기에 우려 섞인 표정인 것이다.

자신이 사냥의 대상이 될 수도 있다는 생각을 하면 온몸에 소름이 끼친다. 생각만으로도 끔찍한 때문이다.

이런 라세안의 내심을 읽은 현수는 피식 웃음 짓는다.

"라세안! 괜찮을 거야. 자네들은 외곽에서 도주하는 무리들만 처리하는 역할이니까 나만 믿게."

"정말 그래도 될까? 그래도 우리 숫자가 너무 적잖아."

4서클 이상이 최소 30만 이상일 것이라 들었다.

토끼가 아무리 많아도 호랑이 한 마리를 상대하지 못하는 것이 상식이다. 그런데 토끼보다 덩치가 작은 쥐로 바꾸면 이야기가 달라진다.

1971년에 발표되었고, 2003년에 리메이크된 윌러드(Willard)라는 공포영화가 있다.

주인공의 아버지가 돌아가시자 음모를 꾸며 회사를 빼앗은 악덕 사장 밑에서 종업원으로 생계를 꾸려가던 윌러드가 굶주린 쥐 떼를 이용하여 복수하는 내용이다.

이 영화의 말미엔 쥐 떼에 의해 산 채로 뜯어 먹히는 악덕 사장의 모습이 보인다. 인간의 덩치가 훨씬 크지만 쥐 떼의 공격을 견뎌내지 못해 비명을 지르다 뼈만 남는다.

현수의 말처럼 마인트 대륙에 4서클 이상인 마법사가 30만 명 이상이라면 9서클 마스터급 드래곤이 30명이나 있어도 상대하는 것이 여의치 않을 것이다.

언젠가는 힘 또는 마나가 소진될 것이기 때문이다.

"거기 가면 우리를 보조해 줄 인간들이 있을 것이네. 그리고 도착하자마자 맞붙는 게 아니니까 여차하면 몸을 빼게."

"…드래곤 체면이 있지 어찌 도망치라는 말을 하나?"

"세(勢)가 불리하면 훗날을 기억하고 후퇴하는 것이 병법의 하나이네. 2보 전진을 위한 1보 후퇴라는 말도 모르나?"

"병법(兵法)?"

"그래! 내 고향 어스 대륙엔 전쟁이 많아서 병법이 발달했지. 그중 제법 이름난 전략가가 만든 병법이 있는데 그것의 맨 마지막 방법이 뭔지 아나?"

"그걸 내가 어찌 알겠나?"

"전쟁에서 승리하는 36개의 계책 중 마지막은 주위상(走爲上)이라는 것이네."

"주위상? 무슨 뜻이지?"

"간단히 표현하자면 불리하면 도망치라는 것이네."

"뭐어? 도망을 쳐? 전쟁을 하다 말고?"

라세안은 그게 정말 유명한 전략가의 입에서 나온 말이냐는 표정이다.

"그렇네. 살아 있어야 복수도 할 수 있지. 질 것이 뻔함에도 달려드는 건 만용이라 하네. 불리하면 일단 몸을 뺐다가 다시 기회를 보아 반격하라는 의미의 말이네."

"아! 그런……."

라세안은 이해되었다는 표정으로 고개를 끄덕인다.

"난 이번 원정에서 친구인 자네를 잃고 싶지 않네."

"……!"

라세안은 말을 계속해 보라는 표정을 짓고 있다.

"만일 위급한 지경에 이르거든 그 즉시 도주하게."

"이보게, 친구! 그래도 드래곤 체면이라는 게 있네."

어찌 도망을 치겠느냐는 뜻이다. 그러거나 말거나 현수의 말은 이어지고 있다.

"그곳에 도착하면 포위망을 구축하게 될 것이네. 이번 원정대의 숫자는 1,080명이고, 포위망의 길이는 270㎞ 정도 되네. 원정대를 골고루 분산시킬 경우 250m마다 하나씩 배치되겠지."

로렌카 황성에 대한 이야기와 포위망에 관한 이야기는 이미 들은 바 있기에 라세안은 고개를 끄덕인다.

"자네의 좌우엔 로드와 제니스케리안이 배치되도록 되어 있네. 내가 제일 좋아하는 드래곤 3인방이지. 그중에서도 자네가 제일 중요하여 좌우에 그들을 배치한 것이네."

"고맙네. 친구! 그리 생각해 줘서."

라세안은 진심을 담은 눈길로 현수를 바라본다.

골드 드래곤인 옥시온케리안과 제니스케리안은 드래곤 전력 중에서도 최상급에 속한다.

만일 라세안이 위기에 처한다면 기꺼이 도움의 손길을 베풀 정도로 친밀해진 상태이다. 물론 현수 덕분이다.

"로드와 제니스, 그리고 자네의 힘으로도 감당이 안 되면 그때는 지체하지 말고 알파 포인트로 자리를 옮기게. 그곳도 안전치 못하면 베타 포인트로 가고. 무슨 뜻인지 알지?"

현수는 만일의 경우를 생각해 두었다.

하여 알파, 베타, 감마, 델타, 그리고 오메가 포인트를 정했다. 위험이 닥쳤을 때 안전하게 피해 있을 수 있는 곳이라 생각되는 곳들의 좌표이다.

알파 포인트도 안전치 못하면 베타 포인트로 이동하고, 그곳도 아니라면 감마, 델타의 순으로 이동하라고 했다.

마지막 오메가 포인트는 마인트 대륙 유일의 자유 영지인 헤르마 외곽에 자리 잡은 퍼시발 산맥의 깊은 곳이다.

정상까지 높이가 무려 10,000m나 되며 산과 산이 중첩되어 있는 이곳은 그랜드 마스터인 현수도 며칠이나 걸려서 넘어갔던 곳이다.

이곳에 1,080개의 초장거리 텔레포트 마법 감응진을 그려놓을 생각이다.

이것들은 시한부이며, 단방향이고, 일회용 마법진이다.

일정한 시간이 지나면 저절로 마법진이 파훼되며, 한 번 사용하면 다시는 사용할 수 없는 것이다.

이것의 특징은 각자에게 배분된 스크롤을 찢기만 하면 마법진이 구동된다는 것이다. 그리고 어느 좌표로 이동했는지 알아낼 수 없다. 마지막으로 이것은 눈에 보이지 않는다.

만일을 위한 조치이다.

스크롤만으로도 충분히 초장거리 마법을 구현시킬 수 있음에도 감응진을 준비한 것은 이유가 있다.

원정대원 중 누군가가 9서클 마스터인 흑마법사에게 제압당할 경우가 있을 수도 있다.

그때 찢기만 하면 곧바로 아르센 대륙으로 갈 수 있는 스크롤을 소지하고 있다면 어떤 일이 빚어지겠는가?

이런 일을 미연에 방지하기 위해 감응진 근처에 있지 않으면 마법이 구현되지 않는 스크롤을 준비한 것이다.

"그나저나 10서클 마법을 창안했나? 자네 혼자서 그 많은 것들을 정말 상대할 수 있는 건가?"

드래곤 로드도 같은 의문을 표했다. 원정대가 가기는 하지만 흑마법사들을 직접 상대하는 것은 아니다.

외곽에 포진해 있다 도주하는 놈들만 잡아내기만 한다는 말을 들은 직후였다.

"그렇네. 얼마 전에 전무후무할 마법을 창안했지."

현수가 의미심장한 웃음을 짓자 라세안이 정색한다.

"그런가? 어떤 종류의 마법인가? 대상 마법이 아닌 범위 마법이겠지? 물 속성인가? 아니면 불 속성인가? 이도저도 아니면 번개? 바람? 뭔가?"

현수는 머릿속으로 뭔가를 떠올려 보며 대꾸한다.

"흐음, 물은 아니고 불과 번개, 그리고 바람이 망라된 것이라고 해야 할 거야."

"세상에 그렇게 다(多) 속성인 마법도 있나?"

"그러니까 10서클 마법이지."

현수의 태연한 대꾸에 라세안은 잠시 갸웃거린다. 그러다 이내 고개를 끄덕인다.

이전에 없던 것을 설명하는 것은 쉽지 않다. 듣는 사람도 한 번도 못 본 것을 떠올리는 건 어렵다.

"그나저나 이제 슬슬 떠나야지?"

"그래야지. 그런데 로드의 말씀이 좀 기네."

"끄응! 하여간 골드 일족은……."

벌써 세 시간째 일장 연설을 늘어놓고 있으니 교장 훈시보다도 더하다. 그래서인지 라세안은 질린다는 표정이다.

"그곳에 가면 자네 좌우에 있을 존재가 바로 골드 일족이네. 그만 투덜거리고 가서 말리기나 하게."

"알았네, 알았어!"

라세안은 어슬렁거리며 연설 중인 옥시온케리안의 뒤쪽으로 다가갔다. 그리곤 중대한 말을 전하는 것처럼 귓속말로 속삭였다.

"로드! 하인스가 이제 슬슬 가자고 합니다."

"…알겠네."

짧게 대꾸한 옥시온케리안은 다시 자신만 바라보고 있는 드래곤들에게 시선을 준다.

"이제 곧 출발할 시간이라 하니 마지막으로 한마디만 더 하네. 이번 원정은 우리 드래곤들의 사서에도 기록될 중대한 일이네. 그러니 다들 몸조심하길 바라네. 이상!"

옥시온케리안의 말이 끝나자 뒤에 서 있던 제니스케리안이 나직이 투덜댄다.

"하여간! 로드가 된 후로 말 길게 하는 기술만 늘었어. 그리고 한 얘기 또 하고, 또 하고! 그 얘기를 다른 말로 또 하는 기술은 대체 어디서 배웠담?"

제니스뿐만 아니라 대다수 드래곤도 입이 댓 발은 튀어나와 있다. 로드의 말이 길기는 몹시 길었던 때문이다.

그러거나 말거나 옥시온케리안은 일행을 둘러본다.

"자, 이제 마지막으로 이번 원정의 지휘자인 하인스 멀린 킴 드 세울의 이야기를 들어보세."

"끄응!"

누군가 마뜩치 않다는 듯 낮은 침음을 냈지만 옥시온케리안 은 그에 개의치 않는다는 듯 현수를 바라본다.

내키지 않았지만 어쩌겠는가!

현수는 옥시온이 서 있던 자리로 옮겨갔다.

"이번 원정에서 가장 주의할 것은 자신의 안전입니다. 로드 께서 말씀하신 대로 조금이라도 위험하다 싶으면 안배된 장소 로 이동해 주십시오."

현수는 잠시 말을 끊고 원정대원들을 바라보았다.

"제 친구 라이세뮤리안에게 이 말을 했더니 드래곤 체면에 어찌 그러겠느냐는 표정을 지었습니다. 그런데 여러분도 그러 하시군요."

드래곤들은 속내를 들켰다는 표정이다. 현수는 이에 개의치 않고 말을 이었다.

"아시는 분은 아시겠지만 저는 어스 대륙에서 왔습니다. 그 곳은 전쟁이 끊이지 않던 곳으로……."

현수는 라세안과의 대화를 그대로 다시 했다. 죽지 않아야 복 수할 수 있다는 말에 모두가 고개를 끄덕인다.

논리적이고, 설득력 있었던 때문이다.

"따라서 조금이라도 위급한 상황이라는 생각이 들면 그 즉시 준비된 포인트로 이동해 주십시오."

설득을 당해 그런지 순순히 고개를 끄덕인다. 현수는 다소 안

심된다는 표정으로 다시 입을 열었다.

"제가 최근에 창안한 10서클 마법의 위력은 여러분이 상상하는 것 그 이상일 것입니다. 따라서 쓸데없는 호승심을 부려서는 절대 안 될 것입니다."

방해되지 않게 해달라는 뜻이다.

자존심 센 드래곤들은 마음에 들지 않는다는 표정이다. 하나 로드도 이에 대해 엄명을 내린 바 있다.

현수가 공격할 때 돕겠다고 끼어드는 것은 돕지 않는 것만 못하다며 절대 로렌카 제국 수도 맥마흔에 발을 들여놓지 말라는 것이 그 내용이다.

"우리는 두 번의 텔레포트를 하여 마인트으로 갈 예정입니다. 그곳은……."

잠시 설명이 이어졌다.

마나 효율과 안전을 위해 첫 번째 텔레포트 장소는 블랙 일 아일랜드이다. 그곳에서 인원 점검을 한 후 곧바로 두 번째 텔레포트 장소인 퍼시발 산맥 깊숙한 곳으로 갈 것이다.

이렇게 마인트 대륙에 발을 들여놓은 후엔 델타, 감마, 베타, 알파 포인트 순서로 이동한다.

다음은 마인트 대륙에 관한 정보를 습득할 예정이다. 이때부터 반로렌카 전선과 합동 작전이 시작된다.

"제 설명은 이것으로 끝입니다. 다들 아셨습니까?"

"네에."

몇몇 드래고니안과 인간들만의 대답이다.

로드의 호출과 가이아 여신의 신탁이 있었기에 이 자리에 참석해 있는 대다수 드래곤과 그들의 자식인 드래고니안들은 현수를 한낱 인간으로 여기고 있기 때문이다.

그러거나 말거나 말을 끝낸 현수는 옥시온케리안과 함께 블랙 일 아일랜드로 이동할 방법을 의논했다.

드래곤들은 자식인 드래고니안들을 책임지기로 했고, 현수는 인간들을 맡기로 했다.

"좋습니다. 그럼 그곳에서 뵙죠."

"그러시게."

로드는 고개를 끄덕이곤 드래곤들에게 향한다. 현수는 기에 눌려 쭈뼛거리는 인간들을 불러 모았다.

"아공간 오픈!"

현수가 아공간에서 꺼낸 컨테이너로 34명의 소드마스터가 차례로 들어갔다. 그러는 동안 절대 문을 열려고 하지 말라는 주의 사항을 전했다.

아공간에 담긴 채 텔레포트된다는 말에 잠시 웅성거렸지만 아무도 토 달지 않았다. 그랜드 마스터이자 최고의 마법사를 믿지 않으면 누굴 믿겠는가!

"스테이시, 바싹 붙어."

"네!"

이번 원정만 끝나면 이실리프 왕국이 건국된다. 그리고 곧바로 성대한 결혼식이 예정되어 있다.

성녀 스테이시 아르웬은 평생 남편으로 섬겨야 할 현수에게 지극한 애정을 가지고 있다. 그렇기에 찍소리 않고 서로의 호흡이 느껴질 정도로 바싹 붙어 선다.

"매스 텔레포트!"

샤르르르르르릉―!

현수와 스테이시의 신형이 가장 먼저 아드리안 왕국 최남단 항구도시 콘트라에서 사라졌다.

"휘유! 마나 유동이 정말 적군. 이게 10서클의 능력인가?"

현수가 서 있던 자리를 유심히 살피던 블랙 드래곤 샤카이데마룬이 한 말이다.

로드의 호출과 가이아 여신의 신탁을 받고 이 자리에 참석한 샤카이데마룬은 현수가 인간의 몸으로 10서클 마스터의 경지에 올랐다는 말을 듣고 얼마나 놀랐는지 모른다.

일만 년을 사는 드래곤들조차 그러한 경지에 올랐다는 기록이 없다. 9서클 마스터가 되면 그게 끝이라 생각하여 더 이상 노력하지 않은 때문이다.

개중엔 그 이상을 추구한 드래곤들도 분명히 있었다. 그럼에도 10서클 마스터가 되었다는 말은 들어본 적이 없다.

샤카이데마룬은 마나의 품으로 돌아갈 날이 이제 겨우 500년밖에 남지 않은 에이션트급 중에서도 최고참에 속하는 고룡이다. 지난 9,500년 동안 상당히 많은 드래곤을 보았고, 선대에 관한 이야기도 많이 알고 있다.

그런데 그들 중 아무도 10서클을 이루지 못했다.

그러니 몹시 놀란 것이다. 하여 현수가 텔레포트할 때 바로 곁에서 이를 지켜본 것이다.

"자아, 우리도 갑시다. 텔레포트!"

"텔레포트!"

"텔레포트!"

드래곤들이 떠난 자리엔 자욱한 마나만이 흩날린다.

기다렸다는 듯 인간 마법사들이 우르르 달려 나온다. 그리곤 각자 자리를 잡고 마나 호흡을 시작한다.

마나 농도가 상당히 짙어졌기 때문이다.

어쨌거나 원정대는 차례차례 콘트라를 떠나 블랙 일 아일랜 드로 향했다.

그곳에서 인원 점검 후 퍼시발 산맥으로 향했고, 애초의 예상 대로 델타, 감마, 베타, 알파 포인트로 이동했다.

*　　　*　　　*

"저는 이제 여러분과 헤어지겠습니다. 다들 임무를 숙지해 주십시오."

"몸조심하게."

라세안은 사위 겸 친구인 현수의 안위를 진심으로 걱정하는 눈빛이다. 이번 원정은 반드시 성공해야 한다.

이곳까지 오는 동안 나이 많은 드래곤들로부터 한낱 인간과 친구 관계를 맺어 이런 불편함을 만들어냈다는 비아냥을 여러 번 들은 때문이다.

현수가 장담한 대로 혼자서 흑마법사 전부와 대결을 펼쳐 승리를 취한다면 드래곤 사서엔 다음과 같이 기록될 것이다.

가장 안목 높은 드래곤 라이세뮤리안!

마인트 대륙의 흑마법사들을 쓸어버렸고, 인간 중 유일하게 10서클 마스터이자 그랜드 마스터이며, 보우 마스터이고, 정령왕들을 부리며, 가이아 여신의 사위가 된 하인스 멀린 킴 드 세울과 가장 먼저 친구 관계를 맺었음이 이를 반증함.

둘의 교분 덕분에 인간과의 분쟁에서 드래곤이 희생되는 일이 없었음.

일행과 헤어진 현수는 멸망한 화티카 왕국의 후손들이 기거하고 있는 동굴을 찾았다.

"어서 오십시오. 폐하!"

"위대하신 분의 존안을 알현하옵니다."

입구에서 현수를 맞이한 것은 요슈프 부부였다. 이곳에 오기 전 마법통신구로 방문 일정을 조율했던 것이다.

"폐하! 어서 오시어요."

뒤늦게 나와 공손히 절을 하는 건 말라크이다. 피어나는 꽃처럼 점점 예뻐지고 있다.

"모두 잘 있었는가?"

"네! 폐하. 그런데 원정군은 어찌 되었는지요?"

최근 반로렌카 전선을 이끌고 있는 각 무리의 수장들이 한자리에 모이는 일이 있었다. 로렌카 제국에 의해 나라를 잃고 처음 있는 일이다.

이 자리에서 반로렌카 전선은 화티카 왕국의 후손 요슈프와 마일티 왕국의 후손 헤럴드 폰 하시에라를 자신들의 지도자로 선임했다.

현수와의 인연이 가장 먼저 닿았으니 그를 인정한 것이다.

요슈프와 헤럴드는 현수로부터 명령을 받으면 이를 책임지고 전파하는 임무를 수행키로 했다. 그렇기에 현수가 이 자리에 온 것이다.

"로렌카 제국의 건국기념일에 황제가 황태자에게 양위하기로 결정되었다고 합니다."

"그런가? 그날이 언제이지?"

"10월 10일입니다."

"얼마 안 남았군."

현수는 잠시 시선의 초점을 흐렸다. 뭔가를 생각하는 표정이 되자 요슈프 등은 조용히 기다렸다.

"그날을 D-day로 잡지."

"그, 그날입니까?"

요슈프는 로렌카 제국이 건국기념일에 멸망당할 것이라 생각하는지 몹시 흥분한 표정이다.

"그렇네. 그날 맥마흔을 지도에서 지우겠네. 포위망 구축에 만전을 기하도록!"

"네! 알겠습니다. 그런데 지원군은 어디에……?"

요슈프는 얼마나 대단한 지원군이 왔을지 심히 궁금하다는 표정이다.

"지원군은 나를 포함하여 1,080명이네."

"처, 천 명쯤 되는군요."

요슈프가 파악하는 바에 의하면 로렌카 제국군의 수효는 4서클 이상 마법사 40만 명에 기사와 병사 100만 명이다.

도합 140만 명을 상대하러 1,080명이 왔다는 것은 약 1,300 : 1의 전투를 벌이겠다는 뜻이다.

"폐하! 반로렌카 전선의 병력을 모두 모아도 20만이 채 되지 않습니다."

숫자는 20만이지만 대부분이 기사 내지는 병사들이다.

이들은 원거리 공격에 특화된 마법사들과의 전투를 견뎌내기엔 많이 부족하다.

마법사는 최고가 5서클 유저이고, 기사는 소드 익스퍼트 중급을 넘는 이가 매우 드문 때문이다.

요슈프는 병력도 열세이고, 숫자도 적은데 어찌 싸워서 이기려느냐는 표정을 짓고 있다.

"내가 데리고 온 지원군들이 핵심을 맡을 것이네. 반로렌카 전선은 그들의 지휘를 받아 전투에 임하면 되네."

"폐하! 그래도 숫자가 너무 적습니다."

"아니! 그 정도면 충분할 것이네."

"겨우 천 명을 조금 넘기는데 대체 얼마나 대단한 지원군인지 정말 궁금합니다."

요슈프의 표정을 본 현수는 빙그레 웃음 지었다.

"1,080명 중 드래곤 214명, 7서클 유저 이상인 드래고니안 311명, 소드 익스퍼트 최상급 이상 드래고니안 519명, 그리고 34명의 인간 소드마스터가 지원군이네."

"네에……?"

요슈프의 눈이 화등잔만 해진다.

전략병기 이상의 전력을 갖춘 드래곤만 214명이라는데 어찌 놀라지 않겠는가!

"이 정도면 되겠지?"

"그, 그럼요! 그렇고말고요."

로렌카 제국의 9서클 마스터는 약 100명이다. 9서클 비기너나 유저까지 포함하면 9서클 마법사만 약 400여 명이다.

반로렌카 전선에게 있어 이들 9서클 마법사들은 넘을 수 없는 벽이나 다름없다.

기록을 보면 9서클 마스터는 1 : 1로 드래곤을 상대할 수 있다. 하지만 9서클 유저는 4 : 1은 되어야 하고, 비기너는 16 : 1은 되어야 드래곤과 대등함을 보였다.

214명의 드래곤이 왔다면 로렌카 제국의 모든 9서클을 상대할 전력이 왔다는 뜻이다.

여기에 드래곤 못지않은 전력을 갖춘 드래고니안들이 있다. 8서클 마법사들을 전부 상대할 수 있는 전력이다.

현수는 10서클 마스터이니 7서클 이하 전부를 감당해 낼 것이다.

반대로 생각해 보면 현수 혼자서 로렌카 제국의 8서클과 9서클 전부를 감당하는 동안 드래곤과 드래고니안 등이 나머지를 정리하는 경우도 있을 수 있다.

여기에 반로렌카 전선의 힘이 가해지면 어쩌면 승산이 있을지도 모른다. 그렇기에 요슈프의 얼굴엔 환한 미소가 어려 있다. 천군만마를 얻은 듯한 기분이 들어서이다.

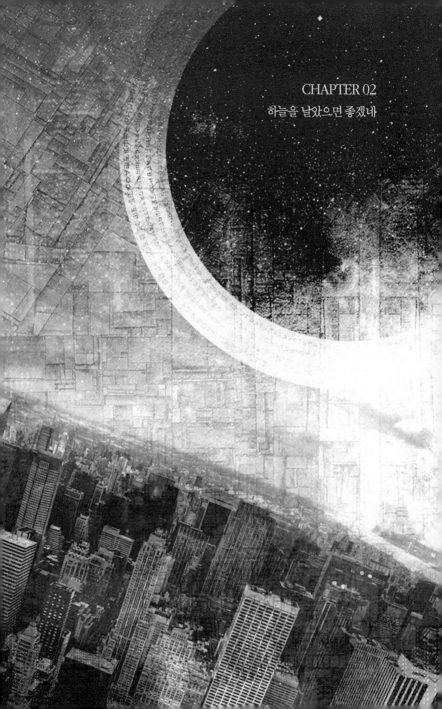

CHAPTER 02
하늘을 날았으면 좋겠네

"그들은 자네들과 함께 도주하는 자들을 처리할 것이네."

"그럼……!"

요슈프는 말도 안 된다는 표정이다.

현수가 아무리 10서클 마스터라 할지라도 40만 명이 넘는 마법사들을 감당하기엔 역부족일 것이란 생각 때문이다.

8서클 이상만 상대했던 지난 대결도 결국엔 몸을 뺄 수밖에 없지 않았던가!

"자네가 무엇을 걱정하는지 아는데 그건 내게 맡기면 되네. 내가 알아서 감당하면 될 일이니까."

"폐하! 그래도 혼자서 어찌……!"

"방금 전에 말했듯 내가 알아서 하네. 자네와 반로렌카 전선은 포위망만 구축하고 있으면 되네. 알겠는가?"

"…네, 알기는 알았지만… 그래도…….

뭔가 할 말이 있다는 표정이지만 현수는 이를 무시했다.

"자네는 지금 즉시 반로렌카 전선에게 연락하여 포위망이나 구축하게."

"알겠습니다. 폐하!"

요슈프는 고개를 숙여 알았다는 뜻을 표했지만 불안하다는 표정이다. 지름길을 놔두고 일부러 돌아간다는 느낌이 든 때문이다.

"반드시 전해야 하는 것 중 하나가 뭐라고 했는지 잊지는 않았겠지?"

"그럼요! 맥마흔 외성으로부터 최소 20km는 떨어진 곳에 포위망을 구축하라는 것이었습니다."

"그 말을 꼭 전하게."

"알겠습니다."

요슈프와 작별을 고한 현수는 헤럴드를 만나 같은 지시를 내렸다. 헤럴드 역시 지원군의 정체를 알고는 대경실색했다.

아울러 현수 혼자 제국군을 상대하겠다는 것에 큰 우려를 표했다. 그러거나 말거나 현수는 테라카 요새를 떠나 맥마흔에 입성했다.

*   *   *

조만간 치러질 황위 계승식 때문에 바쁜 시간을 보내던 황태자 술레이만 로렌카는 황궁 시종장이 건네는 흰 봉투를 받아 들며 묻는다.

봉투의 겉에는 '황태자 친전(親展)'이라 쓰여 있다. 참고로, 친전이란 본인만 개봉하라는 뜻이다.

"이건 뭐지?"

"하, 핫산 브리프 공작이 보낸 저, 전서입니다."

"누구……? 핫산 브리프?"

황태자의 음성이 확연하게 올라간다. 그러자 양위식 준비 문제를 토의하던 공작들의 시선이 일제히 쏠린다.

"네! 핫산 브리프 공작이 보낸 것 맞습니다. 봉투의 뒤쪽을 보시면……."

시종장의 말이 채 끝나기도 전에 황태자는 봉투의 뒷면을 보고 있다. 거기엔 아래와 같은 글귀가 쓰여 있다.

귀하로부터 공작위를 받은 핫산 브리프 보냄.

전혀 존경의 의미가 담겨 있지 않다.

"으음!"

황태자는 치솟는 분노를 애써 억눌렀다. 내용이 중요한 때문이다.

급한 마음에 밀랍으로 봉인된 부분을 손톱으로 긁어내려다 멈춘다. 밀랍 위에 찍힌 직인 때문이다.

마법사의 전유물인 로브에 스태프와 검이 교차하는 그림이 그려져 있는 것이다. 이는 이실리프 마탑의 문장이다.

'이건 어느 귀족가의 문장이지? 한 번도 못 본 건데.'

로렌카 제국 이전에도 귀족 중 이런 문장을 사용하는 가문은 없었다. 그렇기에 황태자는 고개를 갸웃거렸다.

하지만 그 시간은 그리 길지 않았다. 황태자는 밀랍을 손톱으로 긁어내고 봉투를 개봉했다.

안에 있던 것은 아이보리색이 살짝 섞인 백지에 황금빛 용(龍)이 도드라진 연하장이다. 이 연하장은 백두마트를 털 때 딸려온 것이다.

"이건 뭐지?"

한 번도 본 적이 없는 괴생물체를 형상화해 낸 그림을 보곤 또 한 번 고개를 갸웃거린다. 그리곤 연하장을 펼쳐 보았다. 거기엔 다음과 같은 글이 쓰여 있었다.

≪ 통 보 서 ≫

로렌카 제국의 황태자 슐레이만 로렌카 보아라!

그대가 핫산 브리프로 알고 있는 나는 바다 건너 아르센 대륙의 모든 백마법사의 수장이다.

작고하신 스승님의 뜻에 따라 간악한 흑마법사들을 처단하고자 이 통보서를 보낸다.

로렌카 제국의 건국기념일인 10월 10일, 나는 그날 세상의 모든 백마법사를 대표하여 황제와 황태자를 비롯한 모든 공작과 후작 등의 목숨을 취할 것이다.

비겁하게 도주하거나 숨지 않을 것이라 믿겠다.

—이실리프 마탑 제2대 마탑주 하인스 멀린 킴 드 세울

"이, 이런……!"

슐레이만 로렌카는 분에 겨워 바들바들 떤다. 160년 가까이 살아오는 동안 이런 모욕은 처음인 때문이다.

"힐만 공작!"

황태자의 최측근인 힐만 공작이 얼른 고개를 숙인다.

"네, 전하!"

"이실리프 마탑을 아는가?"

"이실리프라 하면……. 아! 아르센 대륙 제일의 마탑입니다. 전설처럼 전해지는 마탑으로 초대 탑주는 아드리안 멀린……."

힐만 공작의 말은 중간에 끊겼다.

"핫산 브리프가 그 마탑의 마탑주라 한다. 백마법사의 수장으로서 황제 폐하와 나를 시해하겠다는 통보를 해왔다."

"네에? 어디서 감히 그런 불경한……."

힐만이 화들짝 놀라는 표정을 지을 때 황태자는 손에 쥐고 있던 연하장을 건넨다.

"이건……!"

길고 복잡한 내용이 아닌지라 힐만은 불과 몇 초 만에 내용 파악을 끝냈다.

"이, 이런 예의도 모르는……!"

"힐만 공작! 폐하의 경호에 만전을 기하라."

"네! 전하!"

힐만의 허리가 직각으로 꺾인다. 측근에 머문 지 오래되었기

에 척하면 척이다.

"타 대륙 정벌을 위해 준비한 것들까지 모조리 동원한다. 이번엔 놈이 도주하지 못하도록 해야겠다."

"무슨 뜻인지 알았습니다. 전하!"

힐만이 재차 허리를 꺾는다. 약간 떨어진 곳에 있던 공작 및 후작들은 대체 무슨 일인가 싶은 표정으로 바라본다.

이때 힐만 공작이 그들에게 시선을 돌린다.

"핫산 브리프가 불경스럽게도 건국기념일에 공격을 하겠다는 통보를 해왔소이다. 다들 아시다시피 놈은 10서클 마법사요. 따라서 이 순간부터 최상급 비상령을 발동하라는 전하의 어명이 떨어졌소이다."

"최상급 비상령을……?"

누군가의 반문에 힐만 공작은 고개를 끄덕인다. 이때 뒤쪽의 황태자가 입을 연다.

"모든 공작과 후작은 이 순간부터 황실 경호에 만전을 기하도록 하시오."

"네! 전하."

모두의 허리가 꺾인다. 잠시 후 힐만 공작이 주축이 된 비상회의가 시작되었다. 이 자리에서 모든 공, 후, 백, 자, 남작과 그들 휘하의 마법사와 기사들의 배치가 결정되었다.

아울러 스켈레톤과 구울, 그리고 다크 나이트와 본드래곤, 키메라 등이 총출동하는 것으로 결론지어졌다.

황제와 황태자를 중심으로 8서클 이상이 24시간 경호하기로 했다. 1일 2교대이다.

"브리프 공작가의 계집들을 놓친 근위대원들은 전원 효수형에 처한다."

"존명!"

분노한 황태자의 시선을 받은 귀족들은 부르르 떤다.

평상시엔 엄격한 듯하면서도 일면으론 부드러운 모습을 보이는 황태자이다. 그런데 아주 가끔 아무도 어떻게 할 수 없는 노화를 터뜨리곤 했다.

지구로 치면 분노조절장애가 있어 누구든 역린을 건드리면 폭발하는 것이다. 황태자가 그토록 총애하던 차비(次妃)가 식재료가 된 것도 그런 이유 때문이다.

이런 걸 알 수 있는 것은 황태자의 표정이다.

늘 느긋한 표정인데 분노하면 딱딱하게 군다. 아울러 형형한 눈빛을 발한다. 지금이 그러하다.

제국의 황권이 도전받았다는 것 자체가 견딜 수 없는 모욕으로 느껴진 것이다.

"힐만 공작! 건국기념일이 지나면 대륙을 샅샅이 뒤져 싸미라 등 계집들을 찾아 요리로 대령하라."

현수와 인연이 있는 것들 모두 먹어버리겠다는 뜻이다.

"알겠습니다."

힐만 공작이 다시금 허리를 꺾는다. 이러는 동안에도 비상령이 긴급히 전파되어 내려갔다.

9서클 마법사 전원은 황제와 황태자 인근에 배치되었다.

8서클들은 이들보다 약간 외곽에, 7서클은 조금 더 먼 곳에 배치되는 순이다.

대결을 하는 동안 거치적거릴 것 같은 3서클 이하 마법사들과 일반 평민들은 맥마흔 바깥으로 쫓겨났다.

궁에는 황제와 황태자 일가를 위한 시녀 몇과 시종들만 남았는데 그 숫자는 그리 많지 않다.

언데드 병력인 스켈레톤과 좀비, 구울 등은 최외곽에 배치되었는데 그 숫자만 물경 4,000만이 넘는다.

이들보다 안쪽에 배치된 것은 30만에 달하는 와이트(Wight)이다.

다음은 다크 나이트와 데스 나이트들이다. 각각 20만을 상회할 만큼 많은 숫자이다.

이들 대부분은 멸망당한 왕국의 기사였다.

생전에 소드 익스퍼트 상급 이상인 존재들이 상당히 많기에 아주 강한 전력이라 할 수 있다.

이들뿐만이 아니다. 흑마법의 산물인 각종 키메라도 배치되었다. 온갖 기괴한 모습을 한 이것들 중 가장 많은 숫자를 차지하고 있는 것은 날개 달린 오우거이다.

체구는 아르센 대륙에 비해 약간 작은 편이지만 흑마법으로 제련된 이것들의 힘은 결코 약하지 않다.

지름 20㎝짜리 통나무를 젓가락 부러뜨리듯 하고, 이걸 뽑아서 휘두르기도 한다.

다음으로 많은 것은 샤벨 타이거의 몸통에 히드라의 머리가 달린 괴물이다. 기동성과 공격성을 염두에 둔 키메라이다.

어쨌거나 이것들의 숫자도 약 30만에 이른다.

마법사 전력을 제외한 나머지만으로도 아르센 대륙의 모든 국가를 쓸어버릴 정도로 강력하다.

이들의 공격을 받는다면 강력한 힘을 가진 카이엔 제국조차 홍수에 휩쓸린 토용처럼 무너져 내릴 것이다.

이처럼 어마어마한 언데드 병력을 가진 것은 로렌카 제국이 건국되기 이전부터 죽은 자들의 시신을 수집한 결과이다.

300년이 넘는 장구한 세월 동안 수집된 시체 중 어린아이와 젊은 여인들의 사체는 주로 식재료가 되었다.

사내들의 시체 중 절반 이상은 흑마법에 의한 언데드가 되었고, 일부는 사냥한 몬스터들로 만들어놓은 키메라의 식량이 되었다. 시체까지도 알뜰하게 재활용한 것이다.

맥마흔이 긴박한 움직임을 보일 때 현수는 마인트 원정대와 반로렌카 전선의 수뇌들 간의 회합을 주도했다.

이 자리에서 장장 270㎞에 이르는 포위망의 배치가 결정되었다. 해산하자마자 드래곤과 드래고니안, 그리고 아르센 대륙에서 원정 온 소드마스터들은 반로렌카 전선과 힘을 합쳐 만반의 준비를 갖췄다.

이런 움직임을 보일 때 현수는 맥마흔에서 50㎞ 정도 떨어진 외딴 산속에서 자신만의 준비를 하고 있었다.

"흐음! 생각보다 쉽지 않네."

맥마흔을 공격하기 위한 구상을 하던 중 현수가 중얼거린 말이다.

이번 작전에 성공하려면 여러 개의 마법이 거의 동시에 이루어져야 한다. 플라이, 아공간, 라이트 웨이트, 매직 캔슬, 텔레포트 마법 등이다.

현수는 비록 10서클에 해당하는 마법을 하나도 모르지만 10서클 마스터 수준인 것만은 분명하다. 100명이 넘는 9서클 마스터와의 대결이 그것을 증명한다.

트리플 캐스팅을 넘어 쿼드러플 캐스팅까지는 어떻게든 구현시켰는데 그 이상은 좀처럼 되지 않는다.

"끄응! 또 결계를 치고 안으로 들어가야 하나?"

외부 시간으론 이틀 정도 여유가 있다.

결계 속 시간으론 360일이다. 거의 1년에 달하는 시간 동안 그 안에 머물 생각을 하니 끔찍하다.

여러 번 경험해 봐서 아는 일이다. 그래도 어쩌겠는가!

이번 공격을 성공시키려면 5중첩 혹은 6중첩 마법까지 동원되어야 한다.

"제기랄!"

현수가 나직이 투덜거리자 아리아니가 끼어든다.

"오라버니! 무슨 고민 있어요? 아까부터 뭐라뭐라 투덜거리신 거 아시죠?"

"마법이 마음대로 안 돼서."

"오라버니도 마음대로 안 되는 게 있어요?"

"그래! 내가 신(神)은 아니잖아."

"뭔데요? 뭔데요?"

두 번 반복해서 묻는 걸 보니 호기심이 동한 모양이다. 이럴 때 대꾸해 주지 않으면 계속해서 물을 것이다.

"여러 개의 마법을 한꺼번에 구현시켜야 해. 플라이, 아공간,

라이트 웨이트 등이야. 근데 그게 조금 어렵네."

"…에? 방금 플라이라고 하셨어요?"

"그래! 내가 하늘에 뜬 채로 뭘 좀 해야 하는데 그것 때문에 다른 마법을 구현시키는 게 쉽지 않아. 참! 아리아니가 날 좀 하늘에 띄워줄 수 있어?"

아리아니의 앙증맞은 날개를 보고 하는 말이다.

"저 하나는 되지만 오라버니까지는……."

아리아니는 미안하다는 표정으로 말을 잇다 뭔가 생각났다는 표정을 짓는다.

"오라버니! 바람의 정령왕 세리프아를 불러볼까요?"

"세리프아? 부르면 가능할까?"

"밑져야 본전이잖아요."

"알았어, 어차피 할 말도 있고 하니 4대 정령들 다 불러."

"네에, 잠시만요. ♪♬♩~!"

아리아니가 나직한 휘파람을 불자 기다렸다는 듯 스르르 나타나는 존재들이 있다. 4대 정령왕이다.

"엘레이아가 주인님을 뵈어요."

"마스터! 이프리트입니다."

"노이아가 마스터께 인사드립니다."

"주인님! 세리프아가 문안을 여쭈어요."

정령왕들은 아르센 대륙에 온 것이 너무나 좋다.

로만 커크랜드를 비롯한 6대 마탑주들이 8서클에 이르는 동안 이들 4대 정령왕들도 세계수 아래에 그려놓은 마나집적진 안에 머물렀다. 이것은 타임 딜레이 마법진과 중력 증가 마법진까지 중첩된 것이다.

중력 증가 마법진은 대인 공격 마법인데, 2G[1] 혹은 3G 정도가 고작이다. 이 마법이 구현되면 자신의 몸무게를 2배 혹은 3배로 느끼게 하여 동작이 느려진다.

정령은 인간과 달리 실제적인 육체가 없기에 가장 강력하도록 중첩시켰다. 그 결과 마법진의 내부에는 약 100G 정도 되는 공간이 형성되었다.

참고로, 특별히 훈련되지 않은 인간의 한계는 9G이며, 보통 사람들은 3G만 넘어가도 의식을 잃는다.

지구에서의 정령들은 현수의 명에 따라 온갖 일을 하느라 쇠약까지는 아니지만 상당한 스트레스를 받은 상태였다.

그런데 이곳 아르셴 대륙으로 와서 그 모든 것이 말끔하게 해소되었다.

4대 정령왕들은 외부 시간으로 약 30일간 특별한 결계 안에 머물렀다. 내부 시간으론 15년 정도 된다.

여기에 100G가 작용했으니 실제론 1,000~1,500년간 있었던 것이나 다름없다.

아르셴 대륙의 시간으로 그러하다.

이곳보다 마나가 훨씬 희박한 지구의 시간으로 따지면 약 3~5억 년간 가장 청정한 지역에서 꼼짝 않고 있었던 것과 다름없다.

덕분에 4대 정령왕들은 마음껏 정령력을 모을 수 있었다. 그 결과 몸에서 미약하지만 빛이 나고 있다. 정령신으로 진화하기 직전인 상태인 것이다.

---

1) G : 중력의 단위, 현재 느끼고 있는 지구의 중력을 1G라 한다.

결계 안에 며칠만 더 머물렀다면 정령신의 반열에 올랐을 것이다. 그런데 아쉽게도 현수도 4대 정령왕들도 이러한 사실을 알지 못한다. 정령신은 아르센 대륙에도 말로만 전해지는 전설적인 존재이기 때문이다.

현수야 인간이니 그렇다 쳐도 정령왕들조차 이러한 사실을 모르는 이유는 이곳의 정령계를 방문하지 않은 때문이다.

한 번이라도 정령계를 방문했다면 그곳을 관장하는 정령신이 없다는 것을 알았을 것이다.

아르센 대륙의 정령계는 현재 4대 속성 정령왕이 각각의 속성에 속한 정령들을 관장하고 있다.

현수 앞에 있는 정령왕들이 그곳을 갔다면 그 즉시 정령계를 접수했을 것이다. 그곳의 정령왕보다 현수의 수하가 된 정령왕들의 능력이 월등하기 때문이다.

"어서들 와! 다들 좋아 보이네."

현수의 말은 사실이다.

불의 정령왕 이프리트와 땅의 정령왕 노이아는 아주 씩씩하고 늠름한 전사 같은 모습이고, 바람의 정령왕 세리프아와 물의 정령왕 엘리이아는 거의 여신급 미모이다.

"모든 게 주인님 덕분이에요. 고마워요."

"맞습니다. 마스터 덕분에 저희의 능력치가 한껏 올랐습니다. 그 모든 게 마스터 덕분이라는 걸 결코 잊지 않겠습니다. 진심으로 감사드립니다."

세리프아와 이프리트가 한마디씩 하자 엘레이아와 노이아 역시 고개를 끄덕인다.

"앞으로도 영원한 충성을 맹세합니다. 마스터!"

"원하시기만 하면 제 모든 것을 드리겠어요. 주인님!"

말을 마친 엘레이아는 묘한 눈빛으로 현수를 바라본다. 마치 '당신을 유혹하고야 말겠어' 같다.

그러고 보니 세리프아 역시 이러하다.

반면 남성체인 이프리트와 노이아는 자신들은 진심을 알아달라는 듯 정중히 고개 숙이고 있다.

현수는 애써 두 여성체 정령의 시선을 피했다. 두 여성체 정령이 너무도 노골적으로 바라본 때문이다.

"고맙군, 자자! 이쪽으로 모여 봐. 긴히 할 말이 있으니."

현수의 말에 따라 정령들은 일제히 앞쪽으로 모인다. 이때는 아주 말 잘 듣는 충복 같은 모습이다.

"며칠 후에 말이지 내가……."

잠시 현수의 말이 이어졌다. 정령들은 간간히 무언가를 묻기도 했지만 다들 고개를 끄덕인다.

장시간에 걸친 긴한 이야기가 끝난 후 4대 정령은 주변을 살펴보기로 했다. 현수에게 지시받은 임무를 완수하려면 마인트 대륙에 관한 것들을 파악해야 하기 때문이다.

정령들이 약간 멀어지자 아리아니가 섹시한 몸매를 확연하게 드러내는 차림으로 다가선다.

배꼽이 드러나는 탱크탑은 가슴 부위가 움푹 파여 있어 조금만 고개를 숙여도 수밀도의 절반이 보인다.

짧은 바지는 반바지라 부르기도 미안하다. 간신히 사타구니만 가릴 정도로 짧은 때문이다.

망사 스타킹으로 감싸인 다리는 화려한 샌들로 화룡점정하고 있다. 마지막은 뇌쇄적인 눈빛이다.

조금 전 엘레이아와 세리프아가 보여주었던 것과 조금도 다르지 않은 눈빛을 보내며 눈웃음치고 있다.

사내라면 거의 모두 코피를 흘릴 만한 모습이다. 그리고 이런 모습은 군인들이 좋아하는 맥심에 자주 등장한다.

현수 역시 잠시 눈빛이 흔들렸으나 이내 잠잠해진다. 많이 단련된 결과이다.

"오라버니! 그럼 이제 다 된 거예요? 사악한 놈들 한 놈도 안 빼놓고 다 일망타진하는 거죠?"

아리아니는 처음 마인트 대륙에 발을 들여놓았을 때 여기저기서 느껴지는 사악한 기운에 깜짝 놀라 온갖 곳을 돌아다녔다. 그리고 내린 결론은 전체적인 정화 작업이 필요하다는 것이다.

그러기 위해 반드시 제거해야 하는 대상이 있는데 흑마법사들이다. 지금 그들 모두를 죽이자는 말을 하는 것이다.

자연을 사랑하는 정령인지라 웬만하면 이런 말을 하지 않아야 정상이다. 그런데 아리아니가 느낀 사악함은 너무도 정도가 심했다. 그렇기에 제거를 종용하는 것이다.

"그래! 근데 나한테 조그만 문제가 있어. 그래서 고심하는 중이야."

딱히 아리아니로부터 해결책이 나올 것 같아 한 말은 아니다. 해결되지 않는 문제 때문에 마음이 답답하여 이를 해소하려는 의도에서 혼잣말처럼 한 것이다.

"어머! 그래요? 그게 뭔데요?"

아리아니는 다 알면서도 짐짓 모르는 척 다시 묻는다.

바싹 다가선 아리아니에게선 숲의 싱그러운 향기가 느껴진다. 아련하면서도 달콤한 자스민향과 비슷하다. 참고로, 자스민향은 신경을 안정시키고, 심신을 편안하게 해준다.

'흐음!'

현수는 저도 모르게 긴 호흡을 했다. 기분이 좋아지는 냄새이기에 본능적으로 받아들인 것이다.

"그런 게 있어."

"아잉, 말 좀 해봐요. 궁금하단 말이에용."

아리아니가 또 귀염을 떨기 시작한다.

이럴 땐 얼른 궁금한 걸 해소시켜 주는 것이 좋다. 안 그러면 알아낼 때까지 끝없이 쫑알거리기 때문이다.

"아까 말했잖아. 흑마법사놈들을 치우려면 여러 마법이 동시에 구현되어야 해. 근데 그게 쉽지 않아서 그래."

"그래요? 어떤 마법들인데요?"

"플라이, 아공간, 라이트 웨이트, 그리고 매직 캔슬 및 텔레포트 마법 같은 것들이 거의 동시에 구현되어야 해."

"아공간 마법은 제가 해결해 드릴 수 있어요. 플라이는 세리프아가 해결해 주지 않을까요?"

"아! 그래? 아공간은 그렇겠군. 근데 진짜 세리프아가 플라이를 해결해 줘?"

"네! 잠깐만요. 세리프아 말해봐. 도와드릴 수 있지?"

현수는 세리프아에게 시선을 주며 입을 열었다.

"세리프아! 내가 잠시 하늘을 날아야 할 일이 있는데 그거 도 와줄 수 있어?"

"하늘을 나는 거요?"

"그래! 넌 바람의 정령왕이잖아. 그러니까 그 정도는……"

"저기 주인님! 그거요……"

세리프아가 잠시 말끝을 흐린다.

"그거 뭐?"

"하늘을 나는 거 말이에요. 그거 아직도 모르셨어요?"

"모르다니 뭐를?"

"주인님은 이미 하늘을 날 수 있어요. 마음대로! 제가 바람의 권능을 드렸거든요. 이미!"

"바람의 권능을 줘?"

"네에! 저는 하늘을 날 수 있는 권능을 드렸구요. 노이아는 땅속을 마음대로 다닐 권능, 그리고 이프리트는 용암 속에 빠져도 멀쩡할 권능을 드렸어요. 엘레이아는 물속에서 호흡할 수 있는 권능을 부여해 드렸구요."

"정말?"

"네에, 하늘을 날고 싶다는 마음을 먹어 보세요."

"마음을 먹어?"

"네! 한번 날아보겠다고 생각해 보세요."

"생각을……? 어, 어라!"

날아보겠다는 마음을 먹는 순간 의자에 붙어 있던 엉덩이가 떨어진다. 그리곤 둥실 떠오른다.

"어어! 어어어!"

"호호! 그것 보세요. 날 수 있어요."

"정말! 정말 그러네."

아리아니는 신난다는 듯 손뼉까지 치며 활짝 웃는다. 그러거나 말거나 현수는 균형을 잡으려 애를 썼다.

"처음엔 익숙지 않아서 나는 게 마음대로 안 될 거예요. 그러니까 연습하세요. 연습!"

"어! 그, 그래. 어어어! 어어어어!"

현수는 흐트러지려는 균형을 잡으려 애썼다. 그러는 사이에 점차 하늘을 나는 것에 익숙해지기 시작했다.

잠시 곁을 지켜보던 아리아니와 세프리아는 어느새 사라지고 없다.

그러거나 말거나 현수는 균형 잡기는 물론이고, 고도 조절 및 방향 전환, 그리고 속도 가감을 집중적으로 연습했다.

같은 시각, 옥시온케리안과 제니스케리안, 그리고 라이세뮤리안 등은 포위망 구축 전반을 점검하고 있다.

적재적소에 드래곤 및 드래고니안, 그리고 소드마스터들의 배치 상황을 점검했고, 반로렌카 전선과의 지휘체계 등을 확인했다. 당연히 아주 협조적이다.

이러는 동안 성녀 스테이시 아르웬은 로렌카 제국이 건국되기 전까지 신전으로 사용되던 유적에 머물렀다.

헤럴드 폰 하시에라가 이끄는 테라칸 요새 인근에 자리 잡은 것이다.

스테이시의 요청에 따라 긴급하게 손봐서 정갈하게 청소는 되었지만 오래전의 전투 때 지붕이 날아가 대리석 기둥만 남아 있어 다소 휑한 모습이다.

스테이시는 붉은 융단 위에 공손히 엎드린 채 기도한다.

"자비로우신 여신이시여. 당신의 딸이 간절히 간구하오니 제게 더 많은 신성력을 베풀어주소서!"

스테이시의 간절한 기도가 하늘에 이르렀는지 멀고 먼 허공으로부터 한 줄기 흰 빛이 쏟아져 온다.

반지름 40㎝ 정도 되는 빛기둥이다. 흰색 성녀 복장을 한 스테이시의 모습은 너무도 고결해 보인다. 이런 모습을 지켜보던 헤럴드의 아내가 중얼거린다.

"아아! 성녀시여."

너무도 성스러워 저도 모르게 내뱉은 말이다.

하시에라의 아내가 공손히 무릎을 꿇자 나머지 인원들 모두 오체복지하며 감격에 겨운 일성을 토해낸다.

"아아! 아아아! 은혜로우신 신이시여!"

*　　　　*　　　　*

"오늘 나는 300년 전통을 이어온 로렌카 제국의 황제직을 황태자 슐레이만 로렌카에게 양위하는 바이다."

황제의 엄숙한 음성이 장내에 퍼지자 모두들 긴장된 표정으로 단상 위를 주시하고 있다.

양위가 황제의 본심이 아니라면 식을 거행하다 말고 한바탕 피바람이 불 수 있음을 잘 알기 때문이다.

"오늘 이후 로렌카 제국의 모든 귀족과 백성들은 제2대 황제에게 충성을 다하라."

황제의 표정을 보아하니 어쩔 수 없어서 양위하는 게 아니라 본심이다. 하여 황제의 말이 끊기자 모든 귀족이 일제히 허리를 꺾는다.

"위대하신 황제의 뜻을 받드옵니다."

형식적으로라도 양위하지 말라고 만류하는 목소리는 하나도 없다. 오래전부터 슐레이만에게 권력의 대부분을 행사하게 한 결과이다.

"황태자는 내 앞에 무릎을 꿇으라."

"네! 아바마마."

슐레이만이 무릎을 꿇자 황제는 쓰고 있던 금관을 벗어 그것을 씌워준다.

"황태자는 이제 자리에서 일어서라!"

"네! 아바마마."

슐레이만이 일어서자 황제는 다시 만조백관들을 굽어보며 말을 잇는다.

"힐만 공작!"

"네, 폐하!"

"수석 공작으로서 성대한 즉위식을 거행하라!"

"네, 폐하!"

힐만 공작이 허리를 꺾자 황제는 슐레이만을 바라본다.

"오랜 짐을 벗었군. 이제 로렌카는 너의 제국이다."

"아바마마의 뜻을 받들어 더욱 발전된 제국이 되도록 하겠습니다."

"그래! 그래야지,"

고개를 끄덕인 황제는 걸치고 있던 망토를 벗어 슐레이만에
게 걸쳐준다. 이것은 황제만이 걸칠 수 있는 황금 수실로 수놓
아진 아주 화려한 것이다.

황제는 곁에 있던 시종으로부터 마법사의 전유물인 스태프를
건네받았다. 로렌카 제국의 황제를 상징하는 것이라 초특급 마
나석이 박힌 것이다.

"황제의 삼보(三寶)가 모두 주어졌으니 이제부터는 명실상부
한 황제이니라!"

"감사합니다. 아바마마!"

슐레이만의 허리가 마지막으로 꺾인다. 이제부터는 로렌카
제국의 황제이기에 어느 누구에게도 꺾여선 안 될 것이다.

이때 기다렸다는 듯 폭죽이 터진다.

팡! 팡! 팡! 팡! 팡! 팡! 팡! 팡! 팡!

폭죽 터지는 소리가 아홉 번 연속 이어진다. 지구에서 거행하
는 예포 비슷한 의식이다.

CHAPTER 03
백마흔 멸망의 날

"와아아아! 와아아아아! 감축드립니다."

"황제 폐하, 만세! 만세! 만세!"

"슐레이만 새 황제시여! 영원히 군림하소서!"

"황제 폐하, 만세! 만세! 만세!"

신하들은 황제의 즉위를 축하하는 환호성을 터뜨린다.

귀족들을 향해 돌아선 슐레이만이 두 팔을 펼치자 이내 잠잠
해진다.

"나는 오늘 로렌카 제국의 황제가 되었다. 오늘 이후 우리 로
렌카 제국은……"

슐레이만이 말을 이으려 할 때 허공으로부터 마나 실린 음성
이 장내에 울려 퍼진다.

"슐레이만! 드디어 황제가 되었군. 축하한다."

"아얏! 하, 핫산 브리프다."

"비상! 비상! 비상!"

땡, 땡, 땡, 땡!

요란한 경종이 울리자 장내의 마법사들 모두 일제히 룬어를 영창한다.

"네 이놈~!"

슐레이만은 성대하게 거행되어야 할 즉위식이 중단되자 분노의 일성을 터뜨린다.

오늘 오전 황태자에게 한 장의 서찰이 전달되었다. 다음이 그 내용이다.

슐레이만 보아라!

금일 양위식이 거행된다하니 일단 축하는 한다.

그런데 어쩌냐?

오늘 중으로 황제 자리를 잃을 게 분명하니!

아쉽겠지만 목이나 잘 닦고 기다려라.

금일이 네가 세상에서 숨 쉬는 마지막 날이니라.

— 하인스 멀린 킴 드 세울

슐레이만이 분노하고 있을 때, 현수는 약 500m 상공에서 장내를 둘러보고 있다.

황제 주변엔 공작과 후작이 우글우글하다. 뿐만 아니라 원로원 소속 리치도 상당히 많다. 이들보다 바깥쪽엔 백작과 자작, 그리고 남작 순으로 포진되어 있다.

현재 로렌카 제국의 수도 맥마혼에 있는 자들은 거의 모두 흑마법사이다. 현수와의 대결에서 거치적거릴 수 있다는 이유만으로 일반인을 모두 내쫓은 결과이다.

가로 20㎞, 세로 35㎞짜리 황궁 안에만 약 50만에 달하는 흑마법사가 모여 있다.

반로렌카 전선의 예상보다 훨씬 많은 숫자이다.

이곳에서 황제는 흑마법사들의 로드이다. 그런 로드의 명이 떨어지자 은둔하고 있던 자들까지 모두 집결한 결과이다.

황궁 외벽 바깥쪽에도 어마어마한 규모의 언데드 군단들이 포진되어 있다.

하늘에서 내려다보니 아주 새까맣다.

맥마혼 최외곽까지 언데드들이 배치된 이유는 현수가 텔레포트나 블링크 마법으로 도주할 수 없도록 하기 위함이다.

10서클 마스터인 현수는 가급적 생포하는 것으로 결론지어졌다. 잡히기만 하면 회를 떠서라도 10서클에 대한 단서를 얻으려는 것이다.

"슐레이만!"

현수의 말이 이어지려하자 슐레이만이 이맛살을 좁힌다.

"네 이놈! 어디서 감히!"

"나, 하인스 멀린 킴 드 셰울은 백마법사를 대표하여 너희 흑마법사를 섬멸하려 이 자리에 왔다."

"미친놈! 모두 공격하라."

슐레이만이 또 한 번 노성을 터뜨리자 황궁을 둘러싼 서른여섯 개의 첨탑에 로브를 걸친 자들이 나타난다.

참고로, 첨탑의 최고 높이는 약 200m이다.

각각의 탑엔 9서클 2명과 8서클 3명씩이 배치되어 있다. 이들은 일제히 마법을 난사하기 시작했다.

"기가 라이트닝!"

번쩍, 번쩍—!

콰릉! 콰르르르르릉—!

"썬더 스톰!"

파지직! 파지지직—!

콰릉! 콰콰콰쾅!

"라이트닝 퍼니쉬먼트!"

"파이어 퍼니쉬먼트!"

"퓨리 오브 더 헤븐!"

"프로미넌스!"

번쩍, 번쩍—! 화르르르! 화르르르르!

콰콰콰콰쾅—! 콰르르르르릉—! 콰콰콰콰쾅—!

현수는 화염과 전격 계열 마법들이 일제히 난사되는 모습을 보면서도 여유 만만하다. 벼락과 화염이 당도하기엔 너무 높은 곳에 떠 있기 때문이다.

"후후후, 고작 이건가?"

현수의 비웃음을 들었는지 흑마법사 중 500여 명이 허공으로 솟아오른다. 지상에서의 공격이 현수에게 별다른 타격을 주지 못함을 알고 플라이 마법으로 솟구친 것이다.

플라이 마법으로 떠받치고 있는 자들은 7서클 마법사들이고 8서클과 9서클 마법사들은 룬어를 영창하고 있다.

500여 개의 입에서 영창되는 룬어를 들어보니 이번에도 화염과 전격 계열 마법이다.

　삽시간에 약 200m 높이까지 솟구쳐 오르자 현수의 입술 또한 달싹인다.

　"오늘 마인트 대륙의 모든 흑마법사를 멸하겠노라! 아리아니! 아공간 오픈하고 그거 꺼내!"

　"네! 오라버니."

　현수의 말이 끝남과 동시에 아공간에서 뭔가가 돋아나온다. 다음 순간 현수의 입술이 다시 달싹인다.

　"라이트 웨이트!"

　한 손으로 뭔가를 조작한 현수는 비릿한 조소를 베어 문다. 그리곤 장내를 훑어본다.

　"매직 캔슬! 텔레포트!"

　"아앗! 저, 저게 뭐냐?"

　현수가 사라진 허공에서 뭔가가 떨어지자 흑마법사들은 일제히 마법을 난사한다. 조금 전과 같은 화염과 전격 계열 마법이다. 이 중 하나가 괴물체에 닿는 순간이다.

　버어언쩍―!

　쿠와아아아아아아아아와앙―!

　섬광에 이어 어마어마한 폭음이 터져 나온다. 그리곤 시커먼 연기가 허공으로 솟아오른다. 거대한 버섯 모양이다.

　이 순간 로렌카 제국의 황성은 한순간에 증발했다.

　방금 전 양위를 마치고 처소로 물러나던 황제를 비롯하여 슐레이만 로렌카와 힐만 공작 등은 비명도 지르지 못한 채 먼지처럼 흩어졌다.

황궁 내에 머물고 있던 50만 흑마법사와 약 20만에 달하는 기사와 병사들도 마찬가지이다.

상당히 두꺼운 황궁 벽은 무지막지한 폭발력을 견디지 못하고 붕괴되면서 가루로 변한다.

다음 순간 도열해 있던 4,000만이 넘는 언데드 군단 역시 화를 면치 못하고 있다. 불과 몇 초 사이에 일어난 일이다.

이는 현수가 지나 제2포병 기지에서 가져온 10메가톤짜리 핵탄두가 폭발한 결과이다. 흑마법사들을 제거하기 위한 10서클 마법을 창안해 내지 못해 선택한 것이다.

어쨌거나 핵폭발로 인한 후폭풍은 사방의 모든 것을 완전하게 휩쓴다. 하지만 마냥 뻗어간 것은 아니다.

황성 외벽으로부터 약 20㎞까지 기세등등하게 쇄도하던 후폭풍은 거대한 장벽에 가로막혀 더 이상 뻗어가지 못한다.

이것은 어제와 그제 이틀에 걸쳐 만들어진 것이다.

가장 먼저 땅의 정령왕 노이아가 높이 300m, 두께 200m짜리 진흙 장벽을 세웠다.

여기에 물의 정령왕 엘레이아가 적당한 수분을 주어 굳혔고, 바람의 정령왕 세리프아는 이를 적당히 말렸다.

다음으로 나선 것은 불의 정령왕 이프리트이다.

진흙 장벽에 강력한 화기를 부여하여 질그릇화시킨 것이다. 그 결과 웬만한 바위보다도 단단함을 갖게 되었다.

이 장벽은 ']' 처럼 안쪽이 반구(半球) 형태로 휘어져 있다. 하여 불어온 후폭풍이 다시 황궁 쪽으로 가게 만들었다.

엄청난 세기를 가진 열풍이 다시 한 번 황궁을 역방향으로 휩쓸었다.

"케엑! 끄악! 커헉! 으악! 컥! 캑! 악!'

방금 전의 엄청난 폭발에도 엄폐물 뒤에 있어 간신히 목숨을 부지했던 자들의 입에서 짧은 비명이 터져 나온다.

그와 동시에 한 줌 먼지로 증발해 버린다. 인간의 육체로는 감당해 낼 수 없는 미증유의 힘인 때문이다.

그 결과 맥마혼은 글자 그대로 초토화되었다.

황제와 슐레이만을 비롯한 50만이 넘던 흑마법사 전원과 20만이 넘던 기사와 병사들, 그리고 4,000만이 넘던 언데드 군단 역시 모조리 사라졌다.

아울러 로렌카 제국의 모든 문물 역시 사라졌다.

어마어마한 규모를 자랑하던 휘황찬란했던 황궁 터엔 유리질로 반질반질해진 크레이터가 생겨났다.

같은 순간, 맥마혼 외곽에 포진해 있던 옥시온케리안과 라이세뮤리안, 그리고 제니스케리안은 입을 딱 벌리고 있다.

눈으로 보고도 믿을 수 없을 정도로 어마어마한 핵폭발에 경악한 결과이다.

"세, 세상에 맙소사!'

드래곤 로드인 옥시온케리안이 말을 다 더듬는다. 너무도 놀란 때문이다.

"헐! 저게 핵폭탄이라는 건가?'

라세안은 오늘 아침 현수에게 새로 창안한 10서클 마법이 무엇이냐고 꼬치꼬치 따져 물었다. 만일 성공하지 못하면 모두가 위기를 겪을 수 있기 때문에 확인 차원의 물음이다.

이를 견디다 못한 현수는 10서클 마법만으론 부족한 듯싶어 핵무기를 쓸 것이라는 말을 했다. 그렇기에 라세안과 로드, 그리고 제니스는 어마어마한 폭발이 어스 대륙에서 가져온 핵폭탄으로 인한 것임을 알고 있다.

"으으! 무섭다. 무서워. 인간이 어떻게 저렇듯 강력한 폭발을 만들어낼 수 있단 말인가!"

레드 드래곤 라이세뮤리안이 본체 상태로 고개를 설레설레 흔들 때 가까이 있던 제니스케리안이 부르르 떤다.

전율이 온몸을 훑어버린 것이다.

"…저 정도면 가히 신력이라 할 수 있는 거야."

옥시온케리안이 다시 한 번 중얼거린다.

"맞아! 저거에 당하면 마법이고 뭐고 없을 거야."

"그래! 텔레포트를 하기도 전에 이슬처럼 흩어질 거야."

라이세뮤리안과 제니스케리안은 서로를 마주보며 고개를 끄덕인다.

"절대 저 인간과는 대결하지 말아야 해."

옥시온케리안은 하마터면 현수와 한바탕 붙었을지도 모를 예전을 회상하곤 부르르 떤다. 존재 자체가 일순간에 먼지가 된다는 생각만으로도 끔찍했던 것이다.

"맞는 말이야. 산 하나를 뭉갠다고 해서 뻥인 줄 알았는데 이건 산이 문제가 아니네."

드래곤 로드의 말을 받은 라세안은 예전의 대결을 떠올리고

는 고개를 흔든다.

현수와 친구 먹지 않았다면 근거지인 라수스 협곡은 벌써 평지가 되었을 것이란 생각을 한 것이다.

같은 시각, 맥마흔을 둘러싸고 있던 다른 드래곤들도 모두 입을 벌리고 있다.

포위만 하고 있으면 혼자서 흑마법사들을 처단한다고 하였기에 미티어 스트라이크 같은 대단위 운석 마법으로 어쩌려나 하는 생각을 했다.

그런데 그게 아니다. 눈을 뜰 수 없을 정도로 강력한 폭발에 이은 먼지구름이 솟구치는데 그 규모가 엄청나다.

잠시 후 뜨거운 열기가 느껴졌다. 대부분 장벽에 막혀 되돌려졌음에도 대기가 화끈하게 달궈지는 느낌이다.

"세상에 맙소사! 대체 저게 뭐지?"

"정말 어마어마하네. 대체 뭐야? 자네 아나?"

"우와아! 저게 10서클 마스터의 마법인 거야?"

핵무기에 관한 것은 옥시온케리안과 라이세뮤리안, 그리고 제니스케리안만 아는 이야기이기에 다들 방금 본 것이 10서클 마법 중 하나라고 생각하고 있다.

블랙 드래곤 샤카이데마룬의 두 눈은 튀어나오기 일보 직전이다. 상상도 못 한 위력에 깜짝 놀란 것이다.

같이 포위망을 구축하고 있던 드래고니안들도 입을 딱 벌리고 있다. 현수가 라수스 협곡을 방문했을 때 가장 먼저 대결을 했던 레뮈 등이다.

"우와아! 대체 저건 어떤 마법인데……?"

"헐! 과연 이실리프 마탑이네. 정말 대단해!"

"끄응! 저거에 당하면……."

다들 제대로 말을 잇지 못하고 있다.

같은 순간, 맥마혼 외곽으로 텔레포트한 현수는 켈레모라니의 비늘에 담겨 있던 마나가 한꺼번에 빠져나가는 것을 느끼고 있다.

오늘을 위해 현수는 4대 정령에게 몇 가지를 주문했다.

바람의 정령에겐 방사능을 품은 핵먼지가 주변으로 확산되지 않도록 공기의 흐름을 차단하도록 했다.

물의 정령에겐 10㎞ 이상 치솟은 핵구름이 그 자리로 고스란히 내려앉도록 비를 내리게 했다.

땅의 정령에겐 빗물로 인해 방사능이 흙속으로 스며들지 않도록 표면을 단단히 굳히도록 했다.

불의 정령은 혹시라도 남아 있는 흑마법의 잔재가 있다면 모조리 불태우도록 했다.

하여 각각의 정령들은 맡은 바 임무를 수행하는 중이다.

이프리트는 맥마혼 곳곳을 돌아다니며 완전 소각 작업을 진행하고 있다.

라이프 배슬이 파괴되지 않았을 경우 리치들은 한 줌 재가 되더라도 리스폰된다. 그렇기에 인공이 조금이라도 가해진 모든 것을 불태우고 있다. 워낙 높은 온도를 형성시키기에 바위들도 순식간에 녹아내린다.

핵폭발을 저지하고, 방사능 오염을 최소화하기 위한 일련의 작업엔 상당히 많은 정령력이 소모되는 듯하다.

그래서 켈레모라니의 비늘에 담겨 있던 마나가 순식간에 다 빠져나간 것이다.

"부족한가? 그렇다면⋯⋯!"

현수는 본신의 마나가 켈레모라니의 비늘 속으로 스며들도록 하였다. 그런데 그 속도가 어마어마하다. 하여 밑 빠진 독에 물을 붓는 것은 아닐까 하는 생각을 했다.

만일 마나가 모두 소진되면 심각한 문제가 발생된다. 그런데 다행히도 3분의 1 정도가 소모되자 마나 유출이 멈춘다.

이러는 동안 몇몇 곳에선 기적적으로 도주하는 데 성공한 흑마법사들을 처치하는 일이 벌어지고 있다.

9서클 마스터 몇몇이 운 좋게도 핵폭발과 동시에 몸을 뺐다. 하지만 온전하진 않다. 무지막지한 열에 노출되어 대부분이 심각한 화상을 입은 것이다.

포위망을 구축하고 있던 드래곤 등은 보자마자 화염계 마법으로 그들을 구워 버렸다.

어마어마한 폭발이 일어나고 7일이 흘렀다.

4대 정령은 현수의 명에 따라 방사능 확산을 막고 있었고, 드래곤 등은 포위망을 풀지 않고 있었다.

하나라도 빠져나갈 수 없게 하기 위함이다. 이러는 내내 현수는 결계 안에 머물며 켈레모라니의 비늘에 마나를 공급했다. 정령들이 소모시키는 양이 많아서이다.

"우리 이제 시작할까요?"

"그래야지!"

현수는 맥마흔 외곽에 서서 황궁이 있던 자리를 바라보았다. 수많은 건축물이 있던 자리는 그냥 벌판이 되어 있다.

스테이시 아르웬과 시선을 나눈 현수는 하늘을 향해 두 팔을 치켜들었다.

"자애로우신 가이아 여신이시여! 방사능에 오염된 대지를 복원코자 하오니 신성력을 베풀어주소서!"

"어머니! 병든 땅을 원래대로 되돌려야 하옵니다. 소녀에게도 신성력을 아낌없이 베풀어주소서!"

둘의 말이 끝남과 동시에 하늘로부터 두 줄이 빛기둥이 현수와 스테이시에게 쏟아진다.

둘은 환한 빛 속에서 시선을 교환했다. 그리곤 방사능으로 오염된 대지를 향해 두 손을 뻗어냈다.

"대지의 여신의 명이다. 오염은 사라져라!"

마치 한 입으로 이야기한 것처럼 동시에 달싹이자 현수와 스테이시의 전면으로 환한 빛이 뿜어진다.

현수로부터 방사능이 얼마나 무서운지에 대한 이야기를 들은 드래곤 등은 멀찌감치 서서 둘을 바라보고 있다.

"마탑주가 없었다면 우리도 많은 피를 흘렸을 거야."

"맞아요! 하인스 님 덕분이에요."

"여신의 사위가 된 게 이럴 땐 아주 유용하네."

옥시온케리안과 라이세뮤리안, 그리고 제니스케리안은 고개를 끄덕이고 있다.

방사능 오염은 여신의 신성력에 의해 말끔히 제거될 것이다. 그러면 맥마흔도 사람이 살 수 있는 땅이 된다.

"로드! 저 친구가 말하길 이 땅에 이실리프 제국을 건국한다 합니다."

"나도 그렇게 들었네."

"이쯤 되면 뭔가 선물을 줘야 하지 않을까요?"

라이세뮤리안의 말에 옥시온케리안이 고개를 끄덕인다.

"이 자리를 피한 흑마법사들을 제거하러 다니세. 그 정도면 되겠지?"

"그러려면 이곳에서 꽤 많은 시간을 보내야 할 것 같지요? 먼저 레어가 될 만한 곳을 찾아야겠습니다."

라세안의 말에 제니스가 고개를 끄덕인다.

"나도 같이 있을게요."

"그래! 우리 둘이 있으면 심심하진 않을 거야. 안 그래?"

라세안과 제니스케리안이 정다운 시선을 주고받자 옥시온케리안이 피식 웃는다. 뭔가를 눈치챈 것이다.

"허험, 조만간 조카를 보겠군! 나는 찬성이네. 이 땅에도 중간계를 조율하는 존재가 있어야 하니. 자네와 제니스에게 이 땅을 맡기겠네. 여기선 자네가 로드를 하게."

"…그러지요. 로드의 뜻을 감사히 받겠습니다."

옥시온케리안은 헤슬링을 제외한 214개체의 드래곤 중 100개체에게 이주를 권했다. 마인트 대륙엔 상당히 많은 몬스터가 살고 있는데 그들을 제어하기 위함이다.

"우와아! 정말 엄청나게 넓군요."

나이즐 빌모아는 편평하게 닦인 부지를 보며 탄성을 터뜨린다. 가로 60km, 세로 75km짜리 부지는 높이 300m짜리 옹벽으로 완벽하게 둘러싸여 있다.

4,500km²이니 서울시 전체 면적의 7.5배나 된다.

13억 6천만 평이 넘는 이 땅은 대부분 바닥이 유리질로 되어 있다. 핵폭발과 이프리트가 뿜어낸 고열이 만들어낸 작품이다.

"조금 넓지?"

"조금이라니요? 어마어마합니다. 여기에 황궁을 지으라는 말씀이신 거죠?"

"그렇네! 그간 경험이 있으니 최대한 멋진 작품을 기대해도 되겠지?"

"물론입니다. 그런데 정말 황궁이 다 지어질 때까지 위대한 존재들이 저희를 돕습니까?"

"물론이네. 자재가 필요하면 같이 다녀도 되네."

"그런데 그게……."

나이즐 빌모아를 비롯한 드워프 장로들은 난색을 표한다.

무섭기만 한 드래곤들과 같이 일을 할 생각을 아니 겁이 난 때문이다.

"라세안 알지?"

"라수스 협곡의 지배자이신 라이세뮤리안 님이요?"

흉포한 성품으로 알려진 레드 드래곤을 떠올리는 것만으로도 소변을 지릴 것 같은 표정을 짓는다.

"그래! 마인트 대륙에선 그 친구가 드래곤 로드이네. 전폭적인 지원을 약속했으니 어려워하지 않아도 되네."

"…하아! 네에."

대답은 하지만 꺼려지는 바가 있다는 뜻이다. 이때 라세안이 나타나며 입을 연다.

"드워프들을 겁박하는 존재가 있다면 언제든 말해. 반드시 징치하여 다시는 같은 일을 하지 못하도록 하지. 이건 마인트 대륙의 드래곤 로드로서 하는 말이다."

드래곤의 일언은 천금보다도 훨씬 무겁다.

"가, 감사하옵니다. 로드!"

나이즐 빌모아와 그 일족들은 얼른 허리를 접는다.

"황궁이 다 지어지고, 이곳에 이실리프 제국의 근간이 될 건물들이 다 지어질 때까지 수고 좀 부탁하네."

"네?"

황도(皇都) 건설은 라세안이 부탁할 일이 아니기에 빌모아 일족은 멍한 표정으로 바라본다.

"내 친구가 초대 황제가 되는 거 알지? 그러니 잘 부탁해. 위저드 로드이면서 황제인 친구는 처음이라 말이야. 핫핫핫!"

"그, 그런가요?"

"그래! 그러니 최고로 멋진 작품을 뽑아주게. 이 친구가 만족한다고 하면 내가 상을 주지. 핫핫핫!"

라세안은 뭐가 그리 좋은지 연신 너털웃음을 짓는다.

"아, 알겠습니다. 로드!"

빌모아 일족은 다시 한 번 허리를 꺾는다.

"어떤가? 멋진 작품 기대해도 되지?"

"그럼요! 혼신의 힘을 다하겠습니다. 로드!"

*   *   *

"휴우~!"

청암동에 자리한 다물궁 옥상에 당도한 현수는 서둘러 옷을 갈아입었다. 그리곤 계단을 따라 내려갔다.

"아! 전하. 오셨습니까?"

현수를 발견한 궁녀가 공손히 허리 숙여 예를 갖춘다.

"수고가 많네."

가볍게 손을 흔들어 답례를 하곤 자신의 집무실로 들어갔다. 그리곤 인터폰을 눌러 설화를 호출했다.

"너무 오랜만이세요. 근데 어떻게 기별도 없이 오셨어요?"

현수가 차원이동한 기간은 석 달하고도 28일이나 지났다. 마인트 대륙을 정벌하고도 곧장 떠날 수 없었던 때문이다.

맥마흔을 10메가톤짜리 핵폭탄으로 작살낸 뒤 스테이시와 더불어 거의 한 달 동안이나 정화 작업을 해야 했다.

워낙 넓은 지역이었던 때문이다.

이 작업이 끝날 즈음 현수는 한 권의 고서를 접했다. 라트보라 남작이 로렌카 황궁 도서관에서 슬쩍해 놓았던 것이다.

거기에 쓰여진 것을 확인한 현수는 모든 드래곤과 함께 미지의 대륙으로 알려진 콰트로 대륙으로 향했다.

이곳에서 서식하고 있는 마수들은 평범한 몬스터가 아니다. 오래전 드래곤들이 방문했을 때 살던 괴수들은 새롭게 나타난 마수들에 의해 모두 죽임을 당했다.

감당할 수 없는 존재들인 때문이다.

약 200년 전, 로렌카 제국이 번성하기 시작했을 때 이 대륙에 일단의 무리가 나타났다.

총인원 33명인 9서클 마스터들은 모두 흑마법사이며, 다들 드래곤 하트를 섭취한 존재들이다.

이들은 콰트로 대륙에 마계로 통하는 통로를 만들었고, 그곳을 통해 마계의 마수들이 나타난 것이다.

이들에 의해 기존의 괴수들 대부분이 죽었다.

라트보라 남작이 가져온 서책엔 이 대륙에 대단위 텔레포트 마법진이 있음이 기록되어 있었다.

콰트로 대륙으로부터 아르센 대륙 최남단에 위치한 항구도시 콘트라로 향하는 것이다.

로렌카 제국이 아르센 대륙을 도모하고자 할 때 이들을 먼저 보내 크게 휘저으려는 의도이다.

뿐만이 아니다.

블랙일 아일랜드에서 약 1,000㎞ 떨어진 무인도에는 브론테 왕국으로 향하는 포탈 마법진이 있다.

언데드 병력이라 하여 영원무궁한 것은 아니다. 세월이 많이 흐르면 부서지기 쉬운 상태가 된다.

로렌카 제국은 이런 상태에 이른 스켈레톤과 구울 등을 브론테 왕국으로 보냈다. 끊임없이 분란을 일으키는 한편 흑마법사가 될 재목들을 구하기 위함이다.

모르면 그냥 지나쳤을 일이다. 그런데 알게 되었으니 어쩌겠는가!

현수와 모든 드래곤은 분연히 떨치고 일어나 콰트로 대륙으로 향했다. 그리고 약 한 달에 걸친 대접전 끝에 모든 마수를 제거하는 데 성공했다.

아울러 마계로 이르는 통로를 봉쇄시켰다. 그에 앞서 이 통로를 확인해 보았는데 엄청나게 길고 깊었다.

지구에서 가장 긴 동굴은 매머드 동굴(Mammoth Caves)이다. 미국 켄터키주에 위치해 있는데 길이가 무려 885㎞에 이른다. 참고로, 이 중 320㎞만 탐험된 상태이다.

마계 통로 또한 이에 버금갈 듯 길고 깊었다.

현수는 훗날을 위해 무려 20개의 핵폭탄을 터뜨렸다.

각각 500kt짜리였는데 이는 히로시마에 떨어진 원폭의 33배에 달하는 위력을 지닌 것이다.

그 결과 아주 단단한 암반으로 이루어진 동굴이었지만 다시는 복구될 수 없도록 완전히 붕괴되었다. 폭발은 깊은 지하에서만 일어났기에 지상으로의 방사능 유출은 없다.

대륙 정벌 때 사용하려 비활성 상태로 있던 포탈 마법진은 활성화시키면서 약간 손을 봤다.

첫째는 단방향이던 것을 쌍방향으로 바꾼 것이고, 목적지가 콘트라에서 이실리프 왕국으로 변경되었다.

왕국과 콘트라로 오가는 포탈 마법진이 있으니 이제 이실리프 왕국은 아르센 대륙과 콰트로 대륙을 잇는 중간 기착지가 되었다. 이는 막대한 관광 수익 및 물류 수익을 기대할 수 있는 일이다.

어쨌거나 이제 아르센 대륙과 콰트로 대륙은 사람과 물자의 자유로운 이동이 가능해졌다.

현수와 드래곤들이 다음으로 방문한 곳은 브론테 왕국이다. 그 결과 아르센 대륙 유일의 흑마법사 왕국이었던 브론테는 지도에서 지워졌다.

200여 개체가 넘는 드래곤들이 훨훨 날아다니며 브레스를 뿜어댄 결과이다. 날 수는 있지만 브레스를 뿜을 수 없었던 현수는 미티어 스트라이크, 파이어 프로미넌스, 파이어 퍼니쉬먼트 등으로 지상을 초토화시켰다.

브론테 왕국의 영토는 피판 왕국과 테리안 왕국이 반씩 차지했다. 험준한 갈비온 산맥 등 지형상 문제가 있어 다른 나라들은 그 땅을 갖겠다는 마음을 품을 수 없었다.

가만히 앉아 있다가 졸지에 어마어마한 넓이의 영토와 백성들을 차지하게 된 테리안 왕국은 이실리프 왕국에게 상당한 영토를 추가로 할양했다.

그 결과 바세른 산맥 아래에 자리 잡은 이실리프 왕국은 대한민국보다 약간 넓은 100,000㎢ 정도로 확대되었다.

가만히 있다가 혜택을 본 피판 왕국에서는 영토 대신 막대한 예물을 보내옴으로써 감사의 뜻을 표했다.

물론 거절하지 않고 다 받아들였다.

현수는 같이 활동했던 드래곤들이 섭섭하지 않도록 아이스크림과 초콜릿, 그리고 사탕을 주어 달랬다.

생전 처음 맛보는 시원함과 달콤한, 그리고 부드러움에 환장한 드래곤들은 값을 물어봤다.

현수는 쉐리엔과 만드라고라, 그리고 디오나니아와 포인세 등과의 물물교환을 제시했다.

물론 엄청난 폭리가 끼어 있었지만 드래곤들은 흔쾌히 거래에 응했다. 현수가 요구한 것 중 포인세와 쉐리엔은 지천으로 널려 있고, 본인이 직접 채취할 것이 아니기 때문이다.

거래는 체결되었다. 이로써 이실리프 메디슨과 이실리프 코스메틱의 원료 수급은 해결된 셈이다. 이런 일련의 일들이 진행되느라 상당히 지체된 상태로 지구에 귀환한 것이다.

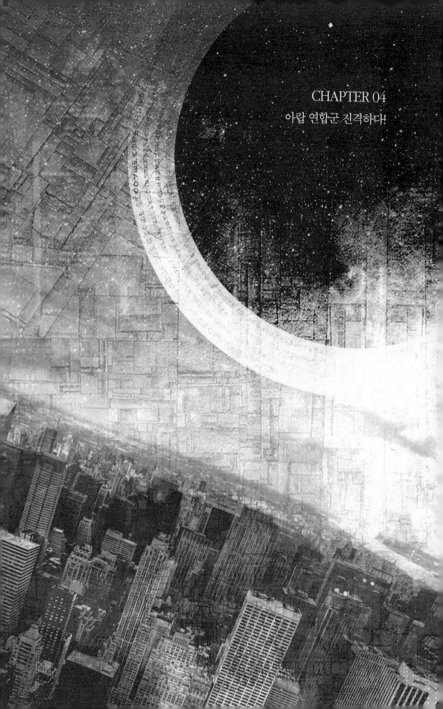

CHAPTER 04
아랍 연합군 진격하다!

"그래. 여긴 별일 없지?"

"네, 그럼요! 지시하신 대로 착착 진행되고 있어요."

"그간 있었던 일들을 보고 받고 싶은데."

"제가 준비할게요. 잠시만 기다리세요!"

서둘러 밖으로 나갔던 백설화는 현수를 편전[2])으로 안내했다. 그곳엔 김정은을 비롯한 이실리프 왕국의 수뇌부들이 모여 있었다.

이들은 현수가 등장하자 일제히 허리를 꺾는다.

"위대하신 전하를 알현하옵니다."

현수는 가볍게 고개를 끄덕이곤 중앙에 자리 잡은 상석에 자리했다.

---

2) 편전(便殿) : 임금이 평상시에 거처하는 궁전.

"다들 앉지."

"네! 전하!"

모두가 고개 숙여 예를 갖추곤 조심스레 자리에 앉는다. 이들은 전과 달리 상당히 조심스럽다. 왜 그런가 하는 표정으로 바라보자 백설화가 생긋 웃는다.

뭔가 겁주는 말을 한 모양이다.

"준비되었으면 내가 자리를 비운 동안 있었던 성과에 대한 보고를 시작하게."

현수의 말이 떨어지자 김정은이 먼저 자리에서 일어선다.

"네! 전하. 자리를 비우신 동안 우리 왕국은……."

늘 보고를 받아와서인지 김정은은 제법 요령 있게 보고한다. 보고받는 사람이 무엇을 듣고 싶어 하는지를 정확히 알기 때문일 것이다.

김정은의 지목에 따라 산림녹화와 농지조성, 그리고 각종 광물 채광 및 주택과 도로 건설, 산업기반 시설공사 진행 사항 등에 관한 담당자 보고가 상세히 이어졌다.

현재 한반도 이북 지역의 개발은 거침없이 진행되고 있다. 규제가 없으며, 주민들의 민원 또한 없기 때문이다.

이실리프 왕국이 되면서 모든 국토는 왕실 소유가 되었다. 따라서 토지 사용에 대한 왈가왈부가 있을 수 없다.

어쨌거나 동영상과 사진이 곁들여진 상세한 보고인지라 현장에 가보지 않아도 진척 상황을 충분히 알 수 있었다.

숙천유전 개발과 유화단지 및 각종 화학공장 건설은 이미 착공한 상태이다. 경험 많은 천지건설이 일을 하면서 기술 전수가 이루어지고 있는 중이다.

"다음은 주변국들에 관한 보고입니다. 먼저 대한민국은……."

현재 한국과 이실리프 왕국은 관세 없는 무역이 이루어지고 있다.

한국이 일본으로부터 수입하던 각종 부품과 소재 등은 100% 이실리프 왕국이 공급하고 있다. 이것에 대한 대금은 치약과 칫솔, 비누, 수건 같은 각종 생필품으로 받고 있다.

그 결과 대한민국과 일본의 관계는 완전히 단절되었다.

지진과 화산폭발로 인해 전 국토가 쑥밭이 되었음에도 아베 신조는 일체의 사과 없이 여전히 독선적인 모습을 보이면서 군비 확장에 열을 올리고 있다.

막대한 돈을 들여 해군 2함대와 3함대 등을 복원시키는 중인 것이다.

같은 기간 동안 남한은 대마도라 불리던 진도를 점령하였을 뿐만 아니라 규슈까지 진출하였다. 일사불란한 상륙 작전이 벌어지자 일본의 육상 병력은 일패도지하는 중이다.

CNN은 늦어도 한 달 이내에 규슈의 모든 일본군이 전사하거나 도주할 것으로 예상하고 있다.

중간에 개입할 것으로 우려되던 미국은 일체의 반응도 보이지 않고 있다. 7함대는 오키나와를 진즉에 떠났고, 나머지 주일 미군 역시 모두 철수한 상태이다.

한국의 강력한 경고가 없었더라도 쉽게 돕겠다고 나설 수 없는 상황이다. 자국 군인들이 화산과 지진 등으로 목숨을 잃을 수도 있음을 알면서도 파병하면 정권 자체가 위기를 겪을 것이기 때문이다.

힐러리는 강력한 입김을 발휘하였다.

누군지 알 수 없는 '동방의 빛' 으로부터 경고의 메시지를 받았고, 현수로부터 미라힐X을 공급받았다.

둘의 공통점은 한국인이라는 것이다.

이렇듯 한국인들에게 목숨의 빚이 있으니 각료들의 강력한 개입 요청을 모두 물리친 것이다.

경호팀장에 의한 총상을 입었지만 무사히 복귀한 힐러리는 단호한 인사 발령을 냈다.

가장 먼저 강력한 권력을 휘두를 수 있는 국무장관이 교체되었다. 후임은 빌 클린턴 전 대통령이다.

이를 두고 말이 많았다. 아내는 대통령, 남편은 국무장관인 조합이 어디에 있느냐는 말이 있었다. 이쯤 되면 일당 독재라는 말도 나왔다.

하지만 목소리는 크지 못했다. 힐러리가 전 백악관 경호팀장으로부터 총격을 받은 사실 때문이다.

갑론을박이 오가는 가운데 CIA와 NSA, 그리고 FBI의 수장들 또한 모두 교체되었다. 해임된 자들의 공통점은 정보를 다룬다는 것과 유태계 인사라는 것이다.

적지 않은 반발이 있었지만 힐러리에겐 명분이 있었다.

국가수반인 대통령이 저격을 당할 때까지 대체 무엇을 하고 있었느냐는 질문에 대답할 수 없었던 것이다.

수장이 바뀐 정보 조직은 곧바로 리빌딩 작업에 착수했다. 조직의 요직을 차지하고 있는 유태인 축출이 시작된 것이다.

당연히 반발했지만 각 조직의 신임 수장들은 단호했다. 힐러리의 강력한 지지가 있어서 가능한 일이다.

국무장관이 된 빌 클린턴은 능숙하게 국정을 운영했다. 쓴소리를 서슴지 않던 언론에서도 칭찬할 정도였다.

어쨌거나 미국의 유태인 각료들은 하나둘 낙마하게 될 것이다. 그들의 검은 속을 알았으니 아무리 유능해도 그대로 둘 수 없기 때문이다.

한편, 대한민국 대통령 권한대행 정순목은 국내 친일파들에 대한 소탕을 지시했고, 계엄군은 이를 받아들였다.

얼마나 뿌리가 깊고, 넓은지 언론은 매시간 친일행위자들에 대한 명단을 추가하고 있다.

거의 모든 신문이 매일 1면 하단에 친일행위자 명단을 싣는다. 국민들의 관심이 쏠려 있기 때문이다.

그런데 그 인원이 너무 많아 거의 매일 5단통 정도의 지면이 할애되어야 한다.

체포된 친일행위자들은 모처에 격리되고 있다.

공직자, 정치인, 군인, 언론인, 교수, 사업가, 작가 등으로 구성된 친일행위자들의 모든 재산은 동결되었다.

가택은 샅샅이 수색되었고, 모든 예금과 부동산은 몰수되었다. 정당하게 일을 하여 번 것이라도 가차 없다.

귀금속과 골동품, 서화 등도 모두 몰수되었다.

이들은 모처로 이송되었는데 심한 고난을 겪고 있다.

매일매일 무지막지한 구타를 당하고, 욕설을 듣는다. 고통스런 순간이 지나면 반성문을 쓰는 시간이 된다.

이때 제대로 된 반성문이 작성되지 않으면 또 한 번 가혹한 폭력에 노출된다.

식사는 하루에 두 번 배식되는데 거친 잡곡밥과 무된장국, 그리고 김치만 제공된다.

세상에 이런 법이 어디에 있느냐고 항의하지만 모두 무시되고 있다. 국민투표를 통해 친일행위자들의 인권은 보호할 가치가 없다는 법이 제정된 때문이다.

다시 말해 친일행위자은 법적으로 인권이 보장되지 되지 않는다. 짐승 같은 대우를 받아도 할 말이 없는 것이다.

따라서 구타와 욕설은 법에 저촉되는 행위가 아니다.

당사자들은 죽을 지경이겠지만 대다수 국민은 속 시원하다는 반응이다. 친일파의 자식 등으로 살면서 세상의 온갖 호사를 다 부리고, 수많은 갑질을 하던 놈들이기 때문이다.

이러는 가운데 조만간 치러질 총선 및 대선 준비가 한창이다.

국민투표를 통해 국회의원 정원이 50명으로 대폭 축소되었다. 아울러 상당히 많은 법이 새롭게 개정되었다.

이번에 국민투표를 통해 제정된 법안들의 특징은 국회에서 수정할 수 없다는 것이다. 아울러 헌법소원의 대상이 될 수 없음도 명확히 하고 있다.

이 법안들의 수정은 오로지 국민투표로만 가능한데 재적 국회의원의 10분의 9 이상이 법 개정에 찬성해야 국민투표에 회부 가능하다.

다시 말해 50명 중 45명 이상이 찬성표를 던져야 법 개정을 위한 국민투표가 실시될 수 있다. 그리고 국회의원 전원이 찬성해도 국민들이 부결시키면 끝이다.

이번에 제정된 법안 중 하나를 예를 들자면 '친일행위자 처벌에 관한 법률'을 꼽을 수 있다.

1900년 이후로 친일행위를 한 자 또는 그의 후손들의 전 재산은 즉각 몰수되며, 모든 공직이 박탈된다.

아울러 인권보호 대상에서 제외되며, 300년간 모든 직, 방계 후손들의 공직 진입 자체가 차단되는 법안이다.

그간 떵떵거리고 살던 친일파들은 철퇴를 맞은 셈이다.

다음은 '공직자 윤리에 관한 법안'이다.

공무원이 업무와 관련하여 1만 원 이상의 가치를 지닌 뇌물을 받으면 즉각 파면함을 원칙으로 한다.

당연히 공직 재취업이 영구히 금지되며, 공무원 연금 대상에서도 삭제된다.

그리고 뇌물 액수가 100만 원 이상인 경우엔 그것의 1,000배를 벌금으로 추징토록 되어 있다.

100만 원을 받았다가 걸리면 모든 직책을 잃고, 10억 원을 벌금으로 내야 한다는 뜻이다.

'학교 폭력에 관한 법률'도 있다.

왕따나 학교 폭력이 발생할 경우 이를 방치한 학교와 가해자의 부모에게 무한 연대 책임을 묻는 법안이다.

가해자는 가석방이나 감형 없는 수형 생활이 원칙이다.

폭력 행위의 정도에 따라 5년 이상의 징역형에 처하며, 피해

학생의 인원수만큼 형량이 추가되도록 되어 있다. 피해자가 10명 이상이면 최소가 50년 이상의 징역형이다.

돈까지 빼앗았다면 그 또한 별도의 처벌을 가한다.

이전까지는 소년범이 만 19세 미만인 사람이 저지른 범죄, 또는 그 범죄를 저지른 사람을 뜻하는 용어였다.

그리고 범죄행위를 한 자가 19세 미만인 경우 소년법에 따라 상대적으로 관대하게 처벌하도록 규정하고 있었다.

개정 전 형법 제9조를 보면 만 14세 미만인 자를 '형사미성년자'라고 하여 처벌하지 않도록 되어 있었다.

이 법안은 대대적으로 손질되었다.

우선 소년범을 '만 12세 미만'으로 대폭 낮췄다.

누구든 만 12세 이상인 자가 범죄를 저지를 경우 성인과 똑같은 처벌을 받도록 한 것이다. 형이 확정되면 소년원이 아닌 교도소로 보내지도록 한 것이다.

남발되던 '집행유예'는 판사의 재량권에서 완전히 배제되었다. 판사가 형량을 결정하면 일반 시민들로 구성된 배심원들이 집행유예에 관한 가부(可否)를 결정한다.

참석 배심원의 4분의 3 이상이 찬성할 경우 집행유예가 결정되는 법안이 만들어진 것이다.

만일 배심원들이 부정하게 집행유예에 찬성표를 던진 것이 확인되면 10년형에 처하도록 했다.

부정의 소지를 근원부터 차단하겠다는 국민들의 뜻이다.

이 밖에도 상당히 많은 법률이 새로 만들어지거나 개정되었다. 그중 수사권에 관한 것도 있다.

검찰과 경찰은 각각 독립된 수사권을 가지게 되었으며, 둘 다 행정부에 속하게 되었다.

경찰은 내무부에서, 검찰은 법무부에서 관장한다. 삼권분립이라는 말은 사라진 것이다.

당연히 검찰의 강한 반발이 있었다. 이에 정순목 권한대행은 대대적인 사정을 지시했다.

그 결과 상당히 많은 정치검사 및 판사들이 법복을 벗거나 구속당해 재판을 기다리고 있다.

이들의 비리가 언론을 통해 밝혀지자 국민들은 썩은 놈들이 구린 놈들을 수사하고 있었으니 그 모양 그 꼴이었다며 분통을 터뜨렸다.

국민투표를 통해 법률이 대대적으로 수정된 이후 첫 번째로 적용된 판결은 성폭행 사건이었다.

116명의 고등학생이 2명의 여고생을 1년간 집단으로 성폭행하고, 금품갈취를 했으며, 동영상을 촬영하여 협박한 사건이다. 가해자들의 부모 중에는 시의원, 도의원, 및 부유층이 많았다.

검찰은 이들이 청소년인 이유로 형량이나 정보 공개를 거부했는데, 실형을 선고받은 가해자가 없는 것으로 알려졌다.

가해자들에게 내려진 판결 중 최고는 징역 1,215년형이다. 범죄행위를 한 횟수 곱하기 형량을 합산한 것이다.

가해자 대부분 300년 이상의 형이 확정되었으며 모두 가석방이나 감형은 없다.

이 사건은 재심 사건이었다.

'재심'이란 확정된 종국 판결에 중대한 흠이 있는 경우 그 판결의 취소와 이미 종결된 사건의 재심판을 구하는 비상 불복 신청 방법이다.

다시 말해 이미 모든 재판이 끝났던 사건이다.

재심 결과 이전의 수사 및 기소, 그리고 판결에 문제가 있다는 의견에 따라 이 사건을 처음으로 맡아서 수사했던 경찰과 검찰, 그리고 재판부에 대한 대대적인 수사가 시작되었다.

아울러 가해자 부모들에 대한 조사도 병행되고 있다.

만일 뇌물 등을 썼다면 새로 제정된 법률에 따라 처벌받게 될 것이다.

참고로, 뇌물을 써서 불편부당한 일이 야기된 경우 받은 자는 물론이고, 제공한 자도 처벌받는다.

받은 자는 공직 박탈 및 받은 금품의 1,000배를 벌금으로 내고, 10년 이상의 징역형에 처해진다.

뇌물을 준 자 역시 제공한 금품의 1,000배를 벌금으로 납부하고, 20년 이상의 징역형에 처하도록 되어 있다.

받은 놈보다 준 놈이 더 나쁘다는 취지의 법률이다.

예를 들어, 누군가 1,000만 원을 뇌물로 제공하였을 경우 벌금만 100억 원이다.

이제 뇌물은 신세를 망치는 지름길일 수도 있는 것이다.

어쨌거나 재심 사건과 관련된 교육청, 학교 등에 대한 수사도 시작되었다. 불편부당한 일에 연루되었다면 예외 없이 처벌받게 될 것이다.

사학재단에 대한 대대적인 사정도 실시되고 있다.

이사장 또는 학교 관계자들의 친인척이라는 이유로 교사 또는 교직원을 선발하거나, 돈을 받고 임용하는 등의 부정이 저질러지면 관련자 전원 파면이다.

각각의 횟수와 금액으로 벌점을 정해놓고 교사·교직원 채용 비리, 급식 비리, 회계 부정, 시설 및 물품 구매 관련 비리, 불법 찬조금 모금 횡령, 학교 재산의 불법 처리, 공사비 부풀리기 등의 비리 행위가 정도 이상이 된 사학은 즉각 몰수령을 내려 공립으로 전환시키도록 되어 있다.

이사장 및 이사는 전원 해임된다. 교직원 가운데 이들과 관련된 자들 역시 파면이다.

아울러 비리 행위자들에 대한 엄한 처벌 기준이 정해졌다.

처벌받아 직위를 잃게 되면 연금도 박탈당한다.

아울러 비리를 저질러 얻은 금품에 대해서는 1,000배의 벌금형이 처해지도록 해놓았다.

누구든 비리 행위 또는 부당한 행위를 하다가 걸리면 완전하게 신세를 망쳐놓겠다는 뜻이다.

내부고발자에겐 몰수한 부동산과 벌금액의 3%를 상금으로 지급하고, 같은 직종으로 특별 채용하여 신분상 불이익이 없도록 제도적 장치를 마련하였다.

국민들은 이제야 정의가 바로 서는 나라가 되었다며 환호하고, 죄 지은 자들은 벌벌 떨고 있다.

＊　　　＊　　　＊

대한민국이 정순목이라는 강력한 리더를 만나 격변하고 있는 동안 이실리프 왕국도 변화하고 있었다.

휴전선에 배치되어 있던 군인 대부분이 북쪽으로 이동했다. 이 과정에서 상당히 많은 수가 군대를 떠났다.

나이가 많거나, 신체 허약, 질병 등의 사유가 있는 자들 우선으로 제대시켰다.

이들은 새롭게 시작되는 각종 산업현장에 투입되었다. 군인에서 직장인으로 신분이 바뀐 것이다.

그 결과 이실리프 왕국군의 숫자는 약 30만 명으로 줄어 있다. 50만 명 이상을 떨군 것이다.

그런데 이 숫자는 또 줄어든다. 당장은 아니지만 약 15만 명 정도를 여러 자치령으로 분산시킬 예정이기 때문이다.

한반도 상공에는 우주전함 이실리프호가 떠 있고, 조만간 완성될 카헤리온과 봉황이 배치될 것이다.

이 밖에 서해에 머물게 될 이리냐함과 아내와 아이들을 데리고 전 세계 바다를 여행할 목적으로 제작되는 이실리프함도 곧 인수될 것이다.

게다가 현수의 아공간에는 500기에 가까운 핵무기가 담겨 있다. 이렇게 되면 병력수가 중요하지 않다. 그렇기에 과감하게 숫자를 줄인 것이다.

제대한 병사들에겐 안정된 직업과 쾌적한 주거가 주어졌다. 그리고 온 식구가 다 배불리 먹을 수 있는 풍성한 식재료를 저렴한 가격에 공급하고 있다.

요즘 이실리프 왕국에서 유행하는 아침 식사는 흰쌀밥에 잘 익은 김치, 그리고 무소고기국이다.

점심엔 흰쌀밥에 쇠고기 장조림, 그리고 김치찌개를 먹는다. 하루를 마감하는 저녁엔 각종 채소를 곁들인 삼겹살이나 한우 등심을 먹는다. 전에는 구경조차 못 하던 것이다.

이실리프 왕국민의 대부분은 영양실조 상태였다. 이를 해소키 위해 비타민과 우유, 그리고 계란이 주어지고 있다.

개마고원 산골짜기까지 빠짐없이 공급되고 있으므로 적어도 먹고 사는 문제는 완전하게 해결된 것이다.

현역으로 남은 군인에겐 충분한 영양뿐만 아니라 항온의류까지 보급되고 있다. 방탄 헬멧과 방탄복 역시 공급된다.

아울러 기존의 낡은 소총 대신 개인화기로 J—1 소총이 주어졌다. 완벽한 무반동, 무소음 소총이며, 제대로 겨냥만 하면 명중률 100%에 가까운 것이다.

장교들에겐 H—1 권총도 지급되는 중이다.

이 밖에 전파, 음파, 광학 스텔스 기능을 가진 최첨단 Y—1 전차가 배치되고 있다. 자동으로 장전되는 포탄만 400발이고, 분당 40발이나 발사된다.

100㎝짜리 전면장갑도 뚫어버리는 괴력을 지녔다.

참고로, Y—1 한 대는 지나의 99식 전차 100대 이상을 완벽하게 파괴한다. 지나의 전차수가 약 9,500대이니 이론상 95대만 보급되어도 상대를 궤멸시킬 수 있다.

그럼에도 현재 배치된 Y—1은 약 200대이다.

보병전투장갑차 I—1도 배치되고 있다.

대전차 미사일 20발과 지대공 중거리 미사일 20기씩이 장착되어 있는 것이다. 뿐만 아니라 화염방사기도 달려 있다.

기동성이 매우 좋으며, 적의 전차와 헬기, 그리고 보병들을 사냥하는 무기이다.

자주포 T-1도 있다. 현존하는 어떤 자주포보다도 정확하고, 사정거리도 길다. 이것들 모두 안주기계공업단지에서 생산되고 있다. 아직은 남한에도 배치되지 않은 것이다.

보고에 의하면 현재 약 90% 정도가 배치 완료되었으며, 한 달 이내에 나머지 전부가 충족될 예정이다.

"흐음! 수고가 많았군,"

"칭찬해 주셔서 감사합니다. 전하!"

보고를 마친 김정은이 상기된 표정으로 고개를 숙인다. 국왕으로부터 칭찬을 받아 한껏 고무된 것이다.

"미국의 분위기는 어떤가?"

"기건 제가 보고드리겠네다. 전하!"

현수가 대꾸 대신 고개를 끄덕이자 해외 정보를 담당하는 관리가 나서서 보고를 시작한다.

나날이 지반이 침강하는 자연재해와 화산 폭발 때문에 주일 미군은 전격적으로 철수했다.

오키나와에 주둔하고 있던 7함대는 필리핀으로 향했고, 나머지는 이라크 등지로 이동했다.

현재 한국과 일본은 전쟁 상태이다.

세계는 미국이 이 전쟁에 개입하여 중재할 것으로 생각했다. 그런데 미국은 움직이지 않았다. 일본이 일방적으로 깨지고 있음에도 방관만 하고 있는 것이다.

하여 모두가 의아한 눈빛으로 바라보고 있다. 예상과 전혀 다른 대응 때문이다.

이때, 힐러리 클린턴은 빌 클린턴을 국무장관에 임명했다.

그날 이후 힐러리는 독선적이라는 평가를 받았다.

어떤 안건이든 각료회의에서 반대하는 의견이 많더라도 자신의 뜻을 관철시키는 일이 많아진 것이다.

두 번째 저격이 예고된 상태인지라 외출은 극도로 줄였다.

새롭게 바뀐 경호팀은 24시간 긴장 상태를 유지하고 있는 것으로 알려져 있다.

"이상입니다."

"흐음! 수고했군. 다음은 이스라엘에 대해 알고 싶은데 누가 보고하지?"

"그것도 제가 하겠습네다. 전하!"

방금 전 미국에 대한 브리핑을 마친 관리가 다시 지시봉을 들고 스크린 앞에 선다. 그리곤 준비된 동영상을 재생시키며 입을 연다.

"지금 보고 계신 건 이스라엘 서부 해안에 위치한 도시들의 현재의 모습입니다. 킨 유니스, 기자 시티, 아쉬겔론, 아슈도르, 홀론 등입니다."

화면이 계속 바뀌고 있는데 모두가 대동소이하다.

화면에는 1층 이상인 축조물이 보이지 않는다. 건물의 잔해들이 박살 난 채 널려 있는 모습만 보일 뿐이다.

"보시다시피 이스라엘은 완벽하다 해도 과언이 아닐 정도로 파괴되었습니다. 사람들이 살던 도시 전체가 운석에 의한 피해로 폐허가 되었습니다."

"흐음! 생존 인원은 없는가?"

"운석이 떨어지기 전 이스라엘의 국민수는 약 790만 명인 것으로 알려져 있었습네다."

현수가 고개를 끄덕이자 관리는 화면을 조작한다.

"보고 계시는 것은 CNN에서 취합한 것입네다."

화면에는 790만 명 중 살아남은 자들의 숫자를 10만 명 정도로 추산하고 있다고 표기되어 있다.

이쯤 되면 거의 다 죽은 셈이다.

"흐음! 10만이라⋯⋯."

현수가 나직이 중얼거리자 관리가 다시 입을 연다.

"전하! 이건 한 달 전의 수치입네다. 현재는 이들 대부분도 사망했을 것으로 예상됩네다."

"아랍 연합군에 의해⋯⋯?"

"맞습네다. 시리아, 요르단, 이집트, 레바논의 지원을 받은 팔레스타인이 합류하면서 나머지 유태인들에 대한 사냥이 진행되고 있습네다."

"하긴! 그들이 당하긴 진짜 많이 당했지."

현수는 고개를 끄덕였다. 팔레스타인 사람들이 유태인들에게 당한 압박과 설움을 충분히 짐작하는 때문이다.

"그나저나 미국이나 다른 나라의 구호는 없었나?"

"이집트와 터키가 바다를 완전히 봉쇄한 상태입네다."

유태인들의 퇴로를 완전히 막았다는 뜻이다.

"흐음, 이제 이스라엘은 사라지겠군."

"국제적으로 논의되고 있지만, 그 자리에 팔레스타인이 들어설 것으로 추측됩네다."

"그런가? 원래 그 땅에 살던 사람들의 것이었으니 그게 가장 합리적인 결말이겠군."

"네, 저도 그렇게 생각합네다. 근데 전하께선 이스라엘을 몹시 싫어하시는 것 같습네다."

현수가 연신 고개를 끄덕이며 맞장구를 쳐주는데 전혀 불쌍하다는 뉘앙스를 풍기지 않았던 모양이다.

"이스라엘이, 아니, 유태인들이 마음에 안 들었지. 이 자리를 빌어 이야기하는데 우리 이실리프 왕국은 유태인과는 거래를 하지 않을 것이네. 다들 유념하게."

"…네, 알겠습니다."

모든 신하가 고개를 숙여 예를 표하자 현수는 다시 말을 이었다.

"지나와의 관계 단절은 어찌 진행되었는가?"

"일단 저쪽에 통보는 한 상태입니다. 이전에 저희와 체결했던 모든 조약 및 계약 등이 완전히 파기되었으며, 한반도 내에 머물고 있는 모든 지나인의 즉각적인 출국을 요구했습네다."

"그랬더니?"

"이실리프 왕국의 존재를 인정할 수 없으므로 저희가 보낸 공식문서의 수령을 거부하겠답네다."

"흐음, 그런가?"

"네! 아무래도 시간을 벌겠다는 전략인 것 같습네다. 전하의 의중은 어떠신디요?"

"국방장관!"

"네! 전하."

이실리프 왕국의 초대 국방장관은 북한의 군 총정치국장을 맡았던 황병서이다.

"전차와 소총 등이 새로 지급되었는데 장비를 받은 병사들은 어떻다고 하는가?"

"아! 기거의 성능이 너무 좋다 합네다. 기래서 병사들이 아주 좋아하고 있습네다."

병기의 질을 따지자면 두말하면 잔소리이고, 세 말 하면 숨만 찰 것이다. 지구 최강의 전차이며, 소총이기 때문이다.

기존에 사용하던 낡은 전차와 신형 전차의 차이는 너무도 현격한 차이가 있다. 따라서 비교 자체가 난센스일 정도이다.

주행 성능 및 실내의 쾌적함부터 차이가 크다.

이번에 보급된 전차와 장갑차들은 노면이 고르지 못한 야지를 고속으로 운행하더라도 잘 닦인 고속도로 위의 승용차 같은 안락한 승차감을 느낀다.

노면과 캐터필러에서 발생되는 충격을 모두 흡수하는 마법진이 적용되어 있는 때문이다.

실내 기온은 16℃부터 32℃까지 1℃ 간격으로 조절 가능한 선택 온도 유지 마법진이 적용되어 있다. 혹서기 또는 혹한기에도 최상의 사무 공간 같은 쾌적함을 느끼게 될 것이다.

실내 공기에는 에어 퓨리파잉 마법진이 적용되어 있다. 하여 승조원이 한꺼번에 방귀를 뀌어도 냄새를 못 느낀다. 마치 깊은 숲 속에 있는 것 같은 신선한 느낌뿐이다.

실내 공간엔 당연히 공간 확장 마법이 적용되어 있다. 기존 전차들과 비교하면 약 30배 정도 확장되어 있다.

하여 더 많은 포탄을 소지할 수 있게 되었다. 그러고도 공간이 남아 3명의 승조원 전부가 편안히 누워서 숙면을 취할 수 있는 간이침대까지 설치되어 있다.

냉장고도 장착되어 있어 시원한 음료나 맥주 또는 신선한 샐러드를 곁들인 음식을 즐길 수 있다.

전차로서의 속도 및 성능 또한 비교 불가이다. 화력 또한 기존의 어떤 전차보다도 훨씬 우월하다.

방어력도 뛰어나다.

이는 세계 최고 수준의 반응 장갑이 장착된 때문만이 아니다. 전투가 벌어졌을 때 버튼 하나로 구현되는 3중 쉴드 마법진이 적용되어 있다.

하나하나의 쉴드는 적의 포탄 또는 미사일을 한 번씩 방어할 위력을 가졌다. 따라서 미사일 또는 포탄에 세 번 격중되더라도 전차에는 흠집 하나 나지 않는다.

다음에 또 공격을 당해도 복합 반응 장갑이 다시 막아줄 것이다. 같은 부위를 또 공격당해도 스트렝스 마법진이 적용된 철판이 다시 막아준다.

마지막으로 한 번 더 같은 부위를 공격당한다 하더라도 열화우라늄탄만 아니라면 충분히 버텨낼 것이다.

따라서 전투 시 최전선에 배치된다 하더라도 죽을 확률이 대폭 떨어졌다. 당연히 병사들이 좋아할 수밖에 없다.

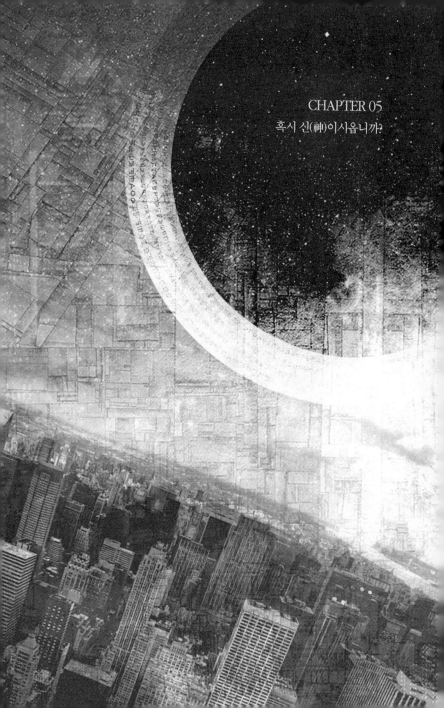

CHAPTER 05
혹시 신(神)이시옵니까?

전능의 팔찌
THE OMNIPOTENT
BRACELET

현수는 당연한 반응이라 생각하기에 고개를 끄덕이곤 말을 이었다.

"일단은 지나인들을 이 땅에서 내보내도록!"

"네! 전하. 하명하신 대로 하겠습네다."

황병서가 크게 허리를 굽히자 현수는 신하들을 둘러본다. 이쯤해서 짚어줄 것은 확실하게 짚어줘야 하기 때문이다.

"조만간 우리 이실리프 왕국과 지나와의 일전이 불가피하게 될 것이다. 따라서 병기 공급에 차질이 없도록 최우선적인 배려를 하여 언제 붙더라도 이길 수 있도록 하라."

"네에? 저, 전쟁입니까? 지나와……?"

평생을 남한과 전쟁하는 것을 이야기하면서 살았던 수뇌부들이다. 객관적으로도 남한의 전력을 압도하지 못함을 알면서도 언제든 붙어보자고 떠들어댔다. 그럼에도 지나와의 전쟁이 코앞에 닥친 듯한 말을 듣자 긴장된 표정이다.

지나의 군사력이 무시무시하다 느끼는 때문이다.

새로 지급된 신무기들의 우월한 성능보다 우선한 선입견이 있는 것이다. 현수는 신하들의 경악한 듯한 표정을 바라보며 말을 잇는다.

"지나와 전쟁이 벌어지면 반드시 동북삼성 등을 되돌려 받을 것이다. 이점을 염두에 두도록!"

"네에……? 동북삼성을 말입니까?"

김정은이 놀랍다는 표정으로 바라보고 있다.

"그렇다. 정확히 말하자면 길림성, 흑룡강성, 요령성, 그리고 내몽골자치구 중 일부를 받아내야지."

말을 하며 현수는 벽에 걸린 대형 지도를 레이저포인터로 표시해 주었다. 확실히 알 수 있도록 하기 위함이다.

흔히들 동북삼성이라 부르는 길림성, 요령성, 흑룡강성은 지나의 대표적인 낙후지역이다.

총면적은 약 79만㎢로 지나 전체의 약 8.2%에 해당되며, 이곳에 거주하는 인구는 약 1억 1천만 명이다.

현수가 레이저포인터로 표시하고 있는 것에는 동북삼성뿐만 아니라 내몽골자치구 중 일부도 포함되어 있다.

만리장성의 동쪽 끝 진황도(秦皇島) 부근을 기점으로 장성 서북부 일부를 휘감다가 승덕(承德)과 임서(林西)를 이으며 곧장 북쪽을 가로지른다.

이것만 약 70만㎢에 이르는 광활한 지역이다.

만일 이실리프 왕국이 이 영토까지 얻게 되면 몽골에서 조차 해 준 자치령과 곧바로 맞닿게 된다.

꿀꺽-!

너무도 넓은 지역을 원으로 그려서 그런지 이실리프 왕국의 수뇌부 전부는 침을 삼킨다.

현수가 차지하겠다고 표시하는 곳의 영토 면적이 아무리 적어도 150만㎢ 정도이다.

한반도 이북에 자리 잡고 있는 이실리프 왕국의 국토면적은 약 12만㎢이다. 그런데 국토를 12.5배나 넓히겠다는 뜻이니 다들 긴장한 표정이다.

그러면서도 머릿속은 분주하다.

국왕의 말대로 된다면 담덕이라는 이름을 가졌던 '국강상 광개토경 평안 호태왕(國岡上 廣開土境 平安 好太王)'과 장수왕(長壽王) 시절 이후 최대 면적을 가진 거대 국가로 발돋움할 수 있기 때문이다.

참고로, 국토면적 162만㎢는 세계 20위에 해당된다.

여기에 몽골의 10만 8,000㎢, 러시아의 10만㎢, 그리고 콩고민주공화국의 14만㎢와, 에티오피아의 4만㎢, 그리고 우간다의 4만 2,000㎢와 케냐의 6만 5,000㎢를 합치면 이실리프 왕국의 전체 면적은 약 212만㎢에 이른다.

세계 14위인 멕시코보다도 넓다.

참고로, 멕시코 국토면적은 1,964,375㎢이고 13위인 사우디아라비아는 2,149,690㎢이다.

추가로 몽골정부로부터 농지로 사용해도 좋다는 허가를 받게 될 고비사막의 112만 5,000㎢까지 포함시키면 전체 면적은 무려 324만㎢가 된다.

이는 대한민국의 32.5배 정도 되는 면적으로 세계 7위인 인도와 맞먹을 어마어마한 크기이다. 참고로, 인도의 인구수는 세계 2위로 약 12억 4,000만 명이다.

이렇듯 큰 국가를 경영해 본 바 없는 수뇌부들은 입만 딱 벌린 채 멍한 표정을 짓고 있다.

현수의 얼굴에서 자신감을 읽은 때문이다.

"저어, 국왕 전하!"

"왜 그러나?"

현수의 시선을 받은 김정은은 얼른 허리를 굽힌다.

"저, 전하의 뜻대로 되려면 지나의 해, 핵무기가……."

동북공정과 서북공정, 그리고 서남공정 등을 일삼는 지나가 순순히 영토를 잃지는 않을 것이기에 한 말이다.

"지나의 핵이 두려운가? 내가 알기론 이 땅에도 핵무기가 있는데?"

"마, 말씀하신 대로 저희도 핵무기를 가지긴 했지만 지나는 저희보다 훨씬 많아서……."

김정은의 말은 중간에 잘렸다. 자신만만한 표정을 짓고 있는 현수 때문이다.

"핵이라면 내게도 500기쯤 있으니 걱정 말라."

"…네, 네에? 뭐라고요?"

"저, 정말이십니까? 저, 정말이요?"

모두의 눈이 급격하게 커진다. 개인이 핵무기를 보유했다는 이야기는 들어본 적도 없기 때문이다.

그러거나 말거나 현수의 말은 이어진다.

"믿어지지 않을 수도 있지만 내게 당장 발사 가능한 핵무기 500기가 있으니 지나의 핵은 경계할 필요가 없다. 그리고 설사 그게 없다 하더라도 관계없고."

"저, 전하, 핵입니다. 그냥 재래식 무기가 아닌 핵무기입니다. 근데 그걸 경계할 필요가 없다고 하시면……."

말도 안 된다는 표정을 짓고 있는 황병서의 말을 끊은 건 김정은이다. 뭔가 생각난 게 있는 표정이다.

"혹시 국제적 역학관계 때문에 지나가 핵을 발사할 수 없다는 그런 걸 염두에 두고 계신 것은……?"

김정은의 말도 중간에서 끊겼다. 뒷말을 듣지 않아도 뻔한 때문이다.

"최근 이스라엘이 멸망당했음을 모두가 알고 있지?"

"그, 그럼요! 수없이 많은 운석이……."

황병서가 다시 입을 열었으니 또 중간에 잘렸다. 물론 현수가 말을 이은 때문이다.

"그 많은 운석 중 사람이 살고 있지 않은 곳에 떨어진 게 몇 개인지 혹시 아는가?"

"그, 그건……!"

CNN은 물론이고 CIA 같은 첩보기관조차 파악하지 못한 것에 대한 물음이다. 너무 넓은 지역이고 많아서이다.

아직 국제관계에 능수능란함을 보이지 못한 이실리프 왕국의 수뇌부들은 당연히 대답할 수 없어 우물쭈물거린다.

현수는 신하들을 둘러보며 천천히 말을 이었다.

"내가 보고받은 바에 의하면 이스라엘에 떨어진 운석 가운데 사람이 살고 있지 않은 벌판 등에 떨어진 것의 수효는 정확히 331개이다."

"……!"

모두가 멍한 표정이다. 저런 걸 어찌 아나 싶은 것이다.

"전체 운석의 숫자 중 331개는 0.001%에 해당된다. 따라서 이스라엘에 떨어진 운석의 총 숫자는 331,000개이다."

운석 하나하나가 핵무기급 위력을 가졌으니 이스라엘 전체가 초토화된 것은 당연한 일이다.

"네에? 그, 그걸 전하께서 어떻게……?"

김정은의 말은 묘하게 떨리고 있었다.

현수의 자신만만한 표정 등으로 미루어 짐작컨대 뭔가가 있다는 느낌을 받은 때문이다.

"그렇게 되도록 지시한 사람이 바로 나니까."

"헉! 네, 네에?"

"저, 정말이십니까?"

모두의 눈이 엄청나게 커진다. 그러거나 말거나 현수의 말은 다시 이어진다.

"일본 열도에서 침강 현상이 빚어지고 83개의 화산이 일제히 터진 것도 알고 있지?"

현수의 표정을 읽은 김정은이 대경실색한다. 열도 침강과 지진은 인간의 힘으론 어쩔 수 없는 것이기 때문이다.

"그, 그럼 그것도……?"

"저, 전하! 저, 정녕 진심이시옵니까?"

김정은은 말을 잇지 못했고, 황병서의 말은 극존칭으로 바뀌었다.

"이제 곧 한반도 동쪽에 큰 땅이 솟아오를 것이며, 제주도 좌우와 이어도 인근에도 큰 땅이 새롭게 솟아난다."

"……!"

모두의 눈빛이 급격하게 바뀐다. 방금 들은 말이 뻥이 아니라면 현수는 인간이 아닌 때문이다.

"호, 혹시 시, 신(神)이시옵니까?"

황병서의 물음에 현수는 고개를 저었다.

"나는 위대한 인간일 뿐이다. 매스 라이트!"

말이 끝나기 무섭게 눈부신 빛을 뿜는 광구들이 허공에서 돋아난다. 형광등 10,000개가 동시에 켜진 듯 너무도 환한 빛에 모두가 눈을 가늘게 뜬다.

"헉—!"

"허억—! 이, 이건……!"

털썩—! 털썩! 터터터터털썩—!

모두가 놀라며 뒷걸음질 치다가 주저앉고는 멍한 표정으로 찬란한 빛에서 시선을 떼지 못한다.

이때 현수의 입술이 나직이 달싹인다. 물론 바로 곁에서도 소리는 들리지 않는다.

"매직 캔슬!"

파앗—!

한꺼번에 빛이 사라지자 마치 깊은 어둠 속에 있는 듯 어리둥절한 표정으로 바뀐다.

"헉—!"

모두가 놀랄 때 현수의 입술이 다시 달싹인다.

"파이어 볼!"

말 끝나기 무섭게 현수의 손바닥 위에 직경 50㎝짜리 화염 덩어리가 생성된다. 새로운 빛이다.

빨갛던 빛깔은 오렌지색에서 노란색으로 변하는가 싶더니 이내 흰빛이 되었다가 푸르스름한 빛깔로 변한다.

초고온이 되었다는 뜻이다.

파이어 볼이 천천히 주변을 맴돌자 이글거리는 뜨거운 열기가 수뇌부들에게 이른다. 하지만 피하는 이는 아무도 없다.

다만 놀란 표정으로 화염과 현수의 얼굴을 번갈아 보고 있을 뿐이다. 이건 대체 뭔가 하는 표정이다.

"가랏!"

현수는 다물궁 창밖의 커다란 바위로 파이어 볼을 쏘아 보냈다.

쐐에에에에엑—!

쿠와와앙—!

쏜살처럼 날아간 화염구가 공사하느라 땅에서 파낸 바위를 강타했다. 그 순간 시뻘건 화염이 바위의 감싸더니 이내 녹아내린다.

파이어 볼은 불과 2서클 마법이다. 그럼에도 워낙 효율이 높아 이런 현상이 빚어진 것이다.

"세, 세상에……!"

"저, 전하……!"

"내겐 남들이 모르는 힘이 있다. 마음만 먹으면 하늘을 날 수도 있고……."

말을 끊음과 동시에 현수의 신형이 둥실 떠오른다.

다물궁의 정전이라 할 수 있는 이곳의 천정고는 약 15m이다. 옥좌에 앉아 있던 현수의 신형은 약 10m 높이로 솟구친 뒤 그대로 멈췄다.

"저, 전하……!"

모두의 시선이 허공에 떠 있는 현수에게 향해 있다. 당연히 경악하는 표정이다. 이때 현수의 말이 이어진다.

"없던 것도 만들어낸다. 데이오의 징벌!"

말을 마치자 현수 바로 곁에 시커먼 구멍이 생기는가 싶더니 찬란하게 장식된 장검 하나가 솟아난다.

찌이이잉―!

검집에서 검을 뽑아 들자 서늘한 예기가 느껴진다. 김정은을 비롯한 신하들은 이게 대체 뭔가 하는 표정이다.

이때 현수의 입술이 다시 달싹인다.

"라이트닝 퍼니쉬먼트!"

버언쩍―!

콰콰콰콰콰콰쾅―!

눈을 뜰 수 없는 섬광이 조금 전 파이어볼에 격중되었던 바위로 집중됨과 동시에 고막이 찢길 듯한 낙뢰음이 터져 나온다.

쩌어억―!

바위가 두 쪽으로 갈라지자 모두가 뒷걸음질 친다.

"혁—!"

"흐익—?"

벼락에 격중된 바위가 갈라지면서 허연 수증기가 솟아나는 모습에 뇌가 마비되는 현상을 겪는 중이다.

검끝에서 구현된 벼락에 의한 것임은 의심할 여지가 없다. 자신들의 눈앞에서 벌어진 일인 때문이다.

그런데도 믿어지지 않는다. 인간이, 그저 칼 한 자루를 들었을 뿐인데 벼락을 뿜어냈다.

이곳이 대한민국이었다면 학창 시절에 한 번쯤은 무협지를 읽었을 것이고, 그중엔 뇌(雷) 자가 들어가는 소설 하나쯤은 끼어 있을 것이다.

무림인이 기연을 만나 벼락을 뿜어내는 먼치킨 소설이다.

소설이 아니라면 무협 영화라도 보았을 것이다. 그랬다면 방금 전의 일을 충분히 납득했을 것이다.

그런데 이곳은 본시 무협 소설이라곤 눈을 씻고 찾아보려 해도 찾아볼 수 없는 북한이었던 곳이다.

그러니 어안이 벙벙한 표정으로 멀뚱멀뚱 현수만 바라보고 있다. 순간적으로 뇌쇄된 것이다.

"저, 전하……!"

털썩—! 터터터터터털썩—!

뭐라 말을 해야 할지 모르게 된 김정은 등은 부르르 떨며 털썩 무릎을 꿇는다. 위대한 신 앞에 선 초라한 피조물이란 느낌을 받은 때문이다.

이 순간 수뇌부 전부는 현수에 의한 심령의 제압을 받았다.

자연스레 뿜어지는 카리스마가 뇌마저 완전하게 굴복시킨 것이다.

현수는 수뇌부들을 둘러보며 말을 이었다.

"내가 마음만 먹으면 이스라엘에 떨어진 운석보다 훨씬 많은 것을 북경에 쏟아낼 수 있다. 중경, 상해, 북경, 성도, 천진, 광주, 보정, 합이빈, 소주 등이 동시에 초토화되면 지나가 버틸 수 있을까?"

방금 언급된 도시의 인구는 약 1억 5천만 명이다.

이스라엘과 똑같이 당한다면 떨어진다면 이곳들 모두 황량한 폐허가 된다. 사람은 물론이고, 쥐와 바퀴벌레들도 살아남지 못할 것이다.

상상만으로도 끔찍한지 부르르 떤다.

"조금 전 지나의 핵이 무섭다 했는가? 한반도의 하늘엔 내가 올려놓은 우주 기지가 있다. 이실리프호라 한다."

"네에?"

모두가 놀란 표정으로 현수를 바라본다.

"거기서 낙하시킨 것이 이스라엘을 그리 만들었다. 그냥 바위였지. 그런데 이실리프호에 바위들만 실려 있을까?"

"그, 그럼……?"

"이실리프 호의 12개 방위엔 고성능 레일건들이 장착되어 있다. 지나가 아무리 많은 핵무기를 발사해도 모조리 요격하고도 남을 만큼 충분하지."

"허얼—!"

레일건이 어떤 건지 모두가 알고 있다.

하여 입을 딱 벌린다. 미국도 상용화하지 못한 것을 실전에 배치했다니 놀란 때문이다.

"뿐만 아니라 이실리프호엔 강력한 전자기파를 발사하여 1초만에 반경 10㎞ 내의 모든 생명체를 말살시키는 이실리프의 창이라는 것도 있다."

"끄으응!"

점입가경이라는 생각인지 다들 묘한 침음을 낸다.

"이 밖에 적의 주요 군사시설에 길이 6m, 무게 100㎏짜리 텅스텐 탄심을 쏘는 이실리프 미티어도 있다."

"네에? 그, 그건……?"

미국도 실전에 배치하지 못한 신의 회초리(The rod from god)가 떠오른 수뇌부는 부르르 떤다.

이 땅을 공산당이 점령하고 있던 시절 가장 무서워했던 것이 바로 이것이다. 핵무기도 아니면서 그에 버금갈 위력을 가졌는데 요격이 불가능하다.

적이 언제 꺼내 들든 국제적인 비난으로부터 빗겨갈 것이고, 무시무시한 위력을 가졌다.

이게 평양을 겨냥하면 곧바로 몰살이다.

사용 후에도 방사능 걱정을 전혀 할 필요가 없으니 미국 입장에선 배치만 하면 언제든 눈에 가시 같은 북한을 작살낼 수 있었을 것이다.

그래서 인민들을 굶겨가면서 핵무기 개발에 더욱 박차를 가했던 것이다. 그런 것을 이미 배치해 놓았다고 한다. 어찌 놀라지 않겠는가!

"저, 전하! 바, 방금하신 말씀 저, 전부 사, 사실이옵네까? 시, 신은 너무도 놀라워서 도저히 믿을 수가……."

황병서는 말까지 더듬는다. 너무도 놀란 때문이다.

"내가 신하들 앞에서 거짓말을 할 사람으로 보이는가?"

"네? 아, 아니 그게 아니라……. 죄, 죄송합네다."

황병서는 말실수를 깨닫고 얼른 고개를 숙인다.

지난 2015년 북한 권력서열 4위에 있던 현영철이 전격적으로 처형되었다.

그는 2006년부터 백두산 서쪽 북·중 국경지대를 담당하는 8군단장으로 복무했다. 2010년엔 대장으로 진급했고, 2014년엔 인민무력부장이 되면서 실세 권력자가 되었다.

그런 그가 처형된 것은 회의석상에서 졸았던 때문이다.

당시 황병서는 이 처형을 직접 지휘했다.

그런데 오늘 지금껏 최고 존엄으로 여기던 김정은조차 하늘로 여기는 국왕에게 거짓말이냐고 했다.

이는 '최상 최고 극존엄 모독'에 해당된다.

현영철이 총살당한 것처럼 자신 또한 그렇게 된다 하더라도 찍소리도 못 할 어마어마하게 큰 죄이다.

이에 대한 처벌은 당연히 사형이다.

시신을 나름대로 온전히 남기게 되는 총살이면 감지덕지이고, 적의 비행체를 떨구기 위해 만들어진 고사총에 의해 시신조차 갈가리 찢기게 될 확률이 매우 높다.

그렇기에 즉각 고개를 숙인 것이다. 그런데 그것만으로 부족하다 여겼는지 무릎 꿇고 조아린다.

죄를 뉘우치니 제발 한 번만 봐 달라는 뜻이다.

"저, 전하! 하, 한 번만… 한 번만 용서해 주시라요. 미천한 이 놈이 감히 하늘같으신 전하께… 고조 한번만 너그럽게 용서하여 주시라요. 전하!"

"…일어서라!"

"아, 아닙네다. 소, 소인은 정말 죽을죄를 지었습네다. 국왕 전하! 그저 한 번만 봐주시라요. 정말 잘못했습네다."

황병서는 너무도 놀라 극존칭을 감히 잊은 듯하다.

"…알았으니 일어나라. 나는 너의 죄를 사한다."

현수의 나지막하면서 카리스마 넘치는 음성을 들은 황병서는 부들부들 떨며 일어선다.

"저, 정말 가, 감사하옵네다. 죽을 때까지 고조 충성 또 충성하겠사옵네다. 전하!"

황병서는 연신 고개를 조아린다. 다들 감히 전하의 심기를 불편하게 하느냐는 못마땅한 시선으로 바라보고 있기 때문이다.

지금은 누구든 처벌하자고 주장하면 그야말로 죽은 목숨이 된다. 다들 동조할 것이 뻔하다. 자신보다 상위 권력자가 사라지면 차례로 승차하기 때문이다.

그렇기에 비굴한 표정까지 짓는다.

현수는 상황을 정리해야 함을 느꼈다. 한 발짝 나서며 처벌하자는 말을 하려는 움직임이 포착된 때문이다.

북한이 이실리프 왕국으로 바뀐 후 현수는 권력서열을 그대로 유지시켰다. 당분간은 국정에 혼란이 있어선 안 되기 때문이다.

황병서는 김정은에 이어 서열 2위였다. 그런데 북한이던 시절 현재의 서열 3위인 최룡해 전 노동당 비서는 한때 황병서보다 앞선 서열이었다.

북한의 권력서열은 자주 바뀌었는데 현수가 국왕에 등극한 이후 고착화된 상태이다. 당연히 최룡해에게 줄을 댄 인사들은 이게 못마땅할 것이다.

그런데 기회가 생기자 이번 기회에 황병서를 밀어내려는 움직임을 보이려는 것이다. 하여 뒤쪽의 누군가가 한 발짝 내디디려는 순간 현수의 입술이 열렸다.

"조만간 배치될 카헤리온과 봉황은……."

현수의 설명이 이어지는 동안 이실리프 왕국의 신하들은 입을 딱 벌리고 있다.

카헤리온과 봉황은 세계 최고라 불리던 F—22 랩터라 할지라도 어린아이 손목 비트는 것보다도 쉽게 처리할 수 있는 전략병기이다.

특히 카헤리온은 평양에서 발진한 뒤 불과 2~3초 만에 워싱턴 상공에 당도한다고 한다. 그리고 품고 있던 폭탄 10만 톤을 쏟아낼 수 있다는데 어찌 놀라지 않겠는가!

봉황의 경우는 어마어마한 군수물자를 한 번에 이동시킬 능력이 있다.

대한민국의 K—2 흑표는 전투 중량[3]이 56톤이나 된다. 이런 걸 한 번에 1,785대나 운반할 능력을 가졌다.

경량화 마법과 공간 확장 마법이 중첩되어 가능한 일이다.

카헤리온 또는 봉황 중 하나만 있어도 일본의 공군력 전부를

---

3) 전투 중량(Combat Weight) : 전투 시 필요한 전투원과 전투 장비, 물자 등을 포함하는 전체 무게.

말살시킬 수 있다. 지나 또한 다르지 않을 것이다.

물량은 많지만 고물도 많이 섞여 있는 때문이다.

그런데 이곳 이실리프 왕국엔 카헤리온과 봉황이 각각 두 대씩 배치될 예정이다. 단숨에 일본과 지나의 협공을 물리치는 것을 물론이고 박살까지 낼 수 있게 된다.

여기에 잠수함도 추가된다고 한다. 미국의 최신예 핵잠수함보다도 더한 성능을 가진 것이다.

서해와 동해에 각기 한 대씩 있을 예정이며, 이것들 역시 각각 일본과 지나의 해군력을 완전무결하게 제거할 능력을 갖춘 것이다.

일련의 배치를 마치면 공군과 해군 전력은 각각 세계 1위가 된다. 카헤리온 2대와 봉황 2대, 그리고 달랑 잠수함 2척으로 이룬 성과이다. 장거리 지원 내지 백업 역할은 우주에 떠 있는 이실리프호가 맡는다.

최신 병기가 배치되고 있는 육군 또한 그러할 것이다.

무게가 거의 느껴지지 않고, 활동성을 저해하지도 않는 방탄복이 곧 지급된다. 아울러 혹한기나 혹서기에도 전투력이 저하되지 않도록 항온전투복과 항온헬멧, 그리고 항온군화 또한 보급될 예정이다.

뿐만이 아니다. 적의 총탄이나 수류탄 등으로부터 병사들의 목숨을 보호하는 내복형 방탄복도 준다고 한다.

국왕의 설명대로라면 지금껏 보유하고 있던 모든 무기를 폐기해도 된다. 그러니 어찌 놀라지 않겠는가!

"저, 전하! 저, 정녕 전하는… 전하는……!"

김정은과 황룡서, 그리고 최룡해 등은 말도 잇지 못한다. 늘 미국의 협박을 받아왔고, 지나로부터 수모를 받아왔다.

경제제제 등으로 국제적인 왕따가 된 상태에서 식량난, 연료난, 비료난, 전력난 등을 겪었다.

치미는 분노를 감추려 미국 등을 상대로 강경한 자세를 견지했지만 속으론 '정말 공격을 당하면 어떻게 하나?' 하는 불안함을 안고 살았다.

그런데 이제 그런 모든 제약과 치욕으로부터 완전히 자유롭게 될 모양이다. 그렇기에 다들 눈물까지 그렁그렁하다.

"그러니 안심하고 맡은 소임에 열중하도록! 알았나?"

"네! 전하."

다들 이구동성으로 대답하며 허리를 꺾는다. 이제부터 현수는 이실리프 왕국의 국왕인 동시에 수호신이기도 하다.

신하들은 신명을 다해 충성할 것을 다짐하고 있었다.

*   *   *

"뭐야? IS가 해상에서도 날뛴다고?"

"그래!"

"이상한데? IS는 주로 내전 지역에서 활동하잖아. 그렇기 때문에 내전 지역이 아닌 곳은 IS가 대놓고 활동하지는 않는 걸로 알고 있는데."

현수의 물음에 민주영은 크게 고개를 끄덕인다.

"맞아! 지금까지는 그랬지. 근데 이젠 아닌가 봐."

그러면서 벽에 걸린 세계 지도의 한 부분을 가리킨다.

예멘 남부 아덴만(Gulf of Aden) 해역 남부이다.

"근데 킨샤사로 갈 배가 왜 거길 지나가?"

아덴만은 해적들이 수시로 출몰하는 곳이다.

지난 2011년 1월, 이곳을 지나던 삼호 쥬얼리호가 소말리아 해적들에 의해 피납되었다. 이에 정부는 해군 청해부대를 파견하여 '아덴만 여명 작전'을 실시토록 했다.

그 결과 해적 13명 중 8명을 사살했고, 5명을 생포한 후 선원 모두를 구출해 내는 개가를 올렸다.

"예멘 무칼라항에 볼일이 있어서 그랬어."

"예멘에? 거길 왜?"

"왜긴, 이실리프 어패럴에서 수출한 항온의류를 예멘 총판에 갖다 줘야 했으니까 그렇지."

"아!"

현수는 고개를 끄덕였다. 인천과 부산, 그리고 목포에서 킨샤사로 정기선이 오간다. 선적 공간이 남을 경우 다른 계열사의 일도 처리해 준다고 들었던 것이다.

어쨌거나 대한민국은 해적들에 의해 나포당한 이실리프 상사의 메티스[4]호 때문에 시끄럽다. 선원 가족들이 본사에 몰려들어 구출을 요청했고, 민주영은 정부에 도움을 청했다.

그런데 마땅치가 않다. 메티스호에 타고 있던 선원들 전부 육상 어딘가로 끌려간 때문이다.

"근데 IS 소행인 건 어떻게 알았어?"

---

4) 메티스(Metis) : 바다의 여신이자 제우스의 첫번째 아내.

"놈들이 비디오테이프를 보내왔어. 사흘 이내에 1인당 300만 달러를 현찰로 지급하지 않으면 하루에 한 명씩 참수하겠다고."

"뭐어? 참수를 한다고?"

민주영은 심각한 표정으로 고개를 끄덕이곤 비디오 플레이어의 버튼을 누른다.

현수는 IS가 보내온 영상을 말없이 바라보았다.

"그 배에 탄 선원의 숫자는?"

"외국인 선원 38명과 내국인 선원 7명, 그리고 이실리프 어패럴 직원 12명이 있어."

"끄응, 57명이면 1억 7,100만 달러네."

"그래! 어떻게 할까?"

민주영은 말만 떨어지면 그 즉시 돈을 주고 선원과 직원들을 구조할 생각인 모양이다.

"테러단체에게 돈을 준다는 건 그들의 손에 또 다른 무기를 쥐어주는 것이나 다름없어. 안 그래?"

"그렇긴 해. 그래도 어떻게 해? 사람 목숨이 달려 있잖아. 우리 회산 그만한 돈 지불해도 널널해."

말은 이렇게 했지만 민주영은 자신도 마땅하다 생각하지 않음을 표정으로 나타내고 있다.

엄밀히 따지자면 강도를 당한 것이나 다름없기 때문이다. 그래도 어쩌겠는가! 사람들의 목숨이 달려 있다.

CHAPTER 06
메티스호 납치 사건

"현수야! 돈 주고 빼오자."

"아니!"

현수는 민주영의 간절한 눈길에도 아랑곳하지 않고 단호한 표정을 짓고 있다.

"야! 현수야. 사람들 목숨이 달려 있는 일이야."

"아니! 아무리 돈이 많아도 IS에겐 못 줘."

수니파 극단주의 무장단체 이슬람국가 IS는 시리아와 이라크뿐만 아니라 예멘, 리비아, 아프가니스탄, 팔레스타인, 알제리, 이집트, 나이지리아, 파키스탄, 러시아 카프카스, 필리핀 등에서 활동하고 있다.

이놈들은 잡은 인질들을 무참하게 살해하는데, 참수형은 기본이고 탱크로 깔아뭉개서 죽이기도 한다.

휘하에 지난 2015년에 충성을 맹세한 보코하람 등이 있다. 이 놈들은 나이지리아에서 활동하고 있는데 이미 만 명이 넘는 인명을 살해한 바 있다. 아울러 여중생들을 납치하여 성노예로 삼는 일을 저지른 바 있다.

보코하람으로 인해 발생한 난민은 이미 200만 명을 훨씬 넘었다. 그리고 이들의 잔혹한 테러에 의해 2014년 한 해에만 무려 1만여 명이 목숨을 잃었다.

이 밖에 알 카에다, 하마스, 탈레반 등도 수니파 무장세력이고, 이들도 많은 문제를 야기하고 있다.

IS에 돈을 준다는 것은 이런 일이 더 벌어지도록 돕는 것이나 다름없다.

"그, 그럼 어떻게 할 건데? 그 사람들 다 죽여?"

"……."

현수가 아무런 대꾸도 하지 않자 민주영은 더욱 큰 목소리를 낸다.

"무려 57명이야. 그 사람들 목 잘려서 죽거나 탱크 같은데 깔려서 죽는 걸 꼭 비디오로 봐야 해?"

"……."

"야! 왜 말이 없어? 대답 좀 해. 사람이 57명이나 죽게 생겼어. 돈 주면 풀어준다고 하잖아. 근데 왜 그걸 못하게 해?"

"…… ．"

"야! 그놈들이 어떤지 너도 알잖아. 지들 마음에 안 들면 사람 목을 막 베는 아주 흉악한 놈들이야. 마음 같아선 싸그리 죽여버렸으면 좋겠는 놈들이라고."

민주영은 계속해서 소리치고 있지만 현수는 아무런 대꾸 없이 지도만 바라만 보고 있다.

"야! 김현수. 놈들이 준 말미는 사흘이야. 근데 벌써 이틀이 지났어. 니가 얼른 결정해 줘야 돈 찾아서 놈들에게 줄 수 있어. 그거 하는 데 꼬박 하루 걸려. 그러니까 지금 당장 결정해 줘야 해. 안 그러면 인질들 목을 벨 거야."

"나 잠깐 나갔다 올게."

"나가? 어딜? 야! 어, 어딜가?"

민주영은 갑자기 나가 버리는 현수의 뒤를 따랐지만 엘리베이터 문이 닫힌 후였다.

"야! 김현수. 대체 어딜 가는데? 엉? 야! 김현수!"

쾅쾅쾅쾅—! 쾅쾅쾅쾅—!

민주영은 연신 엘리베이터 문을 두들긴다. 안에 있을 현수더러 들으라는 뜻이다.

하지만 민주영이 내는 소리를 현수는 듣지 못했다. 장거리 텔레포트 마법이 구현된 후이기 때문이다.

스르르르—!

이실리프호 선장 김호인은 순간이동장치에서 빛이 나자 시선을 돌렸다. 이동 스케줄에 없던 일인 때문이다.

환한 빛이 나는가 싶더니 스르르 문이 열린다. 그리고 드러난 인물의 얼굴을 본 김 선장은 눈을 크게 뜬다.

"회, 회장님!"

"오랜만입니다."

"어, 어떻게 여길……?"

이실리프호엔 두 가지 이동장치가 있다.

하나는 사물용이다.

우주에서 발생된 쓰레기를 지구로 보내고, 지상에선 식량, 자재 등을 보낼 때 쓴다. 이스라엘에 떨군 암석들 모두 이것을 이용하여 공급받은 것이다.

현재에도 수없이 많은 바위가 오고 있다.

다른 하나는 인간용이다.

휴가 또는 임무 교대가 있을 때 사용될 목적으로 준비된 것이다. 그런데 아직 한 번도 사용하지 않았다. 휴가 받은 인원이 없었고, 아직 임무 교대시기가 아닌 때문이다.

그동안 인간용을 사용하지 않은 이유 가운데 하나는 아직 안전이 담보되지 않은 때문이다.

지구 어느 곳에서도 사용해 본 바 없고, 있다는 이야기도 들어본 적도 없는 것이다.

대원들 또는 그 가족에게 애경사가 있을 경우 신청만 하면 그 즉시 휴가가 수리된다.

이실리프호 근무를 지원받을 때 지상에서의 근무와 다르지 않을 것이라는 장담을 한 때문이다.

사물용을 보면 이상 없이 오가는 것 같기는 한데 사람용은 사용할 엄두가 나지 않았다. 이실리프호에 탑승한 대원들이 다 같이 본 영화 한 편 때문이다.

1986년에 미국에서 제작한 영화 〈The fly〉는 이런 이송 장치에 관한 것이다.

영화에선 비비원숭이를 이송하는 실험에 성공하자 주인공 본인이 실험체가 된다. 그 결과 이송에는 성공한다.

그런데 그 장치 안에는 파리 한 마리가 있었다. 그 결과 주인공의 몸이 파리처럼 변해가는 과정을 그린 영화이다.

대원들은 혹시라도 같은 일이 빚어질까 싶어 아무도 휴가를 신청하지 않았다.

김호인 선장 역시 마찬가지이다. 그 결과 보름쯤 전에 둘째 딸이 결혼했다는 이메일을 받았다.

어쨌거나 인간용 이송 장치는 지금껏 단 한 번도 사용되지 않았다. 그런데 그곳에서 이실리프 그룹의 회장이 나왔다.

어찌 놀라지 않겠는가!

"회장님! 아무런 기별도 없이 어떻게……?"

"급한 일이 있어 왔습니다. 일단 예멘 상공으로 이동부터 해주세요."

"네? 아! 알겠습니다. 파일럿! 예멘 상공으로 즉시 이동!"

선장의 명을 받은 파일럿은 즉시 복창한다.

"네! 예멘 상공으로 즉시 이동합니다."

파일럿이 조종간을 잡으러 가자 현수의 입이 열린다.

"가는 동안……."

현수는 메티스호가 납치된 것을 설명하고 이실리프호의 레이더를 총동원하여 선원과 배의 위치 파악을 지시했다.

김호인 선장의 명을 받은 대원들은 즉시 임무 수행을 위해 움직였다. 부산스런 움직임이 줄어들자 현수는 이실리프호의 내부를 살펴보았다.

반경 120m, 높이 12.5m짜리 이실리프호는 국제우주정거장 ISS보다 약 736배나 큰 공간을 가지고 있다.

대원들에겐 1인용 침실이 제공되고, 체력단련실은 물론이고 족구장과 테니스 코트까지 갖추고 있다. 한쪽엔 4개의 레인을 갖춘 25m 수영장도 있다.

내부를 둘러본 현수는 불편한 점이 없는지 여부를 물었다. 물론 없다.

함 내에 필요한 물건이 있다고 하면 즉시 제공되는 때문이다. 예를 들어, 샤워 시설이 부족하다고 하면 그것을 확장할 자재와 공구 같은 것이 공급된다.

선장은 현수와 대화를 하는 동안 많은 것을 메모했고, 그 즉시 지시가 내려졌다. 그렇게 약간의 시간이 지났다.

"선장님! 예멘 상공에 도착했습니다."

"아! 그래? 배와 선원들은 어디에 있는지 파악되었나?"

"네! 메티스호는 예멘항에 정박해 있고, 인질들은 전원 아덴대학교 교정에 억류되어 있습니다."

선장은 현수에게 시선을 돌렸다. 같이 들었으니 새삼 보고할 필요를 못 느끼는지 아무런 말이 없다.

지난 2015년, 예멘 남부도시 아덴시의 아덴대학교는 IS로부터 남녀 학생들을 분리하여 교육하라는 협박을 받았다.

이들은 또 교정에서 음악을 금지하고, 학생들은 모여서 공동으로 기도하라는 요구를 했다. 그리고 IS의 뜻을 따르지 않을 경우 차량 폭탄을 터뜨리겠다고 했다.

아덴대학교는 이를 거부했다. 그리고 2016년 여름 아덴대학교는 IS의 폭탄테러를 받았다.

그 결과 본관과 공학관 건물이 무너지면서 300명이 넘는 학생들이 죽었고, 200여 명의 학생은 납치되었다.

이들 중 사내는 참수형에 처해졌고, 여대생들은 IS 대원들의 성노예가 되었다.

분노한 예멘 정부군이 IS와 치열한 교전을 벌였지만 신은 IS의 손을 들어주었다.

그 결과 아덴시는 IS에 의해 장악되었다.

"IS 근거지에 대한 조사를 지시합니다. 예멘은 물론이고 시리아와 이라크 등지의 모든 IS 근거지를 파악하십시오."

"…네! 지시대로 하겠습니다."

명을 받은 김호인 선장은 즉시 승조원들에게 임무를 배당했다. 그리곤 따끈한 커피를 내왔다.

"말씀하신 걸 조사하려면 시간이 필요합니다. 차나 한잔하시지요."

"아닙니다. 용무가 있어 잠시 지상엘 다녀와야겠습니다. 차는 나중에 마시지요."

"…네! 알겠습니다."

자리에서 일어선 현수는 이송 장치 안으로 들어섰다.

그리고 눈짓을 하자 이송 장치를 담당하는 승조원이 텔레포트 버튼을 누른다.

위이이이이잉—!

번쩍—!

작은 소리가 잠시 이어지는가 싶더니 환한 빛이 뿜어진다.

이송 장치 안의 현수는 이실리프 상사 지하주차장에 마련된 포탈로 이동했다.

보는 눈이 있기에 텔레포트 마법을 쓸 수 없었던 것이다.

"세리프아! 내가 이동할 장소의 좌표는?"

"주인님께서 가시고자 하는 곳 좌표는 32KER975RDD—RED66542A71B—84LKW311TWKF6예요."

"오케이! 알았어. 텔레포트!"

샤르르르룽—!

현수의 신형이 연기처럼 흐트러진다.

잠시 후, 현수는 아덴대학교 교정 뒤쪽 공터에 있었다.

"아리아니! 아공간 열어서 헤르시온 꺼내줘."

"네! 오라버니."

"아머 온!"

현수의 입술이 달싹이자 허리춤으로부터 위아래로 엷은 금속 막이 쏟아져 간다. 순항미사일의 수면을 스치듯 날아가는 씨 스키밍 기술이 적용된 것이다.

전신을 감싸는 마법갑옷 헤르시온은 온갖 마법이 중첩되어 있어 가볍고, 착용감이 느껴지지 않는 것이다.

"인비저빌러티!"

현수의 입술이 달싹이자 스르르 모습이 사라진다.

"오라버니, 뭐 하시려구요?"

"정령들 좀 불러줘."

"네, 알았어요."

잠시 후 4대 정령왕 모두 현수의 곁에 나타난다.

"여기 어딘가에 사람들이 억류되어 있을 거야. 위치 파악 좀 하고, 총을 든 놈들이 어디에 있는지도 알아와."

"네, 주인님!"

"알겠습니다. 마스터!"

현수는 기다리는 동안 아공간의 컨테이너를 꺼내 산소탱크를 확인해 보았다. 57명이 들어갔을 경우 10분 정도 버틸 수 있을 정도만 남아 있었다.

"이거 가지고 될까? 되겠지."

인질들을 구출한 후 즉시 텔레포트하고 곧바로 컨테이너를 꺼내기만 하면 문제되지 않을 것 같다.

"주인님! 인질들 다 저기 있어요. 그리고 총을 든 남자들은 저기, 그리고 저기에 있구요."

인질은 반쯤 무너진 석조 건물 안에 있다.

"총 든 놈들의 숫자는?"

"근방엔 대여섯 명씩 열두 무리가 있어요. 총인원은 63명이구요. 저쪽엔 237명이 더 있어요."

손짓하는 곳을 보니 대략 200m 정도 떨어진 곳이다.

"알았어."

고개를 끄덕인 현수는 세리프아가 알려준 곳으로 슬슬 자리를 옮겼다.

"으으윽! 으으으윽!"

이상한 소리가 나기에 슬쩍 바라보니 사내 다섯이 여자의 사지와 머리를 잡고 있고, 한 놈은 그 여자를 겁탈하고 있다.

"이런! 매스 슬립!"

털썩—! 털썩—! 터터터털썩—!

사내들 모두 쓰러지자 현수는 잠든 여인을 안아 들었다.

"이런 쌍놈의 새끼들을……! 뭐야? 이런……?"

여인은 하혈을 하고 있었다.

"컴플리트 힐!"

샤르르르룽—!

상처가 일순간에 아물면서 솟던 선혈이 스르르 잦아든다.

"아공간 오픈!"

컨테이너를 꺼내 잠든 여인을 넣은 현수는 곧바로 다음 장소로 이동했다. 이번엔 다섯 놈이 중학생 정도 된 여학생 둘에게 못된 짓을 하고 있었다.

"이런 빌어먹을 놈들! 매스 슬립!"

사내들을 재우고 여학생의 상처를 치유시킨 후 컨테이너에 담았다. 마음 같아선 체인 라이트닝 마법으로 튀겨 버리고 싶지만 참았다. 뇌전의 빛 때문이다.

다음 장소로 이동했는데 그곳도 마찬가지였다.

"이런……! 이 빌어먹을 놈들!"

현수가 인질을 구한 것은 약 20분 뒤였다.

"텔레포트!"

샤르르르룽—!

사라진 현수의 신형이 나타난 곳은 아덴만 항구에 정박해 있는 메티스호 갑판 위였다.

"아공간 오픈!"

컨테이너를 꺼낸 현수는 잠들어 있는 인질들 모두를 꺼냈다. IS에 의해 겁탈당하던 여자들도 함께이다.

감금되어 있던 숫자를 더하니 모두 48명이나 된다.

"이러고 보니 많네!"

잠든 채 갑판 위에 놓인 인원수가 무려 105명이다. 잠시 이들을 바라보던 현수는 아공간의 종이를 꺼냈다.

이제 안전합니다. 즉시 원래의 항로로 운항하십시오. 여자들은 되돌아올 때 원하는 곳에 내려주기 바랍니다.

"매직 캔슬!"

샤르르르릉─!

"하암! 여긴 어디지?"

"으응? 뭐야? 밴가? 뭐야? 이게 어떻게 된 거지?"

잠에서 깨어난 선원 등은 눈에 익은 장소에 있음을 깨닫고는 어리둥절한 표정을 짓는다.

"여기 누군가의 메시지가 있어."

"뭐라고? 뭔데?"

"즉시 원래의 목적지로 떠나래. 근데 우리가 어떻게 그놈들 손에서 구출된 거지?"

"그러게? 정부에서 사람을 보냈나? 근데 왜 아무것도 모르지? 뭐가 어떻게 된 거야?"

선원 등은 어리둥절한 표정으로 두리번거리다 멍한 표정을 짓고 있는 여인들을 보게 되었다.

"으잉? 누구지?"

"몰라. 아무튼 얼른 출항해야 해. 또 놈들에게 잡히면 우린 모두……. 빨리 움직이자."

"그, 그래!"

모두들 참수당하거나 탱크에 깔리는 장면을 연상하곤 후다닥 움직이기 시작했다.

같은 순간, 현수의 신형은 이실리프호에 나타나고 있다.

"지이이이잉—!"

나지막한 소음에 이어 문이 열린다.

"회장님!"

"IS 근거지에 대한 파악은 끝났습니까?"

"네! 중동지역에서 파악된 곳의 수는 726곳입니다. 아프리카 쪽은 현재 파악하고 있는 중입니다."

"파악 근거는요?"

"IS 대원 20명 이상인 곳들만 우선 찾았습니다."

"그런가요? 그럼 지도 화면에 띄워주십시오."

"네! 회장님."

말 떨어지기 무섭게 화면에 지도가 나타났고, 붉은 점들이 명멸한다. 시리아와 이라크에 특히 많다.

현수가 지도에 시선을 집중하고 있는 동안 김호인 선장은 다음 지시를 기다린다는 눈빛으로 바라보고 있었다.

현수는 잠시 상념에 잠겼다.

"김 선장님!"

"네, 회장님!"

"파악된 IS 거점 전부에 대한 무제한 운석 공격을 실시하십시오."

"네?"

"쥐새끼 한 마리 살아남을 수 없도록 강력하게 쏘세요."

"회, 회장님!"

김 선장은 진심으로 하는 지시냐는 표정을 짓고 있다.

"IS에 의해 2018년 한 해 동안 사망한 인원만 3만여 명입니다. 100만 명 이상은 난민이 되었고요."

"……!"

"내 기준으론 세상에 해악만 끼치는 놈들입니다. 살려 둘 이유가 없지요. 아낌없이 쏘세요. 다 죽을 때까지."

현수의 결연한 표정을 읽은 선장은 자세를 바로 한다.

"네, 회장님!"

"지금 즉시 발사하십시오."

"네, 명대로 하겠습니다. 통제관!"

"네! 선장님."

선장의 부름은 받은 통제관이 명을 기다린다는 표정으로 부동자세를 취한다.

"IS 근거지로 파악된 726곳에 대한 무제한 운석 투사를 지시한다. 지금 즉시 실시하도록!"

"네! 726곳에 대한 운석 투사를 명령 받았습니다. 정도는 어떻게 할 건지 지시해 주십시오."

"최고 속도로 투사하게. 그리고 지상의 상황을 면밀히 주시한 후 보고하도록!"

"네! 선장님. 최고 속도로 투사한 후 결과를 확인하여 보고드리겠습니다."

"그러게."

통제관이 물러선 후 약간의 시간이 흘렀다.

현수는 주조종실 전면 유리에 시선을 주었다.

그것은 대형화면으로 바뀐 상태이고, 지도에 찍힌 726개의 점의 바로 곁엔 수식이 계산되고 있다.

그곳의 면적과 생체반응 수가 기록되어 있었는데 그곳에 떨어뜨릴 운석의 크기와 중량에 대한 계산식이 진행되는 중이다. 무려 726곳이나 되지만 계산은 매우 빠르게 끝났다.

병렬로 연결된 성능 좋은 컴퓨터가 있는 때문이다.

"지금부터 지시받은 작전 수행 카운트 다운합니다. 10, 9, 8, 7 …3, 2, 1, 발사!"

투둥! 투투투둥! 투투투투투투투투투투둥―!

작은 진동음과 함께 선체가 흔들렸다. 암석을 투사한 물리력에 대한 반작용 때문일 것이다.

이실리프호로부터 쏘아진 바위덩어리들의 특징은 두 가지가 있는데 하나는 일반적인 암석이 아니라는 것이다.

땅의 정령왕 노이아가 특별히 골라낸 철질 암석이다. 다시 말해 같은 부피의 다른 암석보다 무겁고 단단하다.

또 하나의 특징은 유선형이라는 것이다. 그 결과 대기권을 뚫고 들어갈 때 가급적 공기저항을 적게 받게 된다.

투투투투투투둥! 투투둥! 투투투투둥! 투투투투투둥―!

상당히 많은 암석이 쏘아졌지만 적재실의 빈 공간은 그리 크게 늘지 않는다. 쏘아 보낸 것과 비슷한 양이 자동으로 공급되는 때문이다.

이라크 북부의 한 마을.

겉보기엔 한적한 마을 같지만 이곳엔 IS 대원들에게 끊임없는 테러를 명령하고 있는 수뇌부들이 머물고 있다.

험준한 지형 때문에 접근도 어렵고, 규모도 작아 서방에 알려진 바 없다. 하여 미국과 러시아 등의 공습에도 불구하고 별다른 피해를 입지 않은 곳이다.

"이봐! 모하메드. 어젯밤 그 계집은 어땠어?"

"그 계집은 별로였어. 차라리 그저께 계집이 더 나았네. 자넨 어제도 둘이었나?"

"아니! 셋이었지. 그 정도는 돼야 하지 않겠나?"

"크흐흐! 그건 그렇지."

모하메드는 나지막한 웃음을 지어 보인다.

"참! 어제 손맛 좋았지?"

"손맛? 무슨……? 아! 그랬지. 난 두 놈 목을 잘랐는데 자넨 어땠나?"

"크흐흐! 어젠 셋의 목을 베었지. 근데 마지막 놈 목이 굵어서 조금 애 먹었네."

음담패설을 마친 사내들은 어제 촬영한 인질 참수에 관한 이야기를 주고받았다. 수시로 나가 목을 베다 보니 이제 반쯤 전문가가 되었다며 킬킬거린다.

"그나저나 본부에서 떨어진 지령은 어떻게 되었나? 아직 결과 보고 없지?"

"한국 건? 그건 아직 그럴 시간이 안 되었으니까. 잠시만 기다려 보게. 생각난 김에 확인하지. 나도 궁금하니까."

얼마 전, IS는 지구에서 가장 극성스럽게 선교 활동을 하는 한국의 개신교계에 경고의 메시지를 보낸 바 있다.

봉사 활동을 가장한 선교를 위해 이슬람 국가들을 더 이상 찾아오지 말라는 뜻이며, 즉각적으로 파견한 인원들을 귀국시키지 않으면 큰코다칠 것이란 내용이었다.

IS가 어떤 단체인지 잘 알고 있는 정부는 당분간 해외선교 활동을 자제하고, 인원 파견도 멈춰 달라는 협조공문을 모든 교회로 발송했다. 아울러 이미 파견한 교인들의 조기 귀국을 종용했다. 그리고 IS가 활동하고 있는 국가들을 여행금지국가 명단에 포함시켰다.

그런데 이를 받은 일부 교회는 코웃음을 쳤다. 오히려 선교단원들의 숫자를 늘린 것이다.

정부의 만류가 계속되자 국가를 상대로 소송하겠다면서 자신들의 발길을 막지 말라고 위협을 했다. 정부는 어쩔 수 없이 이들의 출국을 지켜보아야 했다.

이들이 출국 수속을 밟은 인천공항 로비엔 예멘이나 아프가니스탄, 이라크 등에 거점을 둔 IS의 활동이 극렬하니 가급적 여행을 자제해 달라는 공고문이 게시되어 있었다.

한두 군데가 아니고 출국수속을 밟는 통로마다 게시물을 걸어놓았다. 그런데 개신교회에서 파견한 선교단원들은 이것을 비웃기라도 하는 듯 게시판 앞에서 손가락으로 V자를 그리며 사진을 찍고 출국했다.

12개 교회에서 파견한 선교단원의 숫자는 427명이다.

그리고 이들의 목적지는 나라에서 그토록 여행을 자제해 달라고 했던 예멘과 이라크, 그리고 아프가니스탄 등이다.

봉사 활동을 떠나는 것이라 위장했지만 실제론 왕성한 선교활동으로 무지몽매한 이슬람교도들을 개신교로 개종시키는 성과를 얻는 것이 목적이었다.

그런데 목적지에 도착 직후 이들 모두는 피랍되었다.

놀랍게도 IS는 이들이 움직임을 체크하고 있었던 것이다.

IS는 억류된 인질들을 공개하면서 자신들의 경고를 정면으로 거부한 한국의 개신교계에 새로운 메시지를 보냈다.

427명 전원에 대한 참수가 예정되었음을 알린 것이다.

이 사실이 언론에 보도되자 대다수 국민은 쌤통이라는 표현까지 써가며 비아냥거렸다. 그러면서 정부에 경고의 메시지를 전했다.

이전처럼 인질 석방을 위해 국민들이 낸 세금을 쓰지 말 것을 대놓고 요구한 것이다.

여론이 불리하자 개신교계는 대국민 호소문을 발표했다.

이번에 피랍된 선교단원들은 교회 소속으로 선교 활동을 하러 간 것이 아니라 봉사 활동으로 떠난 것이며, 종교 활동과는 전혀 연관이 없습니다.

이걸 보고 사람들은 코웃음을 쳤다. '니들 속셈을 모를 줄 아느냐 는 뜻이다.

국가에서 인질 석방을 위해 돈을 쓰면 귀국하는 동안 면세점에 들러 값비싼 물건들을 사 들고 와 마치 나라를 구한 영웅 같은 대접을 받으려 한다는 것을 경험상 아는 것이다.

그 후엔 협상에 소요된 돈을 지불하겠다는 자신들의 발표도 번복할 것이다. 그리곤 이렇게 말할 것이다.

불났을 때 소방서에서 불 꺼줬다고 돈 내는 거 봤어? 왜 우리더러 돈을 내래? 못 내! 받고 싶으면 배 째!

어쨌거나 유튜브엔 매일 매일 7명씩 목이 잘리는 장면이 공개되었다. 울면서 살려달라고 비명을 지르고 발버둥 쳤지만 이들의 목은 모두 베어졌다.

다음 날에도 7명의 목이 잘렸고, 그다음 날에도 7명이 참수되었다. 그렇게 35명이 죽었다.

선교단을 파견한 교회에선 비명을 지르며 눈물을 흘렸지만 국민들의 시선은 여전히 싸늘했다.

과거에도 이와 유사한 일이 있었는데 돈을 주고 인질들이 풀려난 이후의 행적이 널리 알려져 있는 때문이다.

국민들의 여론이 자신들의 뜻과 다르자 각각의 교회들은 인질의 무사 송환을 위한 기도모임을 갖기로 했다. 그러면서 범 개신교계에 기도를 당부하는 메시지를 발표했다.

그런데 그 시각 14명의 목이 추가로 베어지는 동영상이 공개되었다. IS가 참수 속도를 높인 것이다.

언론에선 이전과 달리 대대적인 보도를 하지 않았다. 정부의 경고를 무시한 결과이며, 여론이 싸늘한 때문이다.

그렇기에 현수는 한국인 427명이 IS에 추가로 납치되었음을 알지 못하고 있었다.

어쨌거나 선교단을 파견한 교회에선 전 신자 기도모임을 가졌다. 그렇게 모두가 무릎을 꿇은 채 두 손 모아 기도하던 어느 순간 엄청난 굉음이 터져 나왔다.

콰앙! 콰콰콰쾅ー! 우르릉! 콰르르릉ー!

귀청을 찢을 듯한 굉음과 함께 선교단을 파견했던 12개 교회의 건물이 한순간에 무너져 내렸다.

외곽기둥이 폭파되자 육중한 천장이 주저앉으면서 삽시간에 일어난 일이다. 그 결과 교회들은 모두 폐허가 되었다.

즉각 119로 신고가 들어갔고, 규정에 따라 신속한 출동을 하였다. 하지만 119대원들이 현장에 도착해서 한 일은 별로 없다. 건물 대부분이 거의 완전하게 붕괴되어 생존 가능성이 지극히 낮았으며, 추가 붕괴 위험이 있었던 때문이다.

예상대로 추가 폭발과 함께 추가 붕괴 현상이 빚어졌고 동시에 화재가 발생되어 불길이 솟구쳤다.

하지만 소방대원들은 물을 뿌리지 않았다. 건물 잔해 아래에 깔려 있는 사람들을 익사시킬 수 있는 때문이다.

자욱한 먼지가 가라앉고도 한참 동안 119대원들은 구조 활동을 벌이지 못했다. 그렇게 시간이 흘렀다.

CHAPTER 07
IS 최후의 날

전능의팔찌

THE OMNIPOTENT
BRACELET

　같은 시각, 기세등등하게 출국했던 개신교 선교단원들은 총을 든 무리들 앞에서 벌벌 떨고 있었다.

　조금이라도 움직이면 군화에 걷어채거나 개머리판에 찍히고, 몽둥이찜질을 당하는 공포스런 상황 속에 처해 있는 때문이다. 한편에선 강간이 자행되고 있다.

　여자들이 비명을 지르며 발버둥 치지만 아무런 소용도 없다. 사내들은 겁먹은 표정으로 강간의 현장을 보고만 있다.

　눈앞에서 사람의 목이 베어지는 것을 목격하였기에 모두가 겁에 질린 상태인 때문이다.

　"자! 다음. 너, 너, 너, 그리고 너, 너, 너, 너! 나와."

　밖에 있던 IS대원이 들어오며 사내들을 지목하자 사내들은 벌벌 떨며 애원한다.

"서, 선생님! 사, 살려주십시오. 진짜 잘못했습니다."

"네! 정말입니다. 저희가 큰 실수를 범했습니다. 한번만 봐주십시오. 네?"

"시끄러! 어서 나오지 못해?"

퍼억ㅡ! 빠악ㅡ!

"케엑! 아악!"

"이 새끼들은 말로 해선 듣질 않아. 뭐해? 어서 갈겨."

퍼억! 빠악ㅡ! 퍽퍽퍽ㅡ!

"악! 아악! 으아악! 케엑! 컥!"

"사, 살려주세요. 제발!"

잠시 무자비한 구타가 이어졌다. IS대원들의 손속과 발길질에는 일말의 자비도 담겨 있지 않았다.

결국 애원하고 발버둥 치던 사내들 모두 바깥으로 끌려 나갔다. 그리고 잠시 후 단말마의 비명을 끝으로 세상과 하직했다. 참수당한 것이다.

죽기 직전까지 자신들이 그토록 따르던 하나님에게 보내준다는데도 다들 원치 않는 표정이었다.

아무튼 선교단들에 대한 참수는 계속 이어졌다.

사내들이 모두 죽을 때까지 강간당하던 여인들도 모조리 목이 베어졌다. 참수 장면은 모두 녹화되었다. 그리고 유투브에 올려졌다.

이로써 427명 전원의 목이 베어졌다.

잘린 목들은 한 줄로 정렬되었고, 이 장면 역시 녹화되었다. 오늘 하루에만 105명의 목이 베어졌는데 이들의 목에서 뿜어진

선혈이 작은 내를 이루는 상황이다.

동영상이 공개되자 조회수가 급속하게 올라간다.

그런데 이들의 죽음을 비통해하며 눈물을 흘리는 사람들의 숫자는 그리 많지 않다.

선교단원들의 가족 대부분이 인질의 무사 귀환을 기도하러 교회에 갔다가 폭사하거나 교회 건물에 깔려 목숨을 잃은 때문이다.

분노한 대한민국의 개신교계는 정부에 보복을 요청했다. 하지만 정부의 반응은 싸늘했다.

이런 상황이 생길 수 있음을 그토록 경고했건만 정부를 협박하고 떠난 결과이다.

이들의 죽음에 분노하여 군대를 파견할 경우 애꿎은 희생이 추가로 발생할 수 있다. 게다가 과반수가 넘는 여론이 파병을 반대하고 있다.

개신교계의 일각에선 무분별한 선교에 대한 자성의 목소리가 나왔다. 하지만 언제나 그렇듯 이내 묻히고 말았다.

정부는 묵묵부답으로 개신교계의 요구를 묵살하고 있다. 대신 국내에 잠입한 IS대원에 대한 수색 활동은 열심히 벌였다. 추가 테러를 미연에 방지하기 위함이다.

이전 같으면 희생자들을 측은히 여겨 모금활동이라도 벌어졌겠지만 이번엔 아니다.

어쨌든 모하메드는 본부와 교신을 하여 한국의 교회들이 붕괴된 상황을 알게 되었다.

"이봐! 명령대로 잘 수행되었대. 놈들이 있던 건물은 모두 무너졌고, 동지들은 무사히 출국했다고 하네."

"앗싸!"

모하메드의 말을 들은 사내는 기분 좋다는 듯 주먹을 불끈 쥔다. 그러다 우연히 하늘을 보게 되었다.

"어라? 저건 뭐지?"

모하메드가 하늘을 올려다보니 까마득히 높은 곳으로부터 무엇인가가 떨어지며 화염을 뿜고 있다. 마찰열 때문이다.

그런데 한두 개가 아니다.

쐐에에에에엑! 콰아앙! 휘이이이익! 쎄에에에에엑—!

쿠와앙! 콰콰콰콰쾅! 쿠와아앙—!

이실리프호로부터 쏟아진 철질 암석들은 IS의 726개 거점들을 박살 내기 시작했다.

하나하나가 가히 원폭의 위력에 버금간다.

2차 세계대전 당시 나가사키에 떨어진 원폭은 8만여 명을 죽였고, 근방을 초토화시켰다.

21킬로톤의 위력이 이러했다.

지금 떨어지고 운석 중 가장 작은 것의 위력이 이에 버금간다. 크기는 작지만 운동에너지가 너무도 큰 결과이다.

현수의 명에 따라 목표 지점의 생체 반응은 제로가 되어야 한다. 하여 거점 하나당 최소 2개의 운석이 떨어졌다.

미국과 러시아는 그토록 공습을 가하고도 원하는 결과를 얻어내지 못했다. 그런데 이실리프호는 확실히 다르다.

IS가 활동하던 지역뿐만 아니라 인근까지도 확실하게 작살내고 있다. 아무런 예고도 없던 일이기에 IS 대원들은 피하고 말고

할 겨를도 없이 모조리 저승길에 올랐다.

한국 여자들을 강간하고, 사내들의 목을 베던 모하메드와 그의 동료들도 마찬가지이다.

한편, 현수는 이실리프호의 모니터를 유심히 바라보고 있다. 운석이 떨어진 직후의 현장 모습을 확인하는 것이다.

자욱했던 먼지가 가라앉은 곳은 그야말로 폐허이다.

건물들은 모두 무너졌고, 커다란 크레이터만 움푹움푹 파여 있을 뿐이다. 생체반응을 확인해 보았는데 결론은 제로이다. 다시 말해 모든 생명체가 목숨을 잃었다는 것이다.

거의 동시에 떨어진 운석으로 인해 IS는 지리멸렬하는 중이다. 아프리카 지역까지 이런 공격을 가한다면 적어도 95% 정도는 세상에서 지워질 것이다.

현수가 모니터를 보고 있을 때 김호인 선장의 입술이 열린다.

"회장님! 궁금한 것이 있습니다."

"말씀하세요."

"방금 공격당한 곳들의 공통점은 모두가 수니파 무장단체들이라는 겁니다. 시아파도 테러조직들이 상당히 많은데 이들은 놔둡니까?"

"아! 헤즈볼라 같은 것들을 말씀하시는 거죠?"

"네, 시아파에 의해 팔레스타인 사람들이 많은 박해를 받았습니다. 이들은 놔두는 겁니까?"

김호인 선장은 헤즈볼라와 같은 시아파 계열 무장단체들도 징치하는 것이 공평하지 않느냐는 표정이다.

"당연히 아닙니다. 원칙적으로 물의를 일으키는 이슬람 무장세력들은 모두 제거 대상입니다. 그러니 수니파 무장단체들이 모두 제거되면 다음엔 시아파 세력들을 제거하세요."

"정식으로 명령을 내리시는 겁니까?"

나중에라도 딴말이 나올 수 있기에 확실히 하기 위함일 것이다. 현수는 흔쾌히 고개를 끄덕였다.

"네! 정식 명령입니다. 이슬람 무장단체들 전부가 제거 대상입니다. 싸그리 지워 버리십시오."

"네! 명령대로 하겠습니다. 잠시만요."

김호인 선장은 부하들에게 방금 떨어진 명령을 전달했다. 이러는 동안에도 운석들은 IS의 근거지들을 말살하고 있다.

"어라? 또 운석이 떨어지고 있다. 이번엔 시리아와 이라크야. 뭐야? 정말 지구가 멸망하려고 이러는 건가?"

"얼른 인공위성과 연결해서 현장 확인해! 이번엔 어디에 떨어지는 건지 확인하란 말이야."

"네! 알겠습니다."

상관의 명령을 받은 대원이 인공위성을 통해 현장 상황을 모니터에 띄운다.

화면을 본 NSA의 신임 수장 존 오브라이언은 이맛살을 찌푸린다. 화면이 차례로 바뀌고 있지만 다 부서진 잔해만 있을 뿐 대동소이한 때문이다.

"NASA에 연락해 봐. 운석에 관한 정보가 있는지."

"네! 알겠습니다."

존 오브라이언이 화면을 보고 있는 동안 담당은 NASA와 통화를 마쳤다.

"보스! 자신들도 파악하지 못하던 것이랍니다. 그래서 그쪽도 지금 난리인 것 같습니다."

"흐음! 전의 것도 그러더니 이번 것도? 우주에선 대체 무슨 일이 벌어지고 있는 거지? 어떻게 저럴 수가 있어?"

마치 정밀한 가늠자로 겨냥이라도 한 듯 사람들이 거주하는 지역에만 운석들이 쇄도했다. 아무것도 없는 황무지엔 단 하나의 운석도 떨어지지 않았다. 실로 놀라운 적중률이다.

일 년 365일 우주를 들여다보는 NASA에서도 모르는 일이다. 그런데 정보기관 수장이 어찌 내막을 알아내겠는가!

존 오브라이언은 더욱 미간을 좁혔다. 그러다 눈을 크게 뜬다. 뭔가 짚이는 것이 있어서이다.

"이봐! 저기 저 지역들을 확인해 봐."

"네? 뭘요?"

"운석이 떨어진 곳들의 공통점을 찾아보라고. 저기 전부 IS 근거지들 아냐? 얼른 대조해 봐. 어서!"

"IS의 근거지요? 아! 그리고 보니 그런 거 같습니다."

"그러니 얼른 파악해 봐."

명령을 받은 직원들이 IS근거지 명단과 운석에 의해 파괴된 곳을 비교해 본다.

하나하나 짚어가던 사내 역시 눈을 크게 뜬다.

"보, 보스! 저기, 저기는 IS가 있는 것으로 확인되었거나 의심되던 곳들입니다."

"그렇지? 그렇단 말이지?"

존 오브라이언은 주먹을 말아 쥔다. 아무래도 테러집단 IS가 신의 저주를 받아 궤멸된 것 같아서이다.

"근데 정말 신이 계신 건가? 어떻게 저렇게 저렇죠?"

존 오브라이언은 고개를 갸웃거린다. 우주에서 쏟아져 내린 운석이 테러집단을 정조준해서 작살을 내봤다.

인공위성에 찍힌 사진을 보니 살아남은 사람이 하나도 없는 것 같다.

"저, 전화!"

"네?"

"전화 가져와. 아, 아니다. 내가 연락한다."

"네? 아, 네에."

존 오브라이언은 탁자 위에 올려놓은 휴대전화를 집어 든다. 그리곤 곧장 힐러리 직통 번호를 누른다.

따르릉! 따르릉! 따르르릉! 따르르르릉!

계속 신호음이 울리는데 받질 않는다.

같은 시각, 힐러리 로댐 클린턴은 가슴을 움켜쥔 채 쓰러지고 있다. 걸려온 전화번호가 새로 NSA 수장에 임명된 존 오브라이언의 것이라는 걸 확인하고 통화버튼에 손을 대는 순간 가슴에서 강한 통증이 느껴진 때문이다.

"대통령님! 대통령님! 비상! 비상! 비상이다!"

쓰러진 힐러리에게 황급히 다가서는 인물은 새로 백악관 경호팀장에 임명된 모건 터커이다.

빌 클린턴이 대통령에 재임하던 시절 경호팀장을 맡았던 대런 티커의 아우라 중책을 맡은 것이다.

"대통령님! 제인! 제인! 어서 이리로 와봐. 어서! A팀! B팀! 저격이다. 저격! 어서 확인해."

"네! 팀장님. A팀! 지금 즉시 산개해 확인해라. 저격이다."

"네에? 저격이요?"

"그래! 대통령님이 또 저격을 당하셨다. 즉시 확인해."

"헉! 네에, 알았습니다."

원거리 경호팀인 A팀 팀원들이 사방으로 흩어진다.

"B팀! B팀도 확인하라. 즉시!

"네, 알겠습니다. 팀장님!'

B팀 대원들도 사방으로 흩어진다. A팀과 B팀원들이 흩어지자 근거리 경호팀이 즉시 총을 빼어 들고 쓰러져 있는 대통령의 몸을 가리며 사방을 훑어본다.

모건 티커는 아무리 위급한 상황이라도 힐러리의 몸에 손을 댈 수는 없기에 여성 경호원 제인을 부른 것이다.

"대통령님이 가슴을 움켜쥐셨어. 얼른 확인해 봐."

"네? 네. 알았습니다. 팀장님."

제인이 힐러리의 단추를 풀자 모건은 고개를 돌린다. 차마 속살을 보고 있을 수 없어서이다.

"어, 어떤가?"

"어라? 이건 뭐죠?"

"왜? 어디에 맞은 거야? 피가 많이 나나?"

모건 티커는 걱정스런 표정을 지었지만 힐러리의 가슴을 바라보진 않고 있다.

"팀장님! 대통령님께서 방탄복을 입으신 것 같습니다."

"방탄복?"

"네! 근데 이건 뭐죠? 얼음 조각 같아요. 얼음!"

"뭐? 얼음 조각이라고?"

"네! 조그만 얼음 조각이에요. 총알같이 생겼습니다."

제인은 힐러리의 가슴 부위에서 발견된 얼음 조각을 건넸다. 이를 받아 든 모건 터커는 잠시 멍한 표정을 짓는다.

이해되지 않았기 때문이다.

한겨울이긴 하지만 지구 온난화 때문에 얼음이 얼 정도로 춥지 않다. 그리고 대통령의 옷 속엔 얼음이 있을 이유가 없다.

"이건 뭐지? 아! 그거."

순간적으로 스치는 무엇인가를 떠올린 모건 터커는 얼른 주머니 속에서 자그마한 약통을 꺼냈다.

협심증이 돌발하였을 때 즉시 입에 넣어야 생명을 구할 수 있는 니트로글레세린이 담긴 통이다.

이 약은 갑자기 막혀 버린 심장혈관을 즉시 확장시켜 혈류를 통하게 해주는 효능을 가진 것이다.

모건 터커는 과거에 한차례 협심증 증상을 보인 바 있어 늘 이것을 소지하고 있다.

어쨌거나 모건은 얼른 약통을 비웠다. 그리곤 작은 얼음 조각을 넣고 뚜껑을 닫았다.

대통령 시해에 관한 증거품이고, 곧 녹기는 하겠지만 얼음이 가진 성분은 그대로 남을 것이기 때문이다.

"대통령님은? 대통령님은 어떠신가?"

모건의 다급한 음성에도 불구하고 제인은 침착했다. 호흡과 맥박, 그리고 손으로 몸을 더듬어 상처를 찾고 있다.

"흐음, 일단 심장박동엔 이상이 없습니다. 호흡도 정상이구요. 큰 상처를 입으신 것도 아닌 것 같습니다."

"그런데 왜?"

"아마도 얼음 조각 때문인 것 같습니다. 그게 심장 부위를 강타해서 일시적으로 혼절한 듯싶습니다."

제인은 고개를 갸웃거리면서도 확인할 것은 다 확인했다. 경호 매뉴얼에 있는 그대로를 수행한 것이다.

"알았다. 그래도 잘 살펴봐라."

"네! 팀장님."

모건 터커는 사방을 훑어보곤 대통령을 안전한 곳으로 옮겼다. 그와 동시에 특급 비상령이 발동되었다.

최근 명령된 백악관을 중심으로 반경 2㎞ 이내를 경호팀의 통제하에 놓는 비상령이다. 이게 발동되면 모든 운송수단의 출입이 금지되며, 보행자 전원이 수색 대상이 된다.

저격범의 발이 아무리 빨라도 벗어나지 못할 것이다.

비상령이 발동되자 워싱턴의 모든 경찰력이 총동원되었고, 즉각 주방위군도 동원되어 포위망을 구축했다.

"끄으응!"

"대통령님! 이제 정신이 드십니까?"

"여긴 어디……?"

"저격을 받고 혼절하셔서 안전한 곳으로 모셨습니다. 몸은

괜찮으십니까?'

누운 채 모건 터커의 걱정스런 표정을 읽은 힐러리는 고개를 끄덕이며 손을 내밀었다. 잡아달라는 뜻이다.

기다렸다는 듯 일으켜 세우자 좌우를 살핀 힐러리는 모건에게 시선을 준다.

"빌에게 연락해 주세요. 상황이 발생되었다고 하구요."

"이미 연락드렸습니다. 그나저나 몸은 어떠십니까?"

"내가 무사한 걸 누가 알지요?"

"저와 제인, 그리고 근접경호팀 대원들과 국무장관님만 알고 계십니다."

힐러리는 두꺼운 커튼으로 외부의 시선이 차단된 실내를 살피곤 고개를 끄덕인다.

"저격에 관한 건 누가 알죠?"

"특급 비상령이 발동되었습니다. 따라서 벌써 많은 사람이 알고 있을 겁니다."

"흐음! 좋군요. 일단……."

힐러리는 몇 가지 지시를 내렸다.

첫째는 본인이 저격당했음을 언론에 공개하라는 것이다.

둘째는 자신의 상태를 알리지 말라는 것이다.

셋째는 저격 직후 권한대행을 빌 클린턴 국무장관에게 일임한다는 말이 있었음을 언론에 발표토록 한 것이다.

모건 터커는 지시받은 대로 대통령 시해 사건을 언론에 공개했다. 당연히 난리가 벌어졌다.

이러는 동안 힐러리는 비선을 통해 동방의 빛에게 감사의 뜻을 전했다.

2차 저격이 있을 것임을 경고해 주고 얼마 지나지 않아 딸인 첼시를 통해 얇은 내복 한 벌을 전해 받았다.

동봉된 설명서엔 내복처럼 보이지만 전신을 보호할 수 있는 방탄복이라며 임기가 끝날 때까지 착용을 권한다는 내용이 담겨 있었다. 아울러 때가 타지 않는 제품이므로 세탁은 하지 않아도 된다고 쓰여 있었다.

입어보니 안 입은 듯 가벼웠고, 덥거나 춥다는 느낌을 받지 않았다. 한국의 이실리프 어패럴에서 만들어 전 세계적인 히트 상품이 된 항온의류기술이 적용된 것이라며 감탄했다.

그런데 과연 총탄으로부터 자신의 몸을 보호할 수 있을지 여부는 의심이 갔다. 너무 가볍고, 얇았던 때문이다.

하여 여러 가지 상황을 테스트해 보았다.

베레타 M92F에서 발사된 권총탄환은 방탄복을 뚫지 못했다. M4A1 소총의 탄환 역시 그러했다.

마지막으로 대인저격총 M110도 실험해 보았다. 이것 역시 방탄복을 뚫지 못하였다.

문제는 총알이 가진 운동에너지였다. 몸을 뚫지는 못하지만 이 에너지까지 제거하지는 못 했다.

약간만 경감시켜 주는 정도였다. 하여 총탄에 격중되면 그 부위의 뼈가 부러지거나 심한 멍이 들 수도 있다.

그래도 이만한 것이 어디에 있겠는가! 적어도 흉탄에 의해 바로 사망하는 것은 막았다.

만일 디오나니아의 잎사귀를 압축 가공하지 않고 그냥 썼다면 총탄에 의한 충격마저 대폭 축소시킬 수 있을 것이다.

그런데 그러면 너무 두터워 활동성이 저해되기에 얇게 만들어 보낸 것이다.

어쨌거나 테스트를 담당했던 연구원은 현존 최고의 방탄복이라며 극찬을 아끼지 않았다.

그러면서 방탄복을 자신에게 주면 그것을 잘 연구하여 비슷하거나 월등한 것을 만들어내겠다고 했다.

하지만 연구원은 방탄복을 입수할 수 없었다. 힐러리의 착용이 우선인 때문이다.

경호팀은 만전을 기한다고 했지만 결국 저격이 일어났다.

혼절에서 깨어난 힐러리는 무엇 때문에 목숨을 부지할 수 있었는지를 잘 알기에 곧바로 감사의 뜻을 전한 것이다.

그와 동시에 두 군데에서 작전이 시작되었다. 정확히는 세 군데라 할 수 있다.

하나는 빌 클린턴과 신임 정보기관장들이 주도하는 비밀 수사이다. 동방의 빛으로부터 전달받은 전, 현직 각료들과 그들의 배경 또는 휘하 세력들을 잡아들이는 것이다.

주로 유태인들이다.

둘째는 이실리프 트레이딩이고, 셋째는 이실리프 뱅크이다. 지난번과 마찬가지로 힐러리 유고상황이 전파되자마자 미국과 한국 등의 증시는 곧바로 급전직하했다.

주가는 하한선까지 곧바로 떨어졌는데 충분한 현찰을 보유하고 있는 이실리프 트레이딩과 이실리프 뱅크는 주식 매집을 준비하고 있다.

전에는 첫날 하한가까지 떨어진 것 위주로 매입을 했지만 이번엔 하한가까지 떨어져도 두고만 봤다.

지난 대폭락 사건 이후 미국 증시의 일일등락폭 ±20%는 폐지되었다. 그때 손해를 본 유태인들의 농간이다.

그 결과 힐러리 2차 저격 이전을 100이라 하면 유고상황이 언론에 알려진 직후 곧바로 65로 떨어졌다.

미국의 현직 대통령이 두 번이나 저격을 당했음이 크게 작용한 결과이다. 물론 힐러리가 사망했다는 유언비어가 아주 큰 역할을 해주었다.

다음 날엔 40까지 떨어졌고, 그다음 날엔 22가 되어버렸다. 예를 들자면 주당 142달러에 거래되던 애플의 주가가 31.68달러로 떨어진 것이다.

시가총액이 1,000조 원에 육박하던 애플이 220조면 살 수 있는 회사가 된 것이다.

당연히 수많은 투자자와 펀드가 파산 직전으로 몰렸다.

한국의 주가도 급전직하했다.

일일등락폭이 ±30%로 정해져 있기에 첫날 70이 되었고, 다음 날 49가 되었다. 셋째 날엔 이보다 더 떨어진 34.3이 되었다. 상하한선이 그어져 있지 않았다면 아마도 이보다 훨씬 많이 떨어졌을 것이다.

개인은 물론이고, 기관투자자 및 외국인들의 묻지 마 투매가 벌어지는 동안에도 이실리프 뱅크는 관망만 했다.

당연히 아우성이 터져 나왔지만 정부가 할 수 있는 일은 아무것도 없었다. 서킷브레이커를 걸어도 소용이 없었다.

이번 사태에도 불구하고 주가가 크게 떨어지지 않은 회사는 천지그룹과 백두그룹, 그리고 태백그룹뿐이다.

세 그룹이 건재할 수 있었던 이유는 실적이 탄탄해서이다.

그리고 그룹의 총수 일가가 주식 대부분을 소유한 때문이고, 자사주 매입이 활발했던 때문이기도 하다.

이실리프 왕국과 그 왕국에게 조차지를 제공한 국가들의 개발사업을 거의 독점하다시피 하면서 막대한 이익이 발생되었기에 가능했던 일이다.

이실리프 그룹의 경우는 상장기업이 아니므로 아무런 타격도 입지 않았다.

어쨌거나 이들 세 그룹을 제외한 나머지 상장사 거의 전부가 이실리프 뱅크의 소유가 되었다.

이실리프 뱅크는 일부 부실기업을 뺀 나머지 상장사 전부의 지분율 90% 이상을 차지했다.

이런 일이 가능한 것은 이실리프 뱅크 평양지점에 막대한 외화가 보관되어 있었기 때문이다.

지난 2014년 1월, 현수는 지나를 방문하여 인민은행 외환보관소에서 1조 달러, 상해 루쉰공원 지하 외환 보관소에서 1조 5천억 달러를 가져온 바 있다.

같은 해 2월엔 일본은행이 보관하고 있던 1조 달러를 가져왔다. 그때 일본이 보유하고 있던 미국 국채 1조 1,300억 달러를 쓰레기로 만든 바 있다.

그때 가져온 외화는 이실리프 뱅크 평양지점 지하 외환 보관소에 보관되어 있다. 총액 3조 5,000억 달러이다.

2015년 통계자료에 따르면 대한민국 증시의 시가총액은 1조 4,351억 달러였다.

평양에 보관된 외화는 한국의 모든 주식을 2번이나 사고도 엄청나게 남을 만큼 큰 금액이다.

하여 이실리프 뱅크는 남는 돈으로 증시 하한폭에 제한이 없는 캐나다, 멕시코, 영국, 노르웨이, 홍콩, 싱가포르, 호주, 남아공, 뉴질랜드 등의 주식도 매집했다.

이실리프 트레이딩도 이에 동참하여 각국의 알짜 기업들의 주식을 쓸어 담았다.

그 결과 뉴욕증시와 나스닥 상위 400개 종목에 대한 이실리프 트레이딩의 지분율은 급격하게 상승했다.

거의 모두 75% 이상을 가지게 된 것이다.

이 중 지분율 95% 이상이 달성된 기업들은 자진 상장폐지 절차를 밟을 예정이다. 이후 은행권 대출금 전액을 상환한 뒤 무차입 경영에 돌입하게 된다.

영원히 외부의 입김을 배제하겠다는 뜻이다.

1차 저격 사건 이후 힐러리는 2008년 금융위기가 재현되더라도 구제금융을 고려하지 않을 것임을 분명히 했다.

아울러 대마불사도 없을 것이라 선을 그어둔 상태이다. 미국의 금융권 거의 전부가 유태인들의 것임을 알기 때문이다.

동방의 빛으로부터 2차 저격이 우려된다는 메시지를 받은 이후 이실리프 트레이딩의 윌슨 카메론 대표를 접견했다.

미라힐X를 가져다준 것에 대한 사의를 표명하는 자리였다. 이때 2차 저격을 우려하면서 만일의 경우를 의논했다.

윌슨은 범인 체포 및 배후세력 색출을 위해 시간을 끌라는 조언을 해주었다.

역사적으로 성공한 쿠데타는 처벌받지 않기 때문이다. 한국의 역사를 보면 너무도 확연하다.

따라서 저격이 성공한 것으로 여겨질 경우 배후세력이 스스로 드러날 것이니 시간 끌기가 필요하다는 요지였다.

힐러리는 이에 전적으로 동의했다. 동방의 빛으로부터 온 녹음파일엔 장관들 몇의 음성만 담겨 있다.

자신을 해치고 권력을 독점하려는 놈들은 이들만이 아닐 것이다. 그렇기에 2차 저격을 받고도 언론에 자신이 건재함을 알리지 않도록 명령한 것이다.

덕분에 나흘째 되는 날 현수는 세계에서 가장 막강한 영향력을 끼치는 존재가 되었다. 만수르 따위는 감히 올려다볼 수조차 없는 위치가 된 것이다.

*   *   *

이슬람 과격 테러단체들을 차례로 된 서리를 맞았다.

IS를 시작으로 텔레반, 보코하람, 알 샤바브, 알 카에다, 하마스, 헤즈볼라, 라슈카르 에 타이바 등의 거의 모든 거점들이 느닷없는 운석에 의해 작살난 것이다.

하여 전 세계 언론은 폐허가 되어버린 이슬람 무장단체들의 거점을 일일이 찾아가 현장을 보도하기 시작했다.

그곳마다 운석에 의해 움푹 파인 크레이터들이 있었고, 무너진 건물의 잔해에선 시신 썩는 냄새가 풍겨 나오고 있다.

방사능은 전혀 검출되지 않았고, 살아서 움직이는 것은 아무 것도 없었다.

시리아, 이라크, 예멘, 아프가니스탄은 물론이고 나이지리아, 카메룬, 케냐, 우간다, 소말리아, 파키스탄, 인도, 말레이시아, 인도네시아에도 운석이 떨어졌는데 그곳들 모두 테러단체들이 있던 곳이다.

하나같이 정조준된 듯하였기에 천체물리학자들은 듣도 보도 못한 괴현상을 설명하지 못해 버벅거렸다.

이번 운석은 적중률이 100%였다. 이실리프 호가 거듭된 운석 공격을 하는 동안 실력이 는 때문이다.

인류의 모든 전쟁에 개입되어 있다는 소리를 듣는 유태인들의 나라 이스라엘이 먼저 멸망당했다.

UN 같은 국제기구들을 일제히 이스라엘을 명단에서 지웠다. 많은 유태인들이 이스라엘 재건을 부르짖었지만 귀 기울이는 나라는 없다.

유태인들이 자기중심적이고 간악하다는 것을 다 알기 때문이다. 그리고 자신들의 이익을 위해서라면 수단과 방법을 가리지 않던 추악함에 질린 때문이기도 하다.

이스라엘의 뒤를 이은 것은 이슬람 테러단체들이다. 이곳 또한 말살되었다. 잔존세력이 없는 것은 아니지만 그 숫자가 미미하여 다시는 같은 성세를 누릴 수 없게 되었다.

CHAPTER 08
쥬신제국과 환제국

분노한 신의 처벌이라는 유언비어가 퍼지면서 사이비 종교들이 극성을 부린다. 특히 대한민국에 집중되어 있다.

하여 의식이 있는 이들은 조만간 이곳 또한 운석에 당했으면 좋겠다는 생각을 하고 있다.

이 와중에 몸을 사리는 곳들이 있다.

멕시코, 온두라스, 볼리비아 등 중남미 각국과 태국, 미얀마, 베트남, 필리핀 등 동남아 각국의 마약재배 농장들이다.

지나의 흑사회와 일본의 야쿠자들을 비롯한 각국 폭력단체 또한 숨죽이고 있다. 운석이 쇄도하면 그야말로 몰살을 당하게 됨을 깨달은 때문이다.

힐러리가 2차 저격을 당하고 닷새가 지난 뒤 CIA와 NSA, 그리고 FBI 등은 대대적인 검거작전에 돌입했다.

전현직 각료 및 금융가와 기업인들이 다수 포함된 범죄조직 원 대부분이 유태인이라는 공통분모를 가지고 있다.

수뇌부가 잡혀든 이후 잔챙이들 검거 작업이 진행되고 있다. 유태인 사회에 철퇴가 내려지는 중이다.

한국에서도 상당히 많은 일이 벌어졌다.

이실리프 그룹이 50% 이상의 지분을 가진 상장사 중 많은 기 업의 경영진들이 대거 교체되었다.

기업 활동을 하면서 불편부당한 일을 자행했던 자들은 모두 솎아진 것이다. 아울러 이들이 행한 온갖 불법행위에 대한 고소 및 고발이 이어졌다.

이 과정에서 이들 문제 기업인들로부터 금품을 수수했던 정 치인, 관료, 법조인, 경찰 등의 명단이 작성되었다.

이들 또한 고소, 고발로부터 자유롭지 못했다.

상당히 많은 법조인들이 수갑을 찼는데 유죄로 인정되면 형 기를 채우고 나와도 변호사 개업을 할 수 없다.

독직이나 권력남용, 뇌물 등 특정 범죄행위로 처벌받을 경우 변호사 개업을 할 수 없도록 변호사법이 바뀐 때문이다.

어쨌거나 국민투표에 의해 새롭게 제정된 법에 따라 상한이 없는 형량이 구형되고 있다.

그 결과 징역 100년이 보통이 되어 버렸다.

상당히 많은 기업으로부터 뇌물을 받아 챙긴 고위관료 가운 데 하나는 형량이 1,760년인 자도 있다.

벌금형의 액수도 눈이 튀어나올 정도로 큰 경우가 많다.

그중 하나를 예로 들자면 10억 원을 뇌물로 받고 부당하게 권력을 행사한 전직 국회의원이 있다.

한때 권력의 핵심에 있으면서 온갖 망언을 뿜어내 국민들로 하여금 분노를 느끼게 하던 자인데, 자신의 부친이 친일행위를 했다는 것을 뻔히 알면서도 이를 부인했던 놈이다.

심지어 독립운동을 했던 동명이인이 자신의 부친이라며 어거지를 부렸던 개만도 못한 인물이다.

그는 받은 뇌물 액수의 1,000배에 달하는 1조 원의 벌금형에 처해졌고, 징역도 420년이나 언도되었다. 이는 가석방 및 감형이 없다는 단서를 달고 있는 형량이다.

이제 살아서 교도소 문을 나설 수 없다는 뜻이다.

그럼에도 고소, 고발이 빗발친다. 추가로 벌금을 내고, 형기도 늘어날 예정인 것이다.

판사가 판결을 내린 직후 이 정치인이 가진 모든 것이 탈탈 털렸다. 아내와 자식들 이름으로 한 것과 차명으로 은닉해 놓은 재산까지 모조리 몰수하여 국고에 넣었다.

그 결과 이 정치인의 가족들은 노숙자가 되었다.

이것으로 끝이 아니다.

벌금형에 대한 추징 기간은 이전엔 3년이었으나 지금은 300년으로 늘어난 상태이다. 다시 말해 감춰둔 재산이 발견되면 언제든 몰수할 수 있다는 뜻이다.

국민들은 대대적인 사회 정화 운동에 찬사를 보내고 있다.

일련의 일이 벌어지는 동안 공무원 사회가 술렁였다.

한꺼번에 너무 많은 인원이 구속되어 업무 마비를 겪을 정도가 된 때문이다. 이는 한국의 공무원 사회가 얼마나 썩었었는지를 단적으로 보여주는 일이다.

현수는 새로 인수한 기업에 대한 보고를 받는 한편 수시로 자치령을 돌았다. 한곳에만 머물러 있을 수 없기 때문이다. 그렇게 꽤 많은 시간이 흘렀다.

그러는 동안 아르센 대륙 등을 여러 번 다녀왔다. 한곳에 30일 이상 머물면 그쪽도 똑같이 시간이 흐르기 때문이다.

아르센 대륙은 여전했다.

라수스 협곡에 있던 로니안 공작 일가는 나후엘 자작가에 머물고 있다. 드디어 협곡을 관통하는 도로가 뚫린 것이다.

라수스 협곡의 동쪽 출구와 인접한 세 영지 마르헨, 후마엔, 롤이아의 영주들인 다이칸 히킨스 반 마르헨 자작과 헤롯 에드윈 폰 후아엔 자작, 그리고 에드워드 지린 드 롤리아 남작도 있었다.

이들에겐 현수가 제작하고 라세안이 인증한 협곡로 통행증이 쥐어져 있다. 미판테 왕국의 동서를 오가는 상권을 쥔 것이다. 이는 오랜 가난을 종식시킬 보물이다.

로잘린 역시 이곳에 머물고 있었는데 현수가 당도하자 와락 안겨 들며 기쁨의 눈물을 흘렸다.

그런데 이 장면을 지켜보며 놀라는 여인이 있었다.

나후엘 자작가의 천금인 엘리시아 나후엘 드 율리안이다.

엘리시아는 현수를 한 눈에 알아보았다.

마물의 숲을 지날 때 쏘러리스로부터 자신을 구해주었던 C급 용병 하인스를 매일 그리워했던 때문이다. 그리고 현수가 여전히 C급 용병 차림이었던 때문이기도 하다.

엘리시아는 수척한 모습이다. 하인스를 그리다 상사병에 걸린 결과이다. 사랑은 점점 깊어져 언제고 다시 만나면 그때는 절대 놓치지 않으리라 마음먹었었다.

하인스가 무엇을 원하든 다 내어줄 수 있으며, 신분이 문제가 된다면 그걸 버려도 좋다 생각했다.

촌부의 아낙이 되어도 좋으며, 깊은 산속으로 들어가 거친 땅을 일구며 알콩달콩 살고 싶다는 생각을 했다.

그런데 장차 로잘린 공녀의 부군이 될 이실리프 마탑주라는 지고한 신분이 되어 나타났다.

게다가 그랜드마스터라고도 한다.

부친인 나후엘 자작과 영지의 수석 기사인 라임하르트 헤르멘 남작은 신을 대하듯 굽신거렸다. 미판테 왕국의 국왕도 절절매는 신분이니 당연한 일이다.

엘리시아는 자신도 현수의 품에 안기고 싶었다. 하지만 그럴 수는 없었다. 신분의 차이가 어마어마한 때문이다.

이렇게 될 줄 알았다면 처음 만났을 때부터 상냥하게 대하고, 친절을 베풀었어야 했다. 그리고 온 마음을 다해 사랑을 표하고, 품에 안겨 애교를 부려야 했다.

쏘러리스로부터 자신을 구할 때 완전히 발가벗은 몸을 보지 말라고 소리를 치지도 말았어야 한다.

그날 밤 현수가 만들어준 잠자리에 있는 게 아니라 그의 품에 안겼어야 하는 것이다.

엘리시아는 현수를 보면서 굵은 눈물을 흘렸다. 그러다 문득 굳게 입술을 다문다.

흉중에 굳은 결심 하나를 심는 순간이다.

로잘린이 이곳에 처음 당도했을 때 엘리시아는 너무도 상냥하게 그녀를 맞이했다. 공녀이니 당연한 일이다.

그리곤 아침부터 저녁까지 붙어 다니며 재잘댔다. 모처럼 대화가 통한 것이다.

로잘린은 장차 이실리프 왕국의 제2왕비가 된다는 것을 이야기했다. 그러면서 자신이 왕비가 된 후 측근에서 수행하는 시녀장이 필요하다고 했다.

아르센 대륙에선 주로 나이 많은 백작부인들이 이런 임무를 수행한다. 그런데 너무 나이가 많으면 불편할 것 같다는 말을 했다. 얼마 전까지만 해도 로잘린 본인이 일개 자작가의 여식이었던 때문이다.

하긴, 자작 위에 백작이니 예전의 상전이 자신의 밑에 있게 되는 것이 어찌 편하겠는가! 어쨌거나 로잘린이 원한 시녀장은 조선시대로 치면 중궁전 상궁이다.

로잘린은 혹시 아는 사람이 있다면 적합한 인물을 추천해 달라는 말을 했었다. 물론 엘리시아가 아는 여인 중엔 로잘린이 원하는 인물은 없다.

라수스 협곡과 캐러나데 사막 사이에 자리잡은 이곳 율리안 영지는 육지 속의 섬과 같이 외딴 곳이 된 때문이다.

다시 말해 외부와의 교류가 적다.

이런 저런 이야기를 하던 중 로잘린은 무엇이든 원하는 것이 있으면 이야기하라고 했다. 자신에게 너무도 친절히 대하는 엘리시아가 고마웠던 때문이다.

엘리시아는 딱히 원하는 게 없었기에 나중에 이야기하겠다고 했고, 로잘린은 자신의 힘으로 가능한 건 꼭 들어주겠다고 약속했다.

어쨌거나 엘리시아는 입술을 굳게 다물었다.

그리곤 곧장 자신의 처소로 돌아가 아주 깨끗이 목욕을 하곤 새 옷으로 갈아입었다.

저녁에 있을 마탑주 환영파티를 준비한 것이다.

불행히도 현수는 엘리시아를 보지 못하였다. 이실리프 왕국에 급한 용무가 생각나 그곳으로 텔레포트했던 때문이다.

그날 이후 현수는 아르센 대륙의 많은 나라들을 돌아다녔다. 그 결과 카이엔 제국과 라이서 제국, 그리고 크로완 제국 간의 전쟁은 끝났다.

서로 일정 부분을 양보하기로 하고 평화협정을 맺으면서 정략혼을 맺었다. 각국 황자와 공주들을 결혼시키는 것으로 평화협정을 확실히 한 것이다.

아드리안 왕국은 초대국왕이 된 아민 멘데스 폰 아드리안의 지휘하에 발전을 거듭하는 중이다. 상당히 많은 유민들이 유입되면서 백성들의 수도 크게 늘었다.

그리고 아르센 대륙의 모든 국가들이 교역과 교류를 원하기에 르네상스와 같은 시절을 보내는 중이다.

각국 사절들은 아드리안 왕국을 방문할 때 반드시 멀린의 묘소에 참배를 한다. 물론 잘 보이기 위함이다.

바세른 산맥 아래 자락의 아드리안 왕국은 개발 작업이 끝났다. 이실리프 군도의 개발 또한 끝물이다.

아직 건국을 선포하지도 않았지만 대륙 각국은 이실리프 왕국과의 교역에 열을 올린다. 엄청난 곡식이 생산되는 때문이다. 종류도 다양하고, 양도 많은데다, 품질 또한 극상이다.

마수들이 장악하고 있던 콰트로 대륙의 개발 사업은 시작 단계에 놓여 있다. 뭐 하나 제대로 된 것이 없음에도 활발한 움직임을 보이고 있다.

현수는 드래곤 로드 등의 충고를 받아들여 콰트로 대륙 전체를 영토로 하는 국가를 선포하기로 했다.

물론 어느 정도 개발이 된 이후가 될 터인데 국가명은 '쥬신 제국' 으로 정했다.

다들 발음이 이상하다 했지만 그냥 밀어붙였다.

이곳은 나이즐 빌모아를 비롯한 드워프들과 아르센 대륙 각국에서 보내온 유민들의 손에 의해 개발되고 있다.

이들을 지휘하는 것은 현수가 노예로 사들였던 로즈와 릴리이다. 이들 자매는 아르센 대륙 남부의 섬에 있던 베로스 왕국의 공녀들이었다.

반란이 일어나 국왕과 국왕의 동생이던 부친이 죽었음을 알고 필사의 탈출을 감행했었다.

잡히면 무조건 목숨을 잃기 때문이다.

그러다 바닷가에 정박해 있던 배에 몰래 올라탔는데 하필이면 노예선이었던 것이다. 이들이 떠난 후 쿠데타로 권력을 쥔

새 국왕은 둘을 국외로 추방했다고 선포했다.

로즈와 릴리의 시신이 발견되지 않자 귀족들이 새롭게 결집하려는 움직임을 보인 때문이다.

어쨌거나 현수는 너무도 바빠 오랫동안 이들 자매를 돌봐주지 못했다. 그런데 로즈는 4서클 마스터가 되어있었고, 릴리는 4서클 유저가 되어 있었다. 이를 악물고 노력한 결과이지만 대단한 재능이 없었다면 불가능했을 일이다.

현수는 미안한 마음에 이들을 데리고 베로스 왕국으로 향했다. 원래의 위치로 되돌려 주려는 의도였다.

그런데 그곳은 이미 기틀이 다져진 국가가 되어 있었다.

부친의 시신이 어디에 매장되어 있는지조차 알 수 없게 된 로즈와 릴리는 하염없는 눈물을 흘렸다.

새롭게 베로스 왕국의 국왕이 된 자는 현수가 모든 마법사의 로드이며, 세상 모든 기사들의 하늘이라는 것을 알고는 설설 기었다.

자신은 쿠데타를 일으켜 권력을 잡아 정통성이 없지만 로즈와 릴리는 정통 왕가의 핏줄인 때문이다.

현수가 자신의 목을 베고 로즈를 여왕으로 즉위시켜도 할 말이 없기에 눈치만 본 것이다.

그러다 로즈와 릴리는 이미 변절해 버린 부친의 옛 신하들을 보고 크게 환멸을 느꼈다.

그리곤 매일매일 한숨만 쉬었다. 그동안 복수의 일념으로 칼을 갈아 왔는데 목적이 사라지자 허무한 것이다.

하여 둘에게 쥬신제국의 기틀을 닦는 역할을 맡겼다. 정신없이 바쁘면 시름도 잊을 것이기 때문이다.

둘 다 영특한 두뇌를 가졌고, 임기응변도 강하며, 논리적이고, 정의롭다는 판단을 내렸기에 제안한 일이다.

하여 콰트로 대륙은 현재 로즈와 릴리 자매의 지휘를 받으며 개발되는 중이다.

집이 지어지고, 농토가 개간되었다. 축사도 지었다.

콰트로 대륙은 아무리 깊은 산속으로 들어가도 맹수나 몬스터가 없다. 마수들이 모두 잡아먹은 결과이다.

사람들이 풀만 먹고 살 수는 없기에 아르센 대륙에서 상당히 많은 가축을 들여와 기르기 시작하였다.

이들을 돕기 위해 드래곤 상당수가 파견되어 있다.

혹시 하나라도 남아 있을지 모를 마수를 사냥하여 개척민의 안전을 지켜주는 것이 그들의 주요 임무이다.

아울러 개발에 어려움이 있을 때 적절히 돕는 것도 임무 가운데 하나이다.

마인트 대륙에서 있었던 엄청난 폭발을 목격한 드래곤들은 현수의 말이라면 무조건 O.K이다.

붙으면 100% 깨지는 정도가 아니라 완전무결하게 말살된다는 것을 깨달은 결과이다.

하여 말을 하지 않아도 어떻게든 도와주려고 애를 쓴다.

현수의 호감을 사면 맛이 기막힌 아이스크림이나 초콜릿, 또는 사탕을 받는다.

그래서 개발 사업은 별 탈 없이 진행되는 중이다.

마인트 대륙의 국가명은 바뀌었다.

애초엔 '이실리프 제국'이라 하려 했으나 아르센 대륙에 이 실리프 왕국이 있어 개칭하였다.

그래서 현수가 택한 국가명은 '환(桓) 제국'이다. 참고로, 환 국(桓國)은 고조선 이전에 존재했던 국가이다.

이번에도 발음이 이상타 하였으나 현수는 밀어붙였다.

맥마흔은 다시 도시가 되는 중이다. 새 이름은 서울이다.

가장 먼저 황궁이 건축되는 중인데 나이즐 빌모아는 로마의 '판테온 신전'을 좋게 보았는지 이와 유사한 형상의 건물을 황 궁으로 삼으려 한다.

물론 규모는 판테온 신전보다 훨씬 크다.

국사를 논하는 정치적인 공간의 뒤쪽엔 상당히 넓은 정원을 가진 한옥단지가 조성되고 있다.

제국의 황제가 머물 곳인지라 100만 평 규모로 조성된다.

참고로, 조선 태종 5년(1405년)에 지어진 창덕궁의 면적은 약 45만㎡(13만 6,000여 평)이다. 지나의 자금성은 동서 760m, 남북 960m이니 약 73만㎡(22만여 평)이다.

한옥단지는 창덕궁의 7.35배, 자금성의 4.54배 규모이다.

현수의 가족과 수발을 들어줄 궁녀 등이 기거할 이곳엔 아름 다운 한옥과 멋진 정원, 그리고 계류들이 조성되고 있다.

정궁의 앞에는 각종 행정을 위한 건축물들이 지어지고 있다. 영국의 '웨스트민스터 대성당', 미얀마의 '쉐다곤 파고다', 시 드니의 '오페라 하우스', 러시아의 '성 바오로와 바울 성당' 같 은 것들이다.

현수가 준 지구에서 가장 아름다운 건축물 목록에 들어 있던 것이다.

현수는 약속했던 대로 마일티 왕국 공작가의 후손 헤럴드 폰 하시에라와 화티카 왕국의 후손 유슈프를 제국의 공작으로 삼았다. 아울러 싸미라의 부친도 공작이 되었다.

이들에게 내려진 첫 번째 명령은 수도 재건과 제국의 기틀을 다지는 것이다. 산지사방에 흩어져 있는 사람들을 규합하여 새로운 나라를 만들도록 한 것이다.

수도 개발 미술총감독은 미적감각을 갖춘 데다 놀라운 솜씨까지 가진 말라크 공녀가 맡았다.

이곳 역시 드래곤 및 드래고니안들의 도움을 받고 있다.

혹시라도 남아 있을지 모를 흑마법사들을 소탕하는 것이 첫째 임무이고, 둘째는 개발공사에 도움을 주는 것이다.

*   *   *

"회장님! 7차 보고 드립니다. IS의 거점 2,841곳과 탈레반의 거점 3,614곳에 대한 공격이 드디어 끝났습니다. 이 밖에 보코하람의 거점 726군데와……."

이실리프호 김호인 선장의 보고가 잠시 이어졌다.

현수는 별다른 대꾸 없이 보고를 받으며 화면에 띄워지는 숫자에 시선을 주고 있다.

IS는 약 12만 명, 탈레반은 이보다 훨씬 많은 24만 명가량이 있는 것으로 파악했는데 거의 모두 말살되었다.

보코하람과 헤즈볼라, 하마스, 알 카에다, 알 샤바브 등도 완전히 작살났다. 예상보다 훨씬 많은 숫자가 죽었지만 신경 쓰지 않았다.

현수가 숫자에서 시선을 떼자 김 선장은 하고 싶은 말이 있으면 하라는 표정으로 바라본다.

"IS 놈들이 100% 제거된 것은 아니지요?"

"그렇습니다. 운석이 떨어질 때 운 좋게 다른 장소에 있었던 자들이 더 있었습니다. 저희가 집계한 바에 의하면 전체의 99.6% 정도가 제거되었습니다."

"좋아요! 그 정도면……. 탈레반 등은 어떻지요?"

"탈레반, 알 카에다, 알 샤바브, 하마스, 헤즈볼라, 보코하 람 등도 99% 이상 제거되었습니다."

40만 명이 넘는 목숨이 사라졌지만 현수와 김호인 선장 모두 담담한 표정이다.

이들이 죽지 않고 살아 있다면 더 많은 인명이 살상되고, 더 많은 난민이 발생된다. 그러면 세상은 점점 더 불안해졌을 것이다. 2015년에 유럽 각국을 강타한 난민 사건과 프랑스 테러사건이 그 예이다.

"수고가 많았습니다. 그래도 계속해서 주시하십시오. 완전히 소탕할 수 있으면 그렇게 하구요."

화상으로 대화를 하던 김호인 선장은 얼른 고개를 숙인다.

"주시는 하겠지만 종전과 같은 운석 공격은 어렵습니다. 이제 극소수만 살아남은 상태이고, 애꿎은 사람들과 섞여 있는 때문입니다."

"그래요? 그렇다면 그들에 대한 정보를 파악해 보고하십시오. 잔존세력 소탕은 이실리프 정보에 맡기지요."

"그래 주시면 고맙지요. 저희보다 지상 작전이 더 확실할 겁니다. 그럼 이만 보고를 마치겠습니다. 그런데 저희는 이제 원대 복귀하는 것입니까?"

현수는 고개를 좌우로 저었다.

"아닙니다. 몇 가지 임무를 추가로 부여합니다. 첫째는 전 세계 폭력 조직에 대한 파악 및 처벌입니다. 작전 시 애꿎은 피해가 생기지 않도록 운석의 크기를 잘 선별해 주세요."

"네에……?"

무슨 소리냐는 표정으로 바라본다. 전 세계 폭력 조직이라면 나라별로 아무리 적어도 최소 하나 이상은 있다.

대한민국의 경우 2015년 경찰이 파악한 관리대상 폭력 조직은 213개파, 5,342명이다. 동네 깡패나 양아치들은 빠진 숫자이니 실제로는 이보다 훨씬 많을 것이다.

세계 지도를 보면 237개 국가로 이루어져 있다.

각각 나라에도 한국과 같은 숫자의 폭력 조직이 있다고 하면 50,481개 조직, 113만 7,846명이나 된다.

보아하니 이들 또한 처벌하려는 듯한데 조폭들이 한군데 모여 있을 리 없다.

따라서 이실리프호에 장착된 컴퓨터가 아무리 고성능이라 하더라도 이들 전부를 파악해 내는 건 어려운 일이다. 하여 뭐라한마디 하려는데 현수가 먼저 말을 한다.

"이번 작전은 운석의 크기가 주먹보다 작아야겠지요?"

"회장님! 저희는 지상으로부터 3만 5,800㎞ 고도에 있습니다. 아무리 정밀히 계산을 해도 대기의 흐름이 수시로 변하므로 방금 내리신 지시는 거의 불가능에 가깝습니다."

"......!"

듣고 보니 말이 된다.

이실리프호에서 떨군 암석은 대기권을 관통하는 동안 강한 공기저항을 받는다.

그 결과 야구의 너클볼처럼 이리저리 요동치게 된다. 아랫부분을 원추형으로 만들어도 결코 피할 수 없는 현상이다.

이전엔 커다란 바위를 떨궈 목표 지점을 포함한 인근까지 작살내는 것이었다. 그런데 방금 내린 지시는 정밀 조준하여 사람 하나를 맞춰 보라는 것과 다름없다.

종전과는 수준이 다른 요구이다. 하여 현수가 아무런 대꾸도 하지 않자 김호인 선장이 말을 보탠다.

"방금 말씀하신 것처럼 사람 하나하나를 구분하라는 것은 상당히 어려우며 가능성도 희박합니다. 회장님!"

"좋습니다. 방금 내린 지시는 철회하지요. 다만 폭력 조직에 대한 것은 확실히 파악하십시오."

이실리프호에 모든 전화와 통신을 감청할 수 있는 기술이 있기에 가능한 일이다.

"네! 그건 말씀하신 대로 해보겠습니다. 다만 시간은 많이 걸릴 겁니다. 237개국을 다 뒤지려면 말입니다."

현수는 고개를 끄덕였다. 당연한 말인 때문이다.

"그렇겠지요. 하지만 너무 오래 끌지는 마십시오. 그리고 두 번째 지시 사항은 지구의 모든 마약농장과 마약공장, 그리고 마약조직원들 없애라는 것입니다."

점입가경이라는 느낌이었지만 김호인 선장은 내색하지 않았다. 마약의 폐해는 굳이 말로 설명하지 않아도 알기 때문이다. 따라서 현수의 지시는 사회정의를 이루는 일이다.

"…지시받은 대로 세상의 모든 마약농장을 없애도록 하겠습니다. 다만 여기저기 산재하니 충분한 시간을 주십시오."

"좋습니다. 충분한 시간을 드리지요. 대신 농장뿐만 아니라 마약상들의 근거지도 모두 파괴해야 합니다."

"IS와 탈레반 등을 제거한 수준이면 되겠습니까?"

"딱 그 정도면 적합합니다."

현수가 환히 웃으며 고개를 끄덕였다.

마약 중 일부는 의약품 제조에 사용되고 있다. 따라서 마약농장을 100% 제거해서는 안 된다. 고통에 시달리는 환자들에게 주는 모르핀의 원료가 사라지기 때문이다.

하지만 대안은 있다. 우선은 이실리프 메디슨에서 생산하는 홍익인간과 NOPA이다.

홍익인간은 두통, 생리통, 치통 등에 즉효를 보이고, NOPA는 CRPS로 고통받는 환자들을 위한 진통제이다.

현재는 이실리프 의료원에서만 사용하고 있지만 마약을 없애는 대신 이를 전 세계를 대상으로 판매하면 된다.

이 밖에 쉐리엔 뿌리와 디오나니아 열매 등을 이용한 강력한 진통제를 만들어낼 수 있다.

아울러 콰트로 대륙이나 마인트 대륙의 식물 중에서도 진통제의 원료가 될 만한 것들이 더 있을 수도 있다.

따라서 지구의 모든 마약농장과 마약공장들을 완전무결하게 말살해도 진통제 제조엔 아무런 문제가 없다.

김 선장은 이런 상황을 정확히 알지 못하지만 마약이 나쁘다는 것은 잘 안다. 그렇기에 지시사항을 복창한다.

"이실리프호는 회장님으로부터 전 세계 폭력조직의 거점을 파악하고, 마약농장과 마약공장, 그리고 마약과 관련된 거점 전부를 없애라는 지시를 받았습니다."

"네! 임무 완수 후 보고해 주세요."

"알겠습니다. 확실히 처리하겠습니다."

100% 제거 및 100% 말살을 의미하는 대꾸이다.

김 선장은 눈빛을 빛내고 있다. 지구에서 마약을 없애는 위대한 업적을 이룰 기회가 온 때문이다.

"추가 지시사항은 없습니까?"

두 가지 모두 몹시 어려운 일이기에 그냥 해본 말이다.

"아! 그러고 보니 깜박한 것이 있습니다. 한국의 사이비종교 거점들도 모두 파악해 주세요."

"네에? 설마… 그곳도 제거입니까?"

"봐서요. 사회적 물의를 일으킨다면 당연한 제거대상입니다. 암세포는 건강한 세포까지 잠식하니까요. 그리고 아무리 좋은 약을 써도 고름은 살이 되지 않다는 거 아시죠?"

"…알겠습니다. 회장님의 지시대로 대한민국 영토 내의 사이비종교 거점 전부를 파악토록 하겠습니다."

"좋습니다. 이 시각 이후 이실리프호에서 이실리프 정보 홈

페이지에 열어볼 수 있는 특별열람을 허락합니다."

현수의 말이 끝나자 김호인 선장은 크게 고개를 끄덕인다. 이실리프 정보의 정보 획득력이 상당함을 알기 때문이다.

"감사합니다. 큰 도움이 될 것입니다."

"조만간 만주에 우주전함이 추가로 배치될 겁니다. 통신을 연계하여 협조받을 것은 받으세요. 특별한 상황이 아니라면 이실리프호에 지휘권을 부여합니다."

"아! 그렇습니까? 감사합니다."

"콩고민주공화국, 러시아, 몽골, 에티오피아 상공에도 각각의 우주전함들이 배치될 예정입니다. 이번 임무에 관한한 그것들에 대한 지휘권도 김 선장님에게 일임합니다."

"어이쿠, 감사합니다."

김호인 선장은 크게 마음이 놓인다는 표정이다.

백지장도 맞들면 낫다는 말이 있듯 혼자 임무를 수행하는 것보다는 여럿이 하는 편이 훨씬 쉽기 때문이다.

폭력조직, 마약농장, 마약공장, 그리고 마약상들의 거점과 한국의 사이비종교 거점을 파악하는 작업은 각각 수행한 후 크로스 체크를 하면 누락이 확실하게 줄어들 것이다.

한국의 사이비종교에 대한 조사는 이실리프 정보가 훨씬 더 상세한 정보를 획득할 수도 있다.

목표지점을 확보하기까지 시간이 걸리지 그곳을 공격하는 것은 그리 어려운 일이 아니다.

컴퓨터에 좌표만 입력하면 언제든 가능한 일이다.

이번에 새로 만든 프로그램은 목표물의 크기 또는 살상 예정

인원에 따라 적절한 크기의 암석을 골라서 발사하는 정도가 된 때문이다.

통신을 마친 현수는 산더미처럼 쌓인 결재서류를 보곤 한숨을 내쉬었다.

"많긴 엄청 많군. 하긴! 나라 하나를 만드는 일이니. 쩝!"

나직이 혀를 찬 현수가 맨 위의 결재서류를 펼쳐 들었다.

이실리프호급 우주전함 제작에 관한 보고서이다.

"흐음! 이건 좀 자세히 봐야지."

현수는 인터콤의 버튼을 길게 눌렀다.

삐이잉—!

"네, 회장님!"

낭랑한 비서의 음성이다.

"신 비서! 이실리프 기술연구소에 화상 연결해 줘."

신은희 비서는 현수가 모교를 방문했을 때 무역학과 3학년에 재학 중이었다. 졸업 후 이실리프 무역상사에 취직할 수 있게 해달라며 애교를 부린 바 있다.

이를 잊지 않고 있던 현수는 이실리프 무역상사에 특별한 결격 사유가 없다면 채용토록 지시한 바 있다. 이렇게 입사한 신은희는 이실리프 무역상사에서 발군의 총명함을 발휘했다. 하여 전격적으로 현수의 비서로 발탁된 상태이다.

"알겠습니다. 잠시만 기다려 주십시오."

잠시 들고 있던 서류에 눈길을 주던 현수는 전면 모니터가 밝아지자 고개를 든다.

CHAPTER 09
황후는 누가?

"회장님! 안녕하십니까?"

"네, 소장님도 안녕하시지요? 이렇게 뵈니 기분 좋네요."

이실리프 기술연구소의 소장은 국방과학연구소에서 항공 유도 무기체계 팀장을 맡았던 최희문이다.

서울대학교 물리천문학부에서 물리를 전공하던 그의 아들 최윤준은 중증근무력증과 췌장암 말기 환자였다.

인연이 있어 현수에 의해 말끔히 나았고 무사히 졸업까지 했다. 현재는 이실리프 기술연구소에 연구원으로 재직 중이다. 낙하산이 아니라 실력으로 입사한 케이스이다.

이실리프 연구소가 개소되기 전 이준섭 이실리프 브레인 대표는 최희문 팀장과 윤강혁 소령을 찾아갔다.

참고로, 윤강혁 소령은 이실리프 메디슨 대표 민윤서의 아내인 윤영지의 사촌오빠이다.

첫 만남에 이준섭 이실리프 브레인 대표가 스카우트 의사를 밝히자 둘은 더 생각할 것도 없다는 듯 고개를 끄덕이곤 곧바로 사표를 제출했다. 근무조건이나 연봉 같은 건 아예 묻지도 따지지도 않았다.

현수에 대한 전폭적인 신뢰가 바탕된 결과이다.

"네, 회장님! 근데 정말 오래간만입니다."

"하하! 네에. 불편하신 건 없으시죠?"

"그럼요! 여긴 편 가르기가 없어서 마음 편히 연구에 몰두할 수 있습니다. 이런 환경을 만들어 주셔서 감사합니다."

한국의 연구소들은 정치적 이유 때문에 눈에 보이지 않는 알력으로 인한 대립이 매우 심하다.

그 결과 정말 능력 있는 사람이 배제되어 제대로 된 결과를 만들어내지 못하는 경우가 왕왕 발생한다.

이실리프 기술연구소는 소장 이하 모두가 평등하다.

그리고 특별히 배당된 연구 시간 이외엔 본인이 하고 싶은 것을 하고, 아무도 그에 대해 터치하지 않는다.

다만 사전에 연구계획서를 제출해야 하는데 누가 봐도 말도 안 되는 연구라 판단될 경우에만 소장이 불러들여 논리적 설명으로 방향을 바꾸게 할 뿐이다.

"연구하시는 분들이 우선이니까요. 그나저나 설화호 등 우주전함에 대한 진척 상황을 알고 싶습니다."

"네, 보고드리겠습니다. 설화호의 제작은 현재 99% 정도 진척되었습니다. 회장님이 마무리만 해주시면 됩니다."

"그렇군요. 나머지는 어떻습니까?"

"연희호와 지현호, 이리냐호와 테리나호의 제작도 90% 이상 진행된 상황입니다."

이실리프호는 대한민국, 설화호는 이실리프 왕국, 연희호는 콩고민주공화국, 지현호는 에티오피아, 이리냐호는 러시아, 테리나호는 몽골 상공에 배치될 예정이다.

추가로 조차지를 얻은 케냐와 우간다엔 나중에 배치된다.

"나머지는 얼마나 되었지요?"

"약 3개월 정도 있어야 될 듯합니다."

"흐음! 알겠습니다. 조만간 찾아가지요."

"네! 기다리겠습니다. 조만간 뵙겠네요."

최 소장의 어투나 태도 등은 현수가 확실한 상관임을 분명히 인지하고 있다.

통신을 마친 현수는 이실리프 스페이스와 이실리프 코스모스, 그리고 이실리프 우주항공과 차례로 통화했다.

카헤리온과 봉황도 제작하여야 하는 때문이다.

"흐음! 앞으로 석 달이면 충분하군."

고개를 끄덕인 현수는 결재 서류를 당겨 하나하나 유심히 살피고 사인했다.

이실리프 왕국의 기틀을 잡는 일이며, 한반도의 영구적인 평화를 마련하는 일이기 때문에 소홀히 할 수 없어서이다.

결재를 마치곤 양평저택에서 오붓한 저녁을 했다.

권지현과 아들 현이는 매우 행복해했다. 셋은 며칠간 제주도 여행을 즐겼다.

며칠 후엔 콩고민주공화국으로 가서 강연희와 아들 철이를 데리고 며칠간 휴가를 즐겼다. 반둔두와 비날리아 지역에 개발해 놓은 관광지에는 멋진 호텔이 지어져 있었다.

그다음엔 모스크바로 가서 이리냐와 딸 아름이를 만났다.

몽골에선 테리나와 함께 바이칼호 관광을 즐겼다.

백설화는 북한 지역 이실리프 왕국의 왕비가 되는 것으로 정리되었다. 지현과 연희, 그리고 이리냐와 테리나가 만장일치로 승인한 결과이다.

하여 현수는 설화와 함께 금강산 관광을 하기도 했다.

금강산은 관광지로 개발된 곳보다 아닌 곳이 훨씬 많다. 그렇기에 그곳을 보며 과연, 과연이라는 말을 연발할 수밖에 없었다. 그야말로 절경의 연속이었던 것이다.

현수는 각 자치령만 돌아다닌 것이 아니다.

천지건설이 수주한 브라질 리우데자네이루 재개발 공사 현장도 방문했고, 아제르바이잔 유화단지 건설현장과 신도시 건설현장 등도 두루 둘러보았다.

그러고 보니 콩고민주공화국과 에티오피아, 그리고 우간다와 케냐에서는 지나 사람들을 보기 힘들다.

전에는 지나인들이 거의 전 분야에 걸쳐 이들 네 나라를 횡행했다. 그런데 지금은 천지그룹과 백두그룹, 그리고 태백그룹 등 한국 기업에 의해 모두 밀려났다.

그동안 저가 수주와 뇌물 등으로 권력자들과 야합하여 저품질 공사로 이윤의 극대화를 노리던 것이 드러난 때문이다.

노리던 공사 또는 수행하던 일에서 손을 놓게 된 지나의 건설사들은 한국 기업 및 아프리카 각국에 대해 악감정을 품었다. 하지만 대놓고 일을 벌이진 못했다.

지나의 군사력이 아무리 강대하다 해도 멀고 먼 아프리카까지 영향력을 미치기엔 부족했고, 일본을 단숨에 작살낸 한국의 군사력이 두렵기 때문이다.

한편, 이실리프 계열사들은 100% 순항 중이다.

이실리프 메디슨은 향남제약단지만으로는 소요량을 충족시키지 못했다. 하여 여러 곳에 공장을 추가했다.

반둔두와 아와사에선 홍익인간과 NOPA, 그리고 미라힐 시리즈를 생산하고 있다.

몽골과 러시아 자치령에선 쉐리엔을 생산하고 있다.

향남제약단지 등에선 일반의약품만 생산하는 중이다.

관료주의에 물든 한국의 식약청 등이 시비라도 걸면 언제든지 폐업할 만반의 태세를 갖춘 것이다.

하여 몽골과 러시아 자치령에선 언제든 일반의약품 생산을 맡을 준비를 갖춘 상태이다.

이실리프 모터스는 밀려드는 주문을 도저히 감당할 수 없는 상황이다.

평안남도 안주에 소재한 이실리프 기계공업단지에서 최고 속도로 생산하여 부품을 공급하고 있지만 감당할 수 없다.

생산 능력이 1이라면 주문 물량은 10,000이다.

능력보다 1만 배나 많은 요구를 어찌 감당하겠는가!

하긴, 지구 최강의 연비를 가졌으니 이런 요구는 당연한 일이다.

이실리프 모터스에서 생산하는 승용차의 시내 주행연비가 리터당 112.3㎞나 된다는 특집방송 이후 그야말로 주문이 폭주하는 중이다.

이실리프 모터스에 엔진을 제공하는 이실리프 엔진 또한 당연히 눈코 뜰 새 없이 바쁜 나날을 보내고 있다.

자동차 엔진뿐만 아니라 선박과 각종 중장비 등의 엔진도 생산하여야 하는 때문이다.

연비가 12배나 향상된 엔진이라는 소문이 번지자 전 세계로부터 빗발치는 주문서가 밀려드는 중이다.

상장회사였다면 연일 상종가를 치겠지만 아쉽게도 이실리프 엔진은 외국인이 소유한 개인기업이다.

현수가 한국 국적을 상실한 때문이다.

이실리프 무역상사는 콩고민주공화국, 에티오피아, 몽골, 러시아, 우간다, 케냐 현지에서 빗발치는 주문량을 맞추려 동분서주하는 중이다.

이실리프 왕국으로 한국의 온갖 공산품을 수출하는 대신 싱싱한 채소와 과일, 그리고 냉장육과 곡물 등을 수입하는 것만으로도 엄청나게 바쁘다.

그 결과 한국의 곡물시장을 장악하고 있던 곡물메이저들은 긴급 철수를 검토하고 있다. 호주와 미국 등지에서 쇠고기와 돼지고기를 수입하던 회사들은 이미 문을 닫았다.

둘 다 주문량이 100분의 1 이하로 쪼그라든 때문이다.

이실리프 무역상사는 브라질 리우데자네이루 재개발사업 공사현장과 아제르바이잔 유화단지 및 신도시 건설현장에서 필요로 하는 모든 것도 소화해 내는 중이다.

비누, 치약, 칫솔 같은 기초적인 생필품부터 화장품이나 무기 같은 품목까지 그야말로 다루지 않는 것이 없다.

2019년 7월 현재 직원 수는 1,200여 명으로 늘어난 상태이다. 그럼에도 너무 바빠서 신입사원 2,000명을 추가로 모집하겠다는 공고를 냈다.

그럼에도 이은정 대표는 시름이 깊다. 적어도 4,000명은 더 있어야 함을 잘 알기 때문이다.

일은 많지만 그 일이 언제까지 지속될지 몰라 사람 뽑는 것을 주저하기에 줄여서 뽑는 것이다. 어쨌거나 이실리프 무역상사는 엄청난 호황을 누리고 있다.

이실리프 코스메틱의 경우는 듀 닥터와 슈피리어 듀 닥터, 그리고 디노나니아의 눈물과 아르센의 공주 생산공장을 여섯 배로 확장했음에도 주문을 못 맞춰 매일 쩔쩔매고 있다.

전 세계로부터 쏟아지는 주문을 도저히 감당할 수 없는 지경에 처해 있다. 하여 직원들은 전화벨 소리만 들려도 깜짝깜짝 놀란다. 각국의 대통령 내지는 국왕이 직접 전화를 걸어 투덜대는 일이 빈번하기 때문이다.

가장 최근에 받은 전화는 힐러리 로댐 클린턴이 걸었다.

목에 주름이 늘고 있는데 왜 석 달 전에 주문한 것을 아직도 안 보내느냐는 항의전화였다.

이실리프 뱅크는 자산 규모가 엄청나게 늘었다. 한국인의
90% 이상이 거래하는 거대 은행으로 발돋움한 때문이다.

극히 일부 부자들을 제외한 거의 모든 국민이 이실리프 뱅크
를 이용한다. 타 은행보다 0.1%라도 높은 예금이자를 주고. 대
출이자는 훨씬 더 저렴한 때문이다.

신용카드 역시 이실리프 크레딧이 대세이다. 연회비는 아예
없고, 가맹점 수수료는 낮으니 당연한 일이다.

참고로. 이실리프 크레딧은 자본금의 100%를 현수가 부담한
개인 회사이다. 물론 상장되지 않았다.

이실리프 엔터테인먼트는 걸그룹으로 출발한 다이안 덕분에
세계 최고의 연예기획사가 되었다.

다이안은 말할 것도 없이 소속사 연예인 거의 전부가 활발하
게 활동하는 중이다.

종편은 물론이고 지상파 방송국에서도 이실리프 엔터테인먼
트 소속 연예인은 언제든 환영이다.

일부 연예기획사에서 벌이는 성상납 같은 불미스런 일이 전
혀 없는데다 연예인들 모두 재능이 있기에 가능한 일이다.

이실리프 솔라파워 역시 고공행진 중이다.

이실리프 자치령뿐만 아니라 콩고민주공화국, 에티오피아,

러시아, 몽골, 우간다, 케냐 등의 태양광발전공사를 어마어마하게 수주한 결과이다.

주윤우 대표를 비롯한 핵심 기술진은 이실리프 기술연구소에서 제공한 기술을 바탕으로 점차 영역을 넓히는 중이다.

이실리프 솔라파워의 직원 수는 10만 명을 넘고 있다. 참고로, 2015년 현재 한국전력 직원 수는 약 2만 명이다.

이실리프 트레이딩은 세계 최고의 자본집단이 되었다.

미국과 한국의 증시는 완전히 이들에 의해 장악되었다.

특별히 작전을 짜지 않아도 의도대로 특정 종목의 주가를 마음대로 조절한 능력을 가졌다.

이름만 대면 알 수 있는 기업 거의 전부가 이실리프 트레이딩의 영향력 아래에 놓여 있다.

언제든 경영진을 교체할 입김을 가졌기에 거의 모든 기업이 이실리프 트레이딩의 눈치를 보는 중이다.

계열사 전부가 이렇듯 다들 잘나가는데 이실리프 어패럴만은 문제가 있어 어려움을 겪고 있다.

주문량이 많아 항온의류 생산공장을 여러 자치령에 조성한 것이 문제가 되었다.

이는 한국의 생산공장 인건비가 너무 많이 오른 때문만은 아니다. 필요로 하는 곳에서 생산해야 단가를 더 낮출 수 있고, 그곳에 적합한 디자인을 뽑을 수 있기 때문이다.

그렇다 하여 한국의 공장들이 노는 것은 아니다. 주문량이 너무 많아 날마다 야간작업이 진행되고 있다.

직원들이 고생함을 알기에 이실리프 어패럴은 종업원에게 업계 최고 대우를 해주고 있다.

정식 근로시간은 업계 평균의 5분의 3이고, 법에서 정한대로 야간수당과 휴일수당 등을 지급하고 있다.

이 밖에 임직원 자녀에게 학자금 전액이 제공되는 등 최고의 복지혜택을 누리고 있다.

임금도 당연히 업계 최고이다. 제대로 된 대접을 해줘야 양질의 제품이 나온다는 현수의 의지가 작용한 것이다.

대한민국의 미싱사들은 140~260만 원의 급여를 받는다. 평균적으론 200만 원에 약간 못 미친다.

이실리프 어패럴의 경우엔 초보 미싱사의 급여가 월 300만 원이다. 숙련 정도에 따라 점점 더 많은 급여를 받아 800만 원을 받는 직원도 있다.

당연히 4대 보험에 가입되고, 중식은 뷔페로 제공된다. 일이 많아지면 석식도 뷔페로 제공한다.

정상근무는 오전 9시부터 오후 5시까지이다.

점심시간은 12시부터 2시까지이다. 2시간이나 된다. 오전에 3시간, 오후에 3시간이 실질 근무시간인 셈이다.

토요일과 일요일, 그리고 국경일과 공휴일은 모두 쉰다.

이만하면 아주 널널한 직장이다.

불경기에 시달리는 다른 회사들이 인원 감축과 연봉 동결을 선고했을 때에도 이실리프 어패럴은 매년 임금 인상과 복지혜택을 확대해 왔다. 그런데 노조는 다음과 요구를 했다.

1. 생산직의 임금을 일괄적으로 50% 인상하라.

2. 성과급으로 인상된 급여의 2,000%를 지급하라.

3. 신규직원 채용 시 반드시 노조의 허락을 받아라.

4. 노조원 퇴직 시 가족 중 1인을 사원으로 채용하라.

5. 노조원의 자녀가 대학을 진학하지 않으면 기술 취득 지원금으로 3,000만 원을 일시금으로 지급하라.

6. 증자와 감자, 그리고 경영상 필요한 차입과 상환 때 노조의 허가를 받아라.

7. 이사 임용과 해지 시 노조의 허가를 받아라.

8. 항온의류 직원 구입가를 정가의 10%로 하라.

9. 자녀 출생 및 결혼 때 휴가를 5일에서 15일로 늘려라.

10. 야간 근무수당은 정상근무의 3배, 휴일근무는 5배, 휴일 야간근무수당은 10배로 인상하라.

누가 봐도 도에 넘치는 요구라 박근홍 사장은 여러 번 이를 지적했다. 그런데 노조는 자신들의 요구가 모두 관철될 때까지 무기한 파업을 의결했다.

항온의류는 세계적인 히트 상품이다.

하여 회사가 엄청난 돈을 벌어들이니 자신들 또한 그만한 대접을 받아야 한다는 것이 그 이유이다.

이에 박근홍 대표는 전격적으로 국내 공장 폐쇄와 폐업을 결정했다. 아울러 생산공장 전 직원의 해고를 통보했다.

당연히 격렬히 반응했다. 이마에 붉은 띠를 매고, 쇠파이프와 각목을 든 채 공장을 검거했다.

그러면서 당장 박근홍 사장 나오라며 고함을 질렀다.

같은 시각, 박근홍 대표는 인건비가 훨씬 저렴하고, 손재주는 거의 비슷한 개성공단을 방문하고 있었다.

지난 정부 때 험악한 분위기가 조성되는 바람에 상당히 많은 기업이 철수하여 빈 공장이 많았다. 다행히도 한곳에 몰려 있었고, 생산직에 종사한 유경험자도 많았다.

박 사장은 각종 생산설비를 새로 들여놓고 곧바로 사원모집 공고를 냈다. 파업 중인 남한의 근로자들이 접근조차 할 수 없는 곳이기에 일은 아주 순조로웠다.

원자재인 섬유는 인근 섬유공장들로부터 바로 납품받기로 했다. 지퍼와 단추 같은 부자재가 문제였는데 빈 공장이 많아 직접 생산하기로 했다. 이럴 경우 원가 절감과 필요한 디자인을 쉽게 생산해 낼 수 있는 장점이 있다.

박근홍은 부친이 설립했던 ㈜까사가 망할 때 이미 배반을 맛보았다. 그래서 끝까지 의리를 지켰던 하청공장 사장들을 이실리프 어패럴의 이사급으로 받아들였다.

이들은 문제가 없는데 그 밑에서 일하던 근로자들이 말썽을 부린 것이다.

이실리프 어패럴의 파업과 공장 폐쇄, 그리고 폐업이 알려지자 같은 직종에 종사하는 사람들은 코웃음을 치며 박수를 쳤다. 쌤통이라는 뜻이다.

자신들은 죽어라 일하고도 200만 원 안팎의 월급을 받는데 이실리프 어패럴 생산직 사원들의 평균 급여는 500만 원이 넘었었다. 업계 최고의 대우였다.

그런데 그에 만족하지 못하고 월 급여를 750만 원으로 인상하고, 연 600%인 정기보너스와 별도로 성과급 1억 5,000만 원을 지급하라는 요구를 했다.

800만 원을 받던 근로자는 급여가 1,200만 원으로 오르고, 성과급은 2억 4,000만 원이나 되는 셈이다.

동종업계 종사자들은 업주가 천사라도 공장 폐쇄와 폐업이 당연하다며 고소하다는 표정을 지었다.

전후 사정이 상세히 기록된 이실리프 어패럴에서 올린 결재 서류를 본 현수는 이맛살을 찌푸렸다.

노조를 설립해서가 아니다. 분에 넘치는 요구를 너무도 뻔뻔히 하는 근로자들의 욕심에 질린 것이다.

하여 공장 폐쇄와 폐업을 승인한다는 서류에 사인을 했다. 아울러 이실리프 어패럴의 재창업을 승인했다.

한국에서 이실리프 왕국으로 거점을 옮기는 것이다.

이러한 사실이 전해지자 세무당국이 난리를 부렸다.

어마어마한 세금을 납부하던 기업이 하루아침에 문을 닫고 외국으로 나가 버린 때문이다.

외환을 담당하던 부서에서도 이례적으로 이실리프 어패럴의 생산직 근로자들을 향한 날 선 비난 성명을 발표했다.

항온의류로 인해 국내로 들어오던 달러화가 뚝 끊겼으니 외환에 관한 대책을 새로 세워야 하는 때문이다.

이실리프 어패럴 해고 노동자들은 '호강에 겨워 요강에 똥을 눈 개자식들' 이란 비난을 들으며 후회를 했지만 아무런 소용도 없다.

이들은 아무리 숙련된 미싱사라도 동종업계에 재취업을 할 수 없었다. 일종의 블랙리스트가 나 돈 때문이다.

과욕을 부린 자들의 처절한 말로이다.

어쨌거나 현수는 첫 사업에 실패한 것처럼 입맛이 썼지만 티를 내진 않았다. 나머지 계열사들 모두 고공행진을 하고 있는 때문이다.

*　　　*　　　*

현수는 지구에서의 일을 점검하는 동안 아르센 대륙, 콰트로 대륙, 그리고 마인트 대륙도 두루 돌아다녔다.

이쪽도 너무 많은 일을 벌여 눈코 뜰 새 없을 정도로 바쁜 때문이다. 자리를 비우면 곧바로 스톱된 상태가 되기에 놔둘 수 없었던 것이다.

이실리프 왕국과 쥬신제국, 그리고 환제국은 각기 열흘 간격으로 건국을 선포하기로 했다. 각국 황제와 국왕 등 외빈들이 이동할 시간이 필요한 때문이다.

현수는 바쁘게 움직이며 각각의 국가가 기틀을 잡도록 지시했다. 이실리프 왕국은 충분히 준비된 상태이기에 별문제가 없었지만 쥬신제국과 환제국에선 문제가 발생되었다.

황제의 자리에 하인스 멀린 킴 드 세울이 오르는 것에는 아무런 이견도 없다. 너무도 당연한 때문이다.

문제는 국본이라 할 수 있는 황자를 생산할 황후들이 없다는 것이다.

역사상 모든 제국의 황제들은 7명 이상의 황후를 두었다.

따라서 현수도 7명의 황후를 맞이해야 한다는 것이 신하들의 공통된 의견이다. 현수가 들었다면 말도 안 된다며 질색했겠지만 본인이 없는 자리에서 오간 이야기이다.

아무튼 두 대륙에선 황후 추천에 대한 갑론을박이 있었다.

환 제국의 신하들끼리 내린 결론을 보면 제1황후는 싸미라이다. 멸망해 버린 로렌카 제국의 황태자가 핫산 브리프에게 하사한 맥마흔의 요정이라 불리던 여인이다.

누구보다도 아름답고, 현숙하며, 지혜롭고, 자애롭기에 이견 없이 제1황후 자리에 결정되었다.

2황후는 아만다 프러페 반 도델이고, 3황후는 스타르라이트, 4황후는 도로시 칼라 폰 발렌틴이다.

모두 현수가 직접 선택한 여인들이고, 맥마흔 멸망 직전에 본인이 직접 구해온 여인들이기에 이것 또한 이견이 없다.

5황후는 요슈프 공작의 딸 말라크이고, 6황후는 하시에라 공작의 손녀 안젤라로 낙점되었다.

둘 다 몹시 아름다울 뿐만 아니라 제국 최고 귀족가의 공녀들이라 말은 많았지만 고개를 끄덕였다.

문제는 마지막 7황후 자리이다.

딱 하나 남은 이 자리를 서로 차지하려 귀족들 간의 치열한 각축전이 벌어지고 있는 중이다.

이런 가운데 마인트 대륙 유일의 자유 영지였던 헤르마를 출발한 여인 한 명이 있다. 헤르마의 모든 사내로 하여금 몸살을 앓게 했던 파티마 이브라힘이다.

인도의 여배우 디피카 파두콘을 닮은 절세미녀이다.

참고로, 디피카 파두콘은 지난 2015년에 '가장 아름다운 여자 Top 10'에서 당당히 3위에 랭크된 바 있다.

헤르마에 들려온 소문에 의하면 로렌카 제국은 멸망하였고, 자신과 술내기를 하였던 하인스는 수도 맥마흔에 있다.

아무리 생각해 봐도 자신처럼 아름다운 여인을 마다할 사내는 없다. 술에 취해 기억나지 않던 그 밤 하인스는 분명 자신의 입술을 취했을 것이다.

그렇다면 마인트 대륙의 오랜 전통에 따라 일신을 의탁해야 한다. 그러지 못하면 평생 동안 와이퍼로 살아야 한다.

와이퍼가 되어 자신을 원하는 모든 사내들을 받아들이는 삶을 살 수는 없다. 그렇기에 멀고 먼 길이지만 헤르마를 떠난 것이다.

콰트로 대륙에서도 황후 문제로 한동안 시끄러웠다.

그곳 사람들 대부분은 아르센 대륙에서 유랑하던 유민들이라 평민 또는 농노의 신분이다. 감히 황후 자리를 넘볼 수 없어 떠들기만 했지 결론을 내릴 수가 없었다.

그러다 누군가의 입에서 기발한 아이디어가 나왔다.

1황후는 자신들을 이끄는 로즈로 하고, 2황후부터 7황후는 헥사곤 오브 이실리프의 여인들이 어떠냐는 것이다.

소피아와 아이리스, 그리고 아그네스와 이사벨, 마지막으로 나오미와 마샤는 원래부터 하인스를 위한 여인들이었기에 반론이 없는 상황이다.

아드리안 공국이 이실리프 마탑주를 위해 고르고 골라서 교육까지 시켜놓았으니 아주 적절한 황후감이다.

이 말이 나온 이후 황후에 대한 이야긴 쏙 들어갔다. 만장일치 비슷하게 결론이 내려진 때문이다.

물론 현수는 이런 사실을 전혀 모르고 있다.

아직 정식으로 국가가 선포된 것이 아니기에 신하들이 입을 다물고 있는 때문이다.

신하들 입장에선 괜히 이야기를 꺼냈다가 현수가 질색하거나 거부반응을 보이면 문제가 된다.

하여 건국선포일에 각국 황제 및 국왕들이 만장한 가운데 극적으로 등장시키려는 음모를 꾸미는 중이다.

물론 황제가 황후를 맞이하는 대례복을 걸치게 될 것이다.

사서에 건국선포일에 초대 황제가 일곱 명의 황후를 맞이했다는 기록이 남겨지도록 하겠다는 것이다.

현수 입장에선 기절할 일이지만 쥬신제국과 환제국의 신하들은 이게 가장 합당하다 여기고 있다.

빈자리가 있다면 그것을 차지하려 암투와 각축전 같은 소모적인 정쟁이 발생될 것이고, 이로 인해 내전이 벌어지거나 쿠데타가 빚어질 수 있기 때문이다.

그리고 후대를 이을 황자가 꼭 필요한 때문이다.

어쨌거나 모두가 입을 다물고 있으니 신하들의 음모는 성공할 확률이 매우 높다.

"뭐라고?"

결재 서류를 뒤적이던 유운산(劉云山) 정치국 상무위원은 이맛살을 크게 찌푸린다. 참고로, 유운산은 지나의 권력 서열 5위에 랭크되어 있는 인물이다.

"한국 정부가 우리의 방공식별구역 축소를 정식으로 요구했습니다."

"이유는?"

"최근 융기하여 섬이 된 이어도와 마라도 동북부의 탐라북도와 탐라남도는 분명한 대한민국의 영토이며, 조어도 등 우리 영토가 수면 아래로 가라앉았으므로 방공식별구역을 대폭 축소하는 것이 마땅하다는 것입니다."

"이런 빌어먹을……!"

일본과 영유권 분쟁을 벌이던 조어도는 가라앉았고, 백화해역 해상플랫폼 또한 수면 아래로 내려갔다.

필리핀과 영유권 분쟁을 벌이던 남지나해의 스플래틀리 군도 등도 해수면 아래로 사라졌다.

지나 입장에선 막대한 해상영토와 해상자원이 사라진 셈이다. 하여 속이 뒤틀리는 판인데 대한민국으로부터 온 공문이 화를 솟구치게 한다.

"그 섬들이 한국의 땅이란 건 누가 인정했지?"

탐라북도와 탐라남도를 지칭하는 말이다.

"그건… 두 섬이 제주도와 가까워서 자신들의 영토라 하는 것 같습니다."

"가깝다고 무조건 소유가 되는 건 아니지."

유운산은 시선을 지도로 돌린다. 그리고 아르헨티나 포클랜드를 바라보고 있다.

포클랜드는 아르헨티나의 남단에 위치한 티에라델푸에고 섬에서 동쪽으로 480㎞ 떨어진 곳에 있다.

영국으로부터는 무려 12,000㎞나 떨어진 남대서양에 위치해 있는데 200여 개의 작은 섬으로 형성되어 있다.

이 섬들은 1982년에 벌어진 영국과 아르헨티나의 포클랜드 전쟁의 결과 영국의 영토가 되었다.

욕심 사나운 영국 놈들이 부린 영토 야욕의 결과이다. 이런 건 같은 섬나라인 일본 놈들과 아주 흡사하다.

유운산에게 한국 외교부로부터 온 공식문서를 결재 서류에 끼워 올린 비서는 담담한 음성으로 대꾸한다.

"이게 한국의 신임 대통령으로부터 온 즉각적인 방공식별구역 축소를 요구서입니다."

CHAPTER 10
이제 내놔

한국 국민은 신임 대통령으로 홍진표를 선출했다.

국민들에게 깨끗하고, 투명한 이미지, 그리고 구악척결을 가장 잘 수행할 수 있는 인물로 알려진 결과이다.

하여 2019년 5월 1일에 취임했다. 국민투표 결과 대통령의 임기는 6년이며, 1회 연임이 가능하다.

자신도 대통령이 되어보겠다며 출마했던 자는 부친의 친일행위를 부인했을 뿐만 아니라 독립운동을 했던 동명이인이 자신의 부친이라는 어거지를 부리다 낙선한 놈이다.

그 후 뇌물을 받고 부당한 압력을 행사한 것이 밝혀져 무려 1조원의 벌금형에 처해진 바 있다.

홍진표와의 득표율을 비교해 보면 28 : 1이다.

소수점 둘째 자리에서 반올림한 결과 2.8%를 득표했다. 홍진표는 77.6%의 지지를 얻었다.

하긴, 부친이 친일파였고, 자식이 자기 아버지를 부정하였는데 어찌 많은 득표를 하겠는가!

대한민국은 선거를 공정하게 관리하기 위해서 '선거공영제'를 실시하고 있다. 공직자 선출을 위한 선거에 들어간 선거비용을 국가가 환급해 주는 제도이다.

전에는 15% 이상을 득표하면 선거비용 전액을, 10% 이상이면 반액을 환급해 주고, 그 이하는 환급해 주지 않았다.

그런데 이 법안이 개정되었다.

득표율 30% 이상이 전액, 15% 이상은 반액이다.

따라서 선거에 참패하면서 선거비용 전액을 날려 버린 것이다. 그리고 1조 원의 벌금형에 처해지면서 교도소에 갇혔으니 일순간에 인생이 망가진 것이다.

하지만 사람들은 이를 사필귀정이라 했다.

어쨌거나 홍진표가 대통령 취임 후 첫 번째로 한 일은 전임이 과욕을 부려 만든 역사교과서의 전량 폐기였다.

아울러 친일을 미화한 집필진 전원과 그릇된 역사서 출판에 관련된 자 전원을 재판에 회부했다.

이들의 죄목은 가장 엄히 다스려지는 '친일행위에 따른 국가반역' 이다. 국민투표에 의해 개정된 법률이다.

정부에 의해 재판에 회부된 자들은 평생의 행적이 낱낱이 조사된다. 그 결과 최종적으로 유죄판결이 떨어지면 친일파로 낙인찍힌다.

이렇게 될 경우 온갖 사회적 혜택과 배려에서 거의 완벽하게 배제되는 삶을 살게 된다.

　판결에 따른 수형생활이 시작됨과 동시에 직장을 잃게 될 것이다. 새롭게 제정된 친일파 특별법에 따라 즉시 파면되며, 연금 혜택이 사라진다.

　그와 동시에 인권보호 대상에서 제외된다.

　교도소에 수감되어 있는 동안 다른 수형자로부터 구타를 당해도 보호해 주지 않는다.

　다음은 자동차보험 등 각종 보험의 해제 및 가입제한이다. 산재보험, 고용보험, 건강보험 등도 포함되어 있다.

　이미 가입되어 있는 모든 보험이 즉시 해지되며 반환일시금은 미납 벌금, 미납 세금 등으로 충당된다.

　은행예금 또한 마찬가지이다. 그리고 대출이 불가능하고, 기존 대출금이 있으면 즉시 회수된다. 뿐만이 아니다.

　신용카드와 휴대전화도 가질 수 없고, 출국이 영구히 금지된다. 아울러 거주지 이전 시 반드시 국가의 허가를 받아야 한다. 대한민국이라는 커다란 감옥에 갇히게 되는 것이다.

　다음으로 '친일파 인적사항 공개법'에 따라 생년월일과 얼굴, 그리고 거주지 등이 인터넷에 공개되므로 아마도 정상적인 사회생활을 하기 힘들 것이다.

　민족을 배반하고, 나라를 팔아먹은 을사5적[5]이나 정미7적[6] 같은 놈들에게 베풀 연민이란 없기 때문이다.

---

5) 을사5적 : 이완용, 박제순, 이지용, 이근택, 권중현. 1905년 11월 대한제국의 주권을 상실케 하는 을사늑약에 찬성 서명한 다섯 놈.
6) 정미7적 : 이완용, 송병준, 이병무, 고영희, 조중응, 이재곤, 임선준. 1907년 7월에 체결된 한일신협약(제3차 한일협약 또는 정미7조약) 조인에 찬성한 내각대신 일곱 놈.

이들을 재판에 회부한 직후 홍준표 대통령은 정권의 입맛과 아무런 관계없이 있는 사실을 그대로 기록한 새로운 역사서를 만들도록 했다.

하여 집필진부터 신중히 골랐다.

학계의 추천을 받아 중립적인 시각으로 역사를 기록해 줄 양심 있는 사학자들이 선택되었다.

이 과정에서 식민사학에 물든 자들은 모두 배제되었다.

이들은 5.16 군사 쿠데타와 제주4.3항쟁, 그리고 부마항쟁과 광주민주화운동 등을 제대로 기술했다.

대한민국이 드디어 제대로 된 역사서를 갖게 되는 것이다.

참고로, 이는 국정교과서가 아니라 검정교과서이다.

다음은 작은 정부 구현이다.

중복된 부처는 일괄 통폐합하였고, 방만하던 공사(公社)들은 모두 행정부에 배속시켰다.

엄청난 액수의 적자 발생 또는 과도한 부채를 안고 있으면서도 성과급 잔치를 벌이고, 임직원들에게 온갖 특혜를 주던 자율권을 단숨에 박탈해 버린 것이다.

그리곤 같은 직급의 공무원과 같은 급여체계로 바꿨다. 불만의 소리가 높아지자 싫으면 그만두라고 했다.

그리곤 곧바로 사정작업에 착수했다. 부정부패와 연루된 모든 자들을 과감하게 잘라 버린 것이다.

그들이 비운 자리는 능력 있는 후배들이 차지했고, 이들의 비운 자리는 공익요원들로 채웠다.

일련의 조치 결과 전국의 교도소가 미어터질 정도가 되자 이실리프 왕국에 긴급 지원요청을 했다.

비어 있는 교화소와 수용소 등을 빌려달라고 한 것이다.

그 결과 북한에서 정치범 수용소로 사용하던 요덕수용소 등엔 친일행위 관련자들이 보내졌다.

치가 떨릴 정도로 악명 높았던 교화소엔 부정부패와 관련된 전직 공무원들이 수감되었다.

전국에서 잡아들인 조직 폭력배들은 따로 수용되어 있는데 이들의 관리 감독은 북한 최고의 특수부대였던 11사단 소속 특전대원들이 맡았다.

당연히 엄청 살벌하다.

남한에선 날고 기던 조폭이지만 이들과 시선이 마주치면 독사 앞의 개구리처럼 얼어붙는다.

특전대원들에게 내려진 명령은 수단과 방법을 가리지 않는 교화이다. 수형자들은 농사일을 한다. 자신이 먹을 것을 스스로 생산해야 하는 때문이다. 만일 지시대로 작업하지 않거나 농땡이를 부리면 그 즉시 매타작을 벌어진다.

조폭들을 매를 맞으면서도 감히 반항하지 못한다. 그러다 총살당하는 것을 여러 번 목격한 때문이다. 그리고, 자신들이 북한 땅에 수용되어 있음을 알기 때문이다.

오늘은 세정파 두목 유국상과 그의 아들 유진기가 시범 케이스이다. 세상을 정복하겠다는 꿈은 접은 지 오래이다.

한 대라도 덜 맞으려 두 손을 모아 싹싹 빌기에도 바쁘다.

새 정부는 각종 연금도 손보았다. 공무원연금, 군인연금, 사학연금 등을 모조리 국민연금에 통합시켰다.

직업은 다르지만 다 같은 국민인 때문이다.

국민연금은 언제든 가입과 해지가 가능하도록 법이 개정되었다, 그 결과 당장 돈이 급한 38%가 해지를 신청하여 반환일시금을 받아갔다.

가입자 수가 확연히 줄어들자 정부는 기다렸다는 듯 기구를 대폭 축소했다. 꼭 필요한 인원만 남긴 것이다. 그 결과 국민연금의 직원 수는 이전의 8분의 1 수준이 되었다.

일선 창구업무 등은 공익요원들이 맡았기에 인원이 대폭 감축되었음에도 다들 우려하던 업무 공백은 없었다.

건강보험도 같은 방법으로 인원을 대폭 감축하였다.

그 결과 국민들이 부담하던 건강보험료가 15% 정도 줄어드는 효과를 냈다.

관변단체 일제 정비도 실시되었다.

출범 직후 모든 관변단체에 대한 지원을 끊었으며, 그들의 징수권한도 제한했다.

예를 들어, 재향군인회에선 지난 수십 년 동안 모든 군인들로부터 강제로 회비를 징수했다. 앞으로는 향군회에 가입할 의사가 없으면 내지 않아도 된다.

아울러 이전에 납입한 것을 반환받을 수 있도록 했다.

그러자 전국에서 회비 반환 신청이 쇄도했다. 그 결과 재향군인회는 모든 자산을 처분하여야 했다.

그러고도 돈이 부족해지자 해산 신청을 했다. 정부는 기다렸다는 듯 재향군인회의 해산을 승인했다.

별 쓸모도 없던 단체들을 이렇듯 역사 속으로 사라지게 만들었지만 정부에서 직접 관리할 필요가 있는 단체들은 행정부 아래에 소속시켰다.

올림픽조직위원회와 대한체육회 등이다.

대한체육회에는 축구협회, 농구협회, 빙상연맹, 수영연맹 등 66개 가맹단체가 있다.

이것들 전부에 대한 대대적인 리빌딩 작업이 실시되었다.

가장 먼저 돈 있는 기업인 등이 단체장을 맡던 관례를 깨버렸다. 전문교육을 받은 공무원들이 각 단체의 운영을 총괄하는 것으로 바뀐 것이다.

이 과정에서 파벌 싸움을 하거나 권력을 휘두르던 이들 모두가 잘려 나갔다. 이들은 특별한 사유가 없는 한 다시는 협회에서 발언권을 얻지 못할 것이다.

선수 선발 과정은 더없이 투명하게 바뀌었다.

누구든 이 과정에 압력을 행사하는 등의 부당한 행위를 할 경우 영구 제명과 동시에 강력한 처벌을 받게 된다.

자문을 구할 기술위원회의 구성원은 해당 종목 선수 및 지도자들의 추천과 선거에 의해 선출하는 것으로 바뀌었다.

국영방송 KBS의 방송수신료는 전파가 제대로 잡히지 않는 난시청 지역에선 안 내는 것으로 바뀌었다.

사실 왜곡과 편향된 보도를 일삼던 방송사들은 3년에 한 번 있는 재허가를 승인하지 않아 모두 퇴출되었다.

대신 공정한 보도를 기치로 내건 방송사들이 새롭게 등장했다. 이중 하나가 YBS이다.

이실리프 그룹이 지분 전부를 가진 Yisilipe Broadcasting System은 뉴스 전문채널로 사회의 더럽고, 어두운 구석을 찾아내어 세상의 썩은 부위를 도려내는 첨병을 맡았다.

천지그룹은 Cheon ji Broadcasting Corporation을 창사했다. 줄여서 CBC라 불리는 이 방송사는 드라마와 오락 프로그램을 주로 제작한다. 이 방송사의 특징은 막장 드라마는 취급하지 않는다는 것이다.

백두그룹은 BBS를, 태백그룹은 TBC를 각각 창사했다.

이들은 기존과 다른 신선한 볼거리를 제공하는 한편, 국민의 의식수준을 높이기 위한 공영방송의 역할도 맡고 있다.

일련의 조치가 취해지자 너무 과한 개혁이라며 여기저기서 볼멘소리가 터져 나왔지만 싸그리 무시했다.

덩치가 작으면 생존에 필요한 에너지도 적게 필요한 법이다. 홍진표가 대통령이 되면서 출범한 '정의 바로 세우기 정부'는 이전에 비해 몸집이 크게 줄었다.

잘라내기만 할 뿐 새로 뽑지 않았기 때문이고, 진드기처럼 달라붙어서 국민의 혈세를 쪽쪽 빨아먹던 관변단체들에 대한 지원을 확실하게 끊어버린 결과이다.

당연히 유지비용이 적게 든다. 국방비 부담도 완화되었기에 국민들이 내는 세금 부담을 대폭 줄여주었다.

4,500원짜리 담배는 2,000원으로 내려갔다.

맥주, 소주, 막걸리 같이 서민이 즐겨 마시는 술에 부과되던 주세(酒稅)도 대폭 낮춰졌다.

그 결과 식당에서 3,000원 내지 4,000을 받던 소주, 맥주, 막걸리 가격이 2,000원으로 낮아졌다.

3~4억 원짜리 아파트의 재산세보다 2,000만 원짜리 승용차의 자동차세가 더 많다는 지적에 따라 과감하게 자동차세를 폐지하고, 차량 가격에 따른 재산세로 전환했다.

휘발유에 붙어 있던 각종 세금도 낮아졌다. 그 결과 리터당 1,498원 하던 것이 887원으로 떨어졌다.

버스와 지하철 요금은 1,250원에서 500원으로 낮춰졌다.

전기, 수도, 가스요금도 따라서 인하되었다.

거의 모든 상품에 붙어 있던 부가가치세도 10%에서 5%로 대폭 감소하였다. 그 결과 볼멘소리를 하던 이들의 입에서도 일제히 환호성이 터져 나왔다.

그런데 모두가 떨어지거나 낮아진 것만은 아니다.

위스키 등 양주에 적용되던 주세는 변함이 없다. 사치품에 붙어 있던 세금도 그대로이다.

그런데 비싼 외제 자동차 보유자들은 대폭 상승된 보험료 때문에 울상을 지었다.

이전까지는 외제차 수리비가 과도하게 집행되면서 보험료가 인상되었고, 그 피해가 고스란히 국산차주의 보험료에 전가되고 있었다. 외제차를 타지도 않는 사람들이 필요 이상의 과도한 부담을 해왔던 것이다.

이에 '차량 가격에 따른 보험료 제도'가 실시되었다.

예를 들어, 2,000만 원짜리 국산차량의 보험료가 100만 원이라면, 이를 기준으로 다음과 같은 수식이 적용된다.

$$100만 원 \times (차량가 \div 2,000만 원) \times 80\%$$

이 공식을 적용하면 1억 9,200만 원짜리 BMW Li xDrive를 보유하면 연간 768만 원의 보험료를 내야 한다.

약 50억 원짜리 '람보르기니 베네노'라면 1년에 2억 원의 보험료를 납부해야 된다.

나이와 사고 이력에 따라 보험료는 더 올라가거나 내려갈 수 있다. 그래서 운전 경력이 거의 없는 초보 또는 사고 이력을 가진 사람이 람보르기니를 탄다면 연간 7억 원 이상의 보험료를 내야 하는 경우도 있다.

어쨌거나 같은 사고라도 국산차에 비해 외제차의 수리비가 월등히 많이 든다. 그래서 이전까지는 가해자에게 가혹한 책임을 묻곤 했다.

이에 정부가 '자기차량 손해'의 개념을 수정했다.

이전에는 운전자 본인의 과실로 본인 차량에 손해를 입은 경우에 한하여 보상했으나 상대방의 과실에 대해서도 해당 담보로 보험 처리하는 것으로 바뀐 것이다.

접촉사고 발생 시 가해자의 보험회사는 사전에 정해진 동급 배기량을 가진 국산차 수리비만큼만 부담한다. 나머지는 외제차 보유자의 보험사에서 책임진다.

비싼 외제차를 타는 사람들 때문에 평범한 서민들은 운전을 할 때 신경을 곤두세워야 했다. 가해사고를 내면 패가망신할 수도 있기 때문이다.

이렇듯 남들에게 폐를 끼치는 것과 비싼 차량을 보유하는 것에 대한 대가를 요구하는 개념으로 보험료가 대폭 인상된 것이다.

이처럼 사회 전반에 걸친 부조리하고 불합리한 것들을 하나가 고쳐 나가는 중이다.

이 밖에 여러 가지 일을 했는데 그중 하나가 국가의 영토를 확실히 하는 것이다.

가장 먼저 이어도와 마라도 동북부 대륙붕이 솟아나 만들어진 탐라남도와 탐라북도를 정식으로 대한민국 영토에 편입시켰다. 현재 인근 수역에서 해군이 초계하고 있다.

약 2㎞ 정도 떨어져 있는 둘의 면적을 합치면 5만 3,000㎢ 정도이다. 전라남북도와 경상남북도를 합친 정도의 영토가 늘어난 것이다.

이어도와 마라도도 확실히 수면 위로 솟아올랐다.

이어도는 1,800㎢로 제주도와 비슷한 크기가 되었고, 마라도는 3,600㎢짜리 큰 섬이 되었다.

다음은 제주도 동쪽과 서쪽에 나타난 제동도와 제서도이다. 각기 4,000㎢ 가량이다. 두 섬은 현재 제주도지사가 행정을 관장하는 것으로 내정되어 있다.

참고로, 둘 다 제주도(1,847㎢)보다 2배 이상 넓다.

울릉도 북부에 생성된 울릉대지와 강원대지도 대한민국의 영토에 편입되었다. 이것의 정식명칭은 동북도와 동남도이다. 한반도 동쪽에 위치한 섬이라는 뜻이다.

둘을 합쳐 약 5만㎢이니, 이것 또한 전라남북도와 경상남북도를 합친 정도이다.

독도 동남쪽 심흥택 해산과 이사부 해산도 융기하여 두 개의 섬 홍택도와 사부도가 조성되었다. 75㎢와 36㎢짜리 섬이다. 참고로 울릉도의 면적은 72.56㎢이다.

마라도는 진도라는 명칭으로 이미 등재되어 있다. 대통령 권한대행이던 정순목이 한 일이다.

해상 영토에 혈안이 되어 있던 일본과 지나는 배가 아팠지만 이의를 제기할 수 없었다.

일본은 지진과 열도 침강 문제, 그리고 한국과의 전쟁에서 박살이 나는 바람에 목소리를 높일 수 없었다.

지나는 보유하고 있던 외환 중 2조 5,000억 달러가 증발되었다는 사실과 약 500기의 핵무기가 사라졌다는 것이 외부에 알려지면서 혼란에 혼란을 거듭하여 한국의 조치를 지켜보기만 했다.

*　　　　*　　　　*

"우리가 못 하겠다면?"

"한국 정부 관계자는 일본이 당한 걸 잊지 말라는 말을 전하라 하였습니다."

일본의 아베 정권은 끝내 사과하지 않았다. 독도 해전에 대한 전비도 지불하지 않았다.

대신 침몰한 2함대와 3함대 재건에 힘을 쏟았다.

이에 정순목 권한대행은 강력한 조치를 취했다. 그 결과 과거에 대마도라 불리던 섬의 모든 일본인이 추방되었다.

경상남도 진도군으로 명칭도 바뀌었으며 군청이 지어지고, 많은 이주민이 그쪽으로 옮겨간 상태이다.

이것이 끝이 아니다. 정순목 대통령 권한대행은 아베의 도전적인 태도에 분노하여 규슈 점령 작전을 명령한 바 있다.

작전명은 '분노의 일격' 이다.

우리 조상들이 왜구들에게 노략질을 당한 것에 대한 복수의 의미이다.

항공모함으로 개장된 독도함이 선두에 나서서 작전이 수행되었다. 대구 K─2기지에서 발진한 F─15K는 일본 공군과 해군이 보낸 F─15J 등을 모두 떨어뜨렸다.

해군 1함대의 양만춘함은 마음껏 화력을 과시했다.

일본 해군의 수상함 40여 척과 잠수함 7척을 수장시키는 전공을 세운 것이다. 피해는 전무이다.

하긴 레이더에 잡히지도 않고 눈에 보이지도 않는데 어찌 상대가 되겠는가!

각종 함선을 타고 규슈에 상륙한 대한민국 육군은 일본군들을 쓸어버렸다. 이 과정에서 포로는 없었다.

예고한 대로 눈에 보이면 사살한 것이다. 일본 육군은 겁에 질려 황급히 규슈를 탈출하느라 한바탕 소동을 빚었다.

이렇게 규슈를 점령한 대한민국 육군은 모든 일본인을 추방시키는 작업을 수행하고 있다.

홍진표는 대통령이 된 후 규슈가 대한민국의 새로운 영토가 되었음을 전 세계에 선포했다.

앞으로 이 섬의 명칭은 '청구도(靑丘島)'이다. 참고로, 청구는 '동방의 땅'이라는 뜻이다. 산해경7)에는 우리나라의 별칭으로 사용되어 있다.

어쨌거나 세부 지명도 모두 바뀌고 있다.

예를 들어, 후쿠오카현은 홍수군(興秀郡)으로 바뀌었다.

규슈 점령작전을 진두지휘한 해군 1함대 사령관 심홍수 소장의 이름에서 딴 지명이다.

오이타현은 상우군이 되었다. 1함대 기함인 양만춘함의 함장 김상우 대령의 이름에서 땄다.

구마모토현은 복현군으로 바뀌었다.

이번 점령작전 전체를 구상한 공이 인정되어 작전장교인 고복현 소령의 이름에서 땄다. 현재는 중령으로 진급해 있다.

미야자키현은 공모군이 되었고, 가고시마현은 영원군이 되었다. 나가사키현과 사라현 역시 명칭이 바뀌었는데 모두 1함대 장교들의 성명에서 비롯된 것이다.

생존해 있는 사람의 이름을 지명으로 쓴 이유는 공을 세운 자들을 국가가 영구히 기억하겠다는 뜻이다.

일본은 발작하고 싶겠지만 공군력 전부를 잃었기에 참을 수밖에 없었다. 해군력 또한 거의 모두 제거되어 예전의 10분의 1 수준에도 미치지 못하는 상황이다.

청구도 북부 홍수군과 상우군 지역엔 일본의 나머지 영토 전

---

7) 산해경(山海經) : 기원전부터 전해 내려온 신화이자 지리서. 지나 대륙을 중심으로 해서 사방의 산과 바다 심지어 해외까지의 동식물, 인간, 다양한 신을 소개하고 있다.

부를 사정거리에 넣는 미사일 부대가 배치되어 있다.

해군은 일본의 배들을 철저히 감시하고 있다. 타국과의 교류를 하지 못하도록 해상 봉쇄를 실시하고 있는 것이다.

하여 일본의 배들은 근해 외에는 항해하지 못한다.

영해인 12해리 지역을 넘어서면 곧바로 경고를 받고, 그 즉시 후퇴하지 않으면 미사일이 날아가는 때문이다.

일본 입장에선 미치고 환장하겠지만 어쩌겠는가!

모든 힘을 잃었다. 몹시 가깝다 여기던 미국이 편을 들어줄 것이라 생각했는데 꿈쩍도 않는다.

우방이라면서 중재하려는 움직임조차 보이지 않는다.

이에 항의를 했더니 한국과 일본 모두 우방이라 어느 한쪽의 손을 들어줄 수 없다는 말도 안 되는 변명만 했다.

그러면서도 무기는 팔아먹었는데 값이 매우 비쌌다.

이렇게 도입한 신무기들은 배치하기도 전에 한국의 미사일이 강타해서 쓰레기가 되고 있다.

열도 전체는 매일 70㎝씩 침강하고, 모든 화산은 폭발했다. 공업지구 거의 전부가 바닷물에 잠기거나 용암 속에 묻혔고, 발전소는 제대로 가동하는 것이 없다.

특히 핵발전소는 아예 존재 자체가 사라졌다. 그 결과 밤만 되면 깜깜한 거의 중세에 가까운 삶을 살고 있다.

일본 국민들은 끝까지 고집을 부린 아베를 원망하고 있다. 대놓고 아베를 암살하겠다는 폭언도 잇따르고 있다.

열도 침강과 화산 폭발, 그리고 전쟁 패배와 정치 불신만으로도 힘든데 여론까지 분열되어 극한 대립을 하고 있다.

공업단지 전부가 멈추자 수출 또한 멈췄고, 엔화의 가치는 급전직하했다.

현수가 일본은행을 방문하여 1조 달러를 가져간 이후 일본은 외환에 몹시 신경을 썼다.

그런데 한국과의 전쟁 이후 미국으로부터 무기를 도입하느라 그마저 대부분 사라졌다.

1조 3,000억 달러에 이르던 미국 채권이라도 있으면 아쉬운 대로 쓰겠는데 그것은 쓰레기가 된 지 이미 오래이다.

일본 입장에선 속이 타겠지만 아무도 눈여겨보지 않는다. 오히려 쌤통이라는 평가뿐이다.

오로지 돈만 추구하던 이코노믹 애니멀의 말로이다.

일본이 처해 있는 상황을 떠올린 유운산 정치국 상무위원을 이맛살을 좁히며 눈을 찡그린다.

한국이 대놓고 협박하고 있다는 느낌을 받은 때문이다.

오늘 오전, 유운산은 몹시 불쾌한 기분을 느꼈었다.

북한을 차지한 이실리프 왕국으로부터 상당히 기분 나쁘게 하는 외교문서를 받은 때문이다.

그것의 공식명칭은 '동북삼성 및 장성 이북지역 반납요구서'이다. 광개토태왕 시절 이전부터 한민족의 영토였으니 즉시 반환하라는 것이다.

이전에도 몹시 불쾌했었다.

북한과 체결한 모든 계약이나 조약, 또는 협정이 무효화되었다며 경제활동 등을 하던 지나인들 전부를 압록강 건너편으로 추방한 때문이다.

이 때문에 정치국 상무위원들은 분수도 모르고 까부는 이실리프 왕국을 정벌해야 한다는 목소리를 높였다.

하여 심양군구 휘하 39집단군 전체가 전진 배치되었다.

이들은 현재 명령만 떨어지면 즉각 압록강을 건널 만반의 태세를 갖추고 있다.

심양군구는 함경도 북쪽에 배치된 16집단군과 산해관 동쪽에 배치된 40집단군도 전진시켜 놓았는데 수뇌부는 이것만으로도 부족하다 여겼는지 북경군구까지 비상령을 발동해 놓은 상태이다.

언제든 배후지원을 할 수 있도록 한 것이다.

북한의 전력을 고스란히 이어받았다면 이실리프 왕국의 육군은 상당히 강할 것이다.

그중 10만이 넘는 북한 특수전 대원들만 잘 막아내면 크게 두려워할 존재는 아니다.

어쨌거나 지나의 7대군구 중 가장 강한 2개의 군구가 이실리프 왕국을 치려고 했다.

하지만 진군 명령은 끝내 떨어지지 않았다.

2조 5,000억 달러에 해당하는 외화가 증발하였다는 사실이 소문으로 번지면서 경제위기에 처한 때문이다.

경제 규모에 비해 보유 외환이 너무 적어서 이쪽에서 빼서 저쪽에 쑤셔 박는 미봉책을 벌이기에도 급급했다.

게다가 500기에 가까운 핵무기가 사라진 것 역시 언론에 보도되면서 일파만파로 일이 커졌다.

미국은 지나가 반미국가 또는 테러단체에게 핵무기를 공급했거나 팔아먹은 것은 아니냐는 추궁을 했다.

당연히 아니라고 부인했지만 의심의 눈초리는 거둬지지 않았다. 미국을 비롯한 서방 국가들이 UN을 동원하여 핵무기 사찰을 요구한 것이다.

물론 받아들일 수 없는 요구라 거절하였더니 즉각 경제제재가 가해졌다. 지나와의 교역이 급격하게 줄어든 것이다.

심히 불쾌했지만 타개책은 보이지 않았다. 보유한 외환이 너무 적은 것이 문제였던 것이다.

이런 상황에 이실리프 왕국으로부터 동북삼성을 비롯한 내몽골자치구 일부를 즉각 반환하라는 문서가 왔으니 어찌 분기탱천하지 않겠는가!

"이런 빌어먹을 놈들이⋯⋯!"

자리에서 벌떡 일어난 유운산은 결재 판을 든 채 집무실 바깥으로 나가며 소리친다.

"지금 즉시 주석궁으로 간다. 차 대기시켜!"

"네!"

유운산은 신경질적으로 발을 내디디며 욕을 한다.

"어디서 감히? 동방의 소국 주제에. 이놈들! 반드시 박살 내고야 만다."

*   *   *

"주석! 당장 공격합시다."

"그렇습니다. 이번 기회에 아예 휴전선 이북 지역을 점령합시다. 공격 명령을 내리십시오."

"진즉에 그랬어야 합니다. 어디서 감히······! 거지발싸개 같은 놈들! 우리가 몇십 년이나 보살펴 주었는데······."

한국과 이실리프 왕국으로부터 온 공문은 지나의 수뇌부들을 심하게 자극했다.

그동안 서방의 경제제재 때문에 속이 부글부글 끓고 있었다. 그런데 마땅히 분출할 구멍이 없어 울화통이 터질 지경이었다. 이런 와중에 속을 제대로 긁었으니 어찌 분노하지 않겠는가!

울고 싶은데 뺨을 때린 것이나 다름없는 일이다.

그렇기에 지나의 수뇌부들은 평상시의 차분함을 잃고 심히 흥분한 상태이다.

지나의 주석 습근평은 벌겋게 상기되어 있는 이극강 총리 등을 둘러보며 생각에 잠긴다. 이러는 동안에도 정치국 상무위원들의 노성은 계속해서 터져 나오고 있었다.

모처럼 일치단결한 수뇌부들의 모습을 살핀 습근평은 지그시 눈을 감았다.

'흐음! 한국과 이실리프 왕국이 바보가 아닐진대······.'

방공식별구역을 축소하라는 것과 동북삼성 및 장성 이북지역 중 일부를 반환하라는 것은 분명한 도발이다.

이실리프 왕국의 국왕은 천지건설에 재직하는 동안 믿기 힘든 수주 실적을 올려 직장인의 신이 된 김현수이다.

그는 천지건설에 재직한 상태에서 이실리프 그룹을 일궈 막대한 부를 축적했다. 전 세계적인 인기를 끌고 있는 쉐리엔과 항온의류 등은 경쟁 상대조차 없는 히트 상품이다.

이를 바탕으로 콩고민주공화국으로부터 상당히 넓은 자치령을 조차받아 개발에 나섰다. 그러다 콩고민주공화국 반둔두 자치령에서 노천금광을 발견하였다.

이를 기회로 러시아, 몽골, 에티오피아, 우간다, 케냐까지 자치령을 조차받아 세계 최고의 부자가 된 상태이다.

북한의 수뇌부를 어떻게 설득했는지 알 수 없지만 김현수는 온전히 북한 전역을 손에 넣었다.

최고지도자였던 김정은을 거느리는 인물이 된 것이다. 이는 국제적인 미스터리이다. 혹자는 최면술을 썼다고 했는데 최근 발표된 사진과 영상을 보면 아닌 것이 확실하다.

어쨌거나 북한을 장악한 김현수는 내실을 기하는 것이 우선이라며 쇄국정책을 선포하고 거의 모든 외국인을 국외로 추방했다.

지나인들 역시 이에 포함되어 있다. 한국과 자치령이 있는 나라의 국민들만 남아 있을 뿐이다.

이후 김현수의 자본력과 남한의 기술력, 그리고 북한의 노동력이 결합되어 빠르게 발전하는 듯하다.

북한 내부에 사람을 들여보낼 수 없어 위성으로 찍은 사진을 판독한 결과이다.

그러던 어느 날 위성과의 통신이 끊겼다. 기술진들은 우주 쓰레기의 파편에 맞아 고장났을 것이라는 의견을 내놨다. 하여 새로운 위성을 발사하려 준비하는 중이다.

그런데 느닷없이 동북삼성 등을 내놓으라는 공문을 보내왔다. 지나는 이실리프 왕국을 국가로 인정한 바 없기에 외교부에서 정식 접수를 거부했다.

반려시킨 것이다. 이 과정에서 슬쩍 공문을 복사하여 상부에 보고한 것이다.

CHAPTER 11
전략 병기 배치 완료

전능의팔찌
THE OMNIPOTENT
BRACELET

'바보가 아닌데… 뭐지? 우리가 모르는 뭔가가 있나? 혹시 러시아와……?'

현수가 푸틴 대통령과 아주 가깝다는 사실을 떠올린 습근평은 다시금 이맛살을 찌푸렸다.

러시아는 아주 껄끄러운 존재인 때문이다. 어떤 면에서 보면 미국보다 더하다. 국경을 마주한 부분이 있기 때문이다.

"끄으응!"

습근평이 나지막이 침음을 낼 때 유운산이 목청을 돋운다.

"주석! 놈들이 우리 중화를 얼마나 업신여기면 이런 요구를 하겠습니까? 이런 놈들은 단숨에 짓밟아 으스러뜨려야 합니다. 안 그렇습니까?"

"네! 제 생각도 그러합니다. 그간 너무 많이 참았습니다. 우리의 힘이 어느 정도 되는지를 서방에 보여줄 수 있는 좋은 기회입니다."

"맞습니다. 우리 중화를⋯⋯."

이극강 총리의 발언 이후로도 같은 맥락의 의견이 쏟아졌다. 이실리프 왕국을 쳐서 없애자는 것이다.

"주석! 북한엔 막대한 지하자원이 있습니다. 희토류는 전 세계 매장량의 70%입니다."

"맞습니다. 우라늄과 석유, 그리고 흑연과 중석 등도 많습니다. 반드시 우리가 가져야 할 땅입니다."

"⋯⋯!"

여러 의견이 나오지만 습근평의 감긴 눈은 떠지지 않고 있다. 이실리프 왕국의 감춘 패가 무엇이 있을까를 고심하는 중인 것이다.

그러던 중 장덕강 부총리가 입을 열었다. 지나의 수뇌부 중 유일하게 한국어를 유창하게 구사하는 인물이다.

"아무래도 이상하지 않습니까?"

"뭐가 이상하다는 겁니까?"

"놈들이 바보가 아니라면 이런 문서를 보낼 리 없잖습니까? 든든한 뭔가가 있는 거 아닐까요?"

"든든한 거라면 무엇을 의미합니까?"

누군가의 물음에 장덕강은 조심스런 표정으로 입을 연다.

"이실리프 왕국의 김현수는 푸틴과 매우 가깝습니다. 지난번 힐러리가 저격되었을 땐 미라힐X를 제공한 바 있구요."

"으으음!"

지금껏 시끄럽게 떠들던 지나의 수뇌부 모두의 입이 굳게 닫힌다. 세계 1위와 2위에 해당하는 군사대국들이 언급된 때문이다. 하지만 침묵은 길지 않았다.

"그렇다 하여 미국과 러시아가 개입할까요? 놈들이 요구한 건 누가 봐도 정당하지 않습니다."

"제 생각도 그러합니다. 미국과 러시아가 이실리프 왕국 때문에 우리와 반목할 이유가 없습니다.

"그래도 살펴볼 건 살펴봐야 하지 않겠습니까?"

또 분분한 의견이 오간다.

같은 순간, 이실리프 왕국의 외무부에선 누군가의 대경실색한 표정을 짓고 있다.

"김 주임! 이거 누, 누가 발송한 거야?"

"네? 어떤 거요? 과장님?"

"이거 말이야, 이거! 지나에 동북삼성 등을 돌려달라는 외교문서. 이거 누가 보냈어?"

"에이, 보낸 문서가 어떻게 여기에 있어요? 과장님!"

"보낸 거 맞아. 지나 외교부에서 반송한다는 의견을 달아 직인까지 찍혀 있으니까."

"헉! 네에……?"

김 주임은 대경실색하여 자리에서 일어선다. 아직 발송되어선 안 될 문서라는 걸 너무도 잘 알기 때문이다.

이실리프 왕국은 이전과 다른 국가 체제로 운영되고 있다.

국왕 아래 총리를 두고 그 아래에 내무부, 외무부, 법무부, 국방부, 교육부, 농림부, 수산부, 자원부, 국토부, 환경부, 의료부, 과학기술부, 재정부, 무역부 등이 포진되어 있다.

외무부는 국가가 선포되는 즉시 러시아, 몽골, 콩고민주공화국, 에티오피아, 우간다, 케냐, 그리고 대한민국과 정식 외교를 맺을 준비를 하느라 여념이 없다.

각 나라에 파견할 대사 등에 대한 인선 작업은 이미 마쳐졌고, 현재는 이들에 대한 교육이 진행되고 있다.

한꺼번에 여러 가지 일이 진행되기에 눈코 뜰 새 없이 바쁜 나날을 보내고 있다.

일손이 부족하여 신입사원을 뽑았다. 그중 하나는 김일성대학교에서 지나어를 전공한 아가씨이다.

김순화라는 다소 촌스런 이름을 가진 이 아가씨는 긍정적이고, 명랑한 성품을 가졌으며 얼굴까지 예뻐서 바쁜 외무부 직원들에게 인기 만점이다.

문제는 지나치게 적극적이라는 것과 미결된 일을 그냥 두고 보지 못한다는 것이다. 하여 지시받은 일을 다 수행하면 스스로 일을 찾아서 알아서 처리하곤 하였다.

덕분에 미결된 일이 많이 해소되어 상급자들은 매우 흡족한 시선으로 바라보고 있다.

어느 날, 김순화에게 외교문서 정리 업무가 주어졌다.

꼼꼼하게, 그리고 실수 없이 정리를 하던 중 지나에 동북삼성을 요구하는 공문서가 든 결재판이 발견되었다.

장관까지 결재가 떨어진 서류인데 보내는 날짜만 기록되지 않았을 뿐이다. 본래 이 서류의 앞에는 포스트잇 한 장이 붙어 있었다.

장관이 결재는 했지만 국왕의 지시가 있을 때까지는 발송하지 말하는 내용의 메모가 쓰여 있는 것이다.

그런데 이게 떨어졌다. 접착력에 문제가 있었는데 김순화가 결재판을 엶과 동시에 밑으로 떨어져 버렸다.

이를 보지 못한 김순화는 절차에 따라 외교문서 발송을 진행토록 했다.

결재 라인에 있던 외무부 관리들은 장관의 사인만 보고 발송을 허가한 것이다.

그 결과 아직 보내서는 안 되는 동북삼성 반환 공문이 지나 외교부로 갔던 것이다.

현수가 이 공문 발송을 뒤로 미룬 것은 전략 병기인 카헤리온과 봉황이 배치되기 전이었던 때문이다.

이실리프호가 있기에 지나와 전쟁을 해도 지지는 않겠지만 혹시 있을지 모를 인명 피해를 막기 위함이었다.

어쨌거나 공문은 발송되었고, 지나 수뇌부들은 분개했다. 하지만 즉각적인 반응은 없었다.

이실리프 왕국이 대체 무엇을 감춰두었는지 파악하는 것이 우선이었던 때문이다.

문제는 이실리프 왕국으로 잠입하는 것이 쉽지 않다는 것이다. 거의 모든 외국인을 추방했고, 남아 있는 외국인들은 모두 평양 인근에 몰려 있어 국경까지 가도 만날 수 없었다.

게다가 친지나파 인사들은 모두 권력을 잃고 야인이 된 상태이다. 그리고 국경에 배치된 군인들의 근무 태도가 이전과 확연히 다르다.

전에는 뇌물만 찔러주면 적당히 무마되던 일이 많았다. 그런데 지금은 아무것도 이루어지지 않고 있다.

부정부패 척결이 국왕의 뜻인 때문이다.

김정은이 현수에게 충성을 맹세하고 얼마 지나지 않았을 때, 권력에서 밀려난 몇몇이 국경경비대원들에게 뇌물을 주고 두만강을 넘어가는 일이 있었다.

이 일이 발각된 후 국경경비대원은 그 자리에서 총살당했고, 가족들 모두 교화소로 보내졌다.

이는 현수가 지시한 일이 아니다. 이전의 관례에 따른 처벌이 진행된 것이고, 상부에 보고되지 않은 일이다.

하지만 소문으론 번졌다. 누구든 부정부패에 연루되면 그 자리에서 총살되고 가족들은 작살난다는 내용이다.

국경경비대원들에겐 전에 없이 풍족한 식사가 제공되고, 가장 먼저 항온의류가 보급되었다.

뿐만 아니라 난방을 위한 연료도 넉넉하게 지급되며, 일반 군인에 비해 많은 급여가 주어지는 상황이다.

부정부패와 연루되지 않아도 살 만하다.

하여 뇌물을 챙기기보단 신고에 열을 올린다. 뇌물 액수의 절반이 포상금으로 지급되는 때문이다. 게다가 신고가 많을수록 근무 평점이 올라가 진급에 좋은 영향을 준다.

이런 상황이라 지나인들의 침투를 도울 내부 동조가 없다.

따라서 이실리프 왕국을 발을 들여놓는 것 자체가 어려운 일이 되어버렸다. 그렇기에 왕국 내부에서 무슨 일이 빚어지는지 전혀 모르는 상황이다.

　이전의 북한도 폐쇄적인 국가였는데 그것보다도 더하다. 지금은 위성으로도 들여다볼 수 없기 때문이다.

　지나에서 빠른 결정을 내리지 못하고 우물쭈물하는 사이에 제법 많은 시간이 흘렀다.

＊　　　＊　　　＊

　"어머! 준비가 다 되었나 봐요, 오라버니!"

　"그래? 그럼 나가봐야지."

　집무실 책상에 앞에 앉아 따끈한 생강차를 마시며 결재 서류에 시선을 주고 있던 현수가 자리에서 일어섰다.

　그러자 설화가 얼른 다가와 붉은 벨벳으로 만든 망토를 어깨에 걸쳐 준다. 금실과 반짝이는 보석으로 장식한 이것은 의전용 국왕 복장 중 일부이다.

　견장과 휘장 등으로 장식되어 있는데 한 알에 수십억씩 하는 보석들로 치장된 아드리안 멀린 반 나이젤의 예복에는 비할 바 못 되지만 화려해 보이기는 하다.

　이것은 평범한 망토가 아니다.

　항온 기능은 기본이고, 방탄, 방검 기능까지 부여되어 있다. 무언가가 아주 빠른 속도로 접근하면 앱솔루트 배리어가 자동 형성되는 기능도 있다.

　현수 본인을 위한 것이 아니라 측근이 있을 때 그를 보호하기 위함이다.

묵묵히 현수의 시중을 들어준 설화는 자신도 망토를 걸친다. 푸른색 예복으로 현수의 것과 흡사하다.

이것 역시 각종 마법으로 도배된 아티펙트이다.

얼마 전 설화는 지현, 연희, 이리냐, 그리고 테리나를 만났고 그 자리에서 눈물로 읍소했다. 자신도 현수의 여인이 되고 싶으니 허락을 해달라는 내용이다.

지현과 연희는 숫자가 자꾸 늘어난다면서 한숨을 쉬었지만 결국 승락해 주었다. 동병상련을 앓았던 이리냐와 테리나가 많은 노력을 기울인 결과이다.

"국왕 폐하 입장하십니다."

빰빠라 빰~! 빰빰 빠빠빠빰~! 빰 빰~!

국왕 찬가가 연주되자 모두가 부동자세를 취하며 단상으로 오르는 현수와 설화에게 시선을 준다.

아르센 대륙과 마인트 대륙에도 없는 이 멜로디는 현수가 직접 작곡한 것이다. 원래는 이실리프 왕국의 국가로 쓰려 했는데 대한민국의 국가를 공동으로 쓰자는 의견이 많아서 국왕 찬가로 용도 변경된 것이다.

"위대하신 국왕 폐하! 소신이 폐하께 전략 병기 카헤리온과 봉황을 보여드릴 수 있어 무한한 영광이옵니다."

도열해 있는 인사들 선두에 선 이는 이실리프 기술연구소 최희문 소장이다. 그의 뒤에는 연구진들이 서 있다.

이곳에 처음 도착한 이후 이들은 놀라지 않을 수 없었다.

우선은 건물 자체가 예술품이라 할 만한 다물궁을 보았던 때문이다.

지구에는 없는 건축양식인데 우아하고, 세련되었으며, 웅장하고, 화려했다. 인간의 손으로 만들었다고 믿어지지 않을 만큼 섬세한 조각과 장식으로 뒤덮여 있는 다물궁은 햇빛을 받아 찬란해 보였다. 여기 저기 박힌 보석 때문이다.

다들 입을 딱 벌린 채 멍한 표정이 되었다. 이런 거대한 보물을 평양에서 볼 것이라곤 상상도 못한 때문이다.

더 크게 놀란 것은 김정은 등 예전 북한의 수뇌부들이 현수에게 절대적인 충성을 맹세하고 신하가 되었다는 것이다.

6.25 이후 첨예한 대치를 유지하는 동안 늘 폭압적이고 위협적인 언사와 행태를 보여 왔던 김정은을 비롯한 그 일당이 현수에게 완전히 굴복한 모습은 믿어지지 않았다.

하여 몰래카메라라도 찍는 것은 아닌가 하여 사방을 두리번거렸다. 그런데 김정은 등이 그런 짓을 할 리가 없다.

한때의 재미를 위한다 하더라도 자신들의 체면까지 손상시켜가며 이런 짓을 벌이진 않을 것이기 때문이다.

이실리프 기술연구소에서 개발한 각종 기술은 안주기계공업단지 등에 전수되어 제품개발에 큰 기여를 하고 있다.

그 덕에 일본에서 수입하던 기초소재를 100% 국산화할 수 있었다. 하여 입국하자마자 융숭한 대접을 받았다.

어젯밤, 연구소 임직원들은 거나한 저녁식사를 마치고 황병서 국방장관과 화합의 시간을 가졌다.

이 자리에서 현수를 어찌 대해야 하는지에 관한 이야기를 들었다. 자신들이 신처럼 여기는 국왕을 그저 직장상사쯤으로 여기는 것을 두고 볼 수 없었던 것이다.

그리곤 이실리프 왕국의 비전에 관한 영상을 보았다.

콩고민주공화국 등에서 얻은 자치령들까지 합하여 이실리프 연방왕국이 미래에 어떻게 개발될 것인지에 관한 것이다.

일부는 진짜 영상이고, 일부는 컴퓨터 그래픽이다. 그런데 화질이 너무 좋아서 마치 전부 진짜처럼 보였다.

최희문 소장을 비롯한 연구소 임직원들은 러시아와 몽골 등의 개발 현황을 보고 입을 딱 벌렸다.

아무것도 없던 허허벌판이 이리저리 파헤쳐지는가 싶더니 거대한 농지가 되고, 도시가 되는 모습이다.

전 세계 어디에도 없는 핵융합발전소를 보고 다들 깜짝 놀랐다. 개인이 부담하기엔 너무도 많은 돈이 드는 일인데 그것이 이미 완성되어 있었던 때문이다.

이실리프 왕국 핵융합연구소 소장 박형석은 인터뷰 영상에서 이 모든 일이 가능했던 것이 현수의 덕임을 분명히 했다. 어쩌면 실패할 수도 있는 일에 막대한 돈을 투입하였고, 필요한 기술을 제공해 주었다.

뿐만 아니라 최상의 공사 품질을 얻을 수 있도록 천지건설 특수건설팀을 파견해 주었다. 그 결과가 완성된 핵융합발전소라면서 내부를 일부 공개했다.

이것뿐만이 아니다. 척박했던 땅이 농토가 되고 그곳에서 만물이 소생하는 모습과 그것을 수확하는 사람들의 입가에 맺힌 웃음은 많은 감정을 느끼게 했다.

가장 인상 깊었던 것은 이실리프 왕국의 사람들 모두가 웃는 얼굴이라는 것이다.

모두에게 주거가 제공되니 집 장만을 걱정하지 않아도 되고, 굳이 대학을 나오지 않아도 적성에 맞는 직업이 주어지기 때문이다.

모든 식료품의 질은 최상급이고, 물가는 놀랍도록 저렴하다. 최상급 의료가 지원되고, 오염되지 않은 환경에 있으니 건강도 크게 염려되지 않는다.

치안은 지구 최고의 상태이다.

절도, 강도, 사기, 납치, 유괴, 성폭력, 살인, 폭력 조직 결성 같은 강력범죄를 저지르는 자에겐 원—스트라이크 아웃 제도가 적용되기 때문이다.

이런 죄를 저질러 재판을 통해 교도소에 수감되면 직접 농사를 지어 수확한 것들을 먹는다.

제공되는 것은 종자와 농기구, 그리고 물뿐이다. 영치금을 쓸 수 있는 매점도 없고, 사식(私食)도 없다.

죄수복은 춘추복, 하복, 그리고 동복이 지급되는데 4년당 한 벌씩이다. 당연히 항온의류가 아니다.

아무튼 평범한 종자와 척박한 농지는 많은 수확을 바랄 수 없다. 하여 수형자들 대부분 배를 곯게 된다.

이는 다른 범죄행위로 수감된 수형자들도 마찬가지이다. 그래도 추가로 음식물을 제공하지 않는다.

따라서 열심히 농사짓지 않으면 굶어죽을 수밖에 없다.

그러다 형기가 만료되어 출소하면 즉각 국외 추방이다. 그리곤 영원히 입국 금지이다.

한국과 범죄율을 비교하면 약 1,000분의 1 수준이다.

이민을 받을 때부터 사람들을 골랐고, 근심걱정 없는 낙원에서 쫓겨나기 싫기 때문일 것이다.

왕국 개발에 대한 동영상을 본 이실리프 기술연구소 직원들은 현수를 다시 보지 않을 수 없었다. 돈만 많은 기업인이 아니라 존경받을 만한 사람이라는 생각을 하게 된 것이다.

누가 있어 자기 돈으로 타인의 행복한 삶을 추구해 주겠는가! 현수는 이미 실천하고 있었다. 하여 강요하지 않았음에도 최 소장이 자발적으로 극존칭을 쓰는 것이다.

어쨌거나 오늘은 카헤리온이 첫 번째로 배치되는 날이다. 각각 세 대씩 제작 완료된 상태이고, 일곱 대는 조립 중이다.

"수고하셨습니다. 잠시 둘러보죠."

"네! 제가 안내해 드리겠습니다."

최희문 소장은 현수를 안내하며 상세한 설명을 곁들였다.

카헤리온은 많은 것이 업그레이드되어 있었다.

레이더 등의 성능이 더욱 좋아졌고, 레일건은 연속 발사가 가능토록 개선된 상태이다.

광학스텔스 기능이 소개되자 김정은 등 수뇌부들은 대경실색한다. 불과 몇 발짝 떨어졌음에도 눈에 보이지 않으니 어찌 놀라지 않겠는가!

"그런데 조종사는 누구죠?"

현수의 말이 끝나자 대기하고 있던 파일럿들이 한 발짝씩 앞으로 나오며 관등성명을 댄다.

"충성! 카헤리온 1기 조종사 김태웅입니다."

"충성! 부조종사 탁민하입니다."

"충성! 카헤리온 2기 조종사 송순만……."

각각의 기체엔 각기 두 명씩 배속되어 있다. 한 명만 있어도 충분히 조종 가능하지만 안전을 위한 조치이다.

카헤리온은 전투기와 달리 조종이 매우 쉽다.

거의 모든 것이 전자동이며 음성인식 기능이 있어 입만 있어도 조종 가능한 최첨단 기체이다.

"시험비행을 실시하십시오."

"충성! 폐하의 명에 따라 카헤리온 1기 이륙합니다."

"충성! 카헤리온 2기……."

잠시 후 카헤리온과 봉황 모두 수직으로 이륙하였다. 분사식이 아니라 아무런 후폭풍 없이 사뿐히 떠오른다.

"광학스텔스 온!"

최 소장의 말이 떨어지자 여섯 기체 모두 시야에서 사라졌다. 하지만 레이더엔 잡히고 있다.

"카헤리온 1기는 워싱턴, 2기는 런던, 3기는 모스크바 상공으로 이동하여 그곳의 모습을 사진으로 찍어 오라."

"카헤리온 1기 전파스텔스 온 합니다. 이상!"

"카헤리온 2기 스텔스기능 가동합니다. 이상!"

"카헤리온 3기 명령 받았습니다. 이상!"

잠시 후 레이더에서 점 세 개가 사라졌다.

"봉황 1, 2, 3기는 적재된 화물을 회령, 혜산, 만포기지에 하치하고 복귀하라."

"봉황 1기 회령으로 향합니다. 이상!"

"봉황 2기 혜산에 다녀오겠습니다. 이상!"

"봉황 3기 만포기지에 적재된 화물 하치 후 즉각 복귀하겠습니다. 이상!"

"전파 스텔스 온! 광학 스텔스 온!"

"명령 받듭니다. 이상!"

조종사들의 복창 이후 레이더의 점들이 사라졌다.

"그동안 수고가 많았습니다."

"국왕 폐하의 지원이 없었으면 불가능한 일이었습니다. 감사드립니다."

이실리프 기술연구소 임직원들은 일제히 허리를 꺾어 사의를 표한다. 막대한 돈을 투입하고도 채근 한 번 안 한 것이 너무 고마운 것이다.

"카헤리온과 봉황이 돌아오려면 시간이 걸릴 듯합니다. 가서 식사나 합시다."

"네! 폐하."

그렇지 않아도 다물궁 내부가 궁금했던 최희문 소장 등은 얼른 현수를 따라 안으로 들어갔다.

가장 시력이 좋은 윤강혁이 가장 먼저 입을 벌린다.

"우와! 세상에……."

다물궁 로비는 높이가 12m이다. 금은보석으로 치장된 기둥과 천장의 그림이 너무도 화려하고 정교했다.

"와아! 정말 멋지네요. 왕궁답습니다."

"네! 오늘 제 눈이 아주 호강합니다. 어떻게 이런……."

"어어! 이봐. 거기 손대지 마. 때 타니까."

저도 모르게 여신상을 만져 보려던 연구원이 얼른 손을 뺀다.

값비싼 예술품이라는 사실을 문득 깨달은 것이다.

안쪽으로 들어가니 긴 식탁에 음식들이 세팅되어 있다. 몽골 이실리프 왕국에서 보낸 신선한 식재료로 만든 뷔페이다.

이실리프 연구소 연구원들이 다물궁에서 식사하는 이 순간 이실리프호의 컴퓨터는 수없는 연산을 하고 있다.

한동안 이를 지켜보던 통제관이 김호인 선장을 바라본다.

"발사 준비되었습니다. 선장님!"

"좋아! 발사하고 다음 장소로 이동."

"네, 발사하고 이동합니다."

투퉁, 투투투투투투투퉁ㅡ! 투투투투투투투퉁ㅡ!

이실리프호로부터 바위들이 쏘아져 나갔다.

2015년 7월 멕시코의 마약왕 호야킨 구스만은 자신의 독방에서 깊이 10m짜리 비밀통로로 내려갔다. 그곳엔 길이 1.5㎞짜리 통로가 준비되어 있었다.

수레를 끄는 소형 오토바이를 탄 호야킨은 유유히 통로를 빠져나가 탈옥에 성공했다. 이곳은 멕시코시티에서 서쪽으로 약 90㎞ 떨어진 알티플라노 감옥이다.

호야킨이 탈옥한 후 멕시코 경찰은 약 43억 원에 해당하는 현상금을 걸었지만 체포되지 않았다.

이실리프호에서 쏘아져 나간 암석들이 향한 곳은 깊은 산속에 마련된 호야킨 구스만의 마약농장과 인근 암석지대에 조성해 놓은 비밀 거처였다.

너무도 감쪽같이 위장을 해놓아 경찰이 인근을 여러 번 수색하고도 그대로 물러났던 바로 그곳이다.

"어라? 저게 뭐지?"

"뭐? 어떤 거? 뭔데?"

비밀감시 초소에 있다가 오줌이 마려워 바깥으로 나왔던 미구엘이 하늘을 바라본다. 안쪽에 있던 에르난데스도 밖으로 나와 하늘을 본다.

원래는 이렇게 밖으로 나오면 안 된다. 경찰의 수색이 언제 있을지 모르기 때문이다. 그럼에도 미구엘이 규칙을 어긴 건 비밀초소가 너무 좁아서 답답했던 때문이다.

어쨌거나 하늘로부터 하얀 무엇인가가 떨어지고 있다.

"뭐지?"

"운석인가 봐. 근데 저거 땅에 떨어졌을 때 주우면 꽤 돈이 된다고 하던데. 떨어지면 주워야지."

"바보! 운석이 비싸? 아님 같은 무게의 마약이 비싸?"

"그거야 마약이지. 쩝, 알았어. 다 쌌어. 금방 들어갈게."

바지 지퍼를 올리려던 미구엘의 미간이 꿈틀거린다.

뭔가가 엄청나게 빠른 속도로 떨어지고 있는데 마약농장과 공장 등이 있는 곳인 때문이다.

쒜에에에에엑! 씨이이이이잉—! 콰아아아앙—!

쿠와아앙! 콰아아아앙! 콰콰콰쾅—!

우르르르! 와르르르! 우르르르르르!

엄청난 폭음에 이어 땅거죽이 밀가루 반죽처럼 마구 요동치자 미구엘은 중심을 잃고 쓰러진다.

"헉! 아앗!"

"뭐, 뭐야? 경찰이 대포라도 쏜 거야?"

안으로 들어가 게임기를 붙잡던 에르난데스가 화들짝 놀라며 다시 튀어나온다.

이 순간 또다시 파공음에 이어 굉음이 터져 나온다.

쏴에에에에에에엑―!

쿠와아아아아앙―! 와르르르르! 우수수수수!

콘크리트로 만든 비밀초소가 심하게 흔들리는가 싶더니 모래가루가 우수수 떨어진다. 이 순간 에르난데스는 버섯구름을 보고 놀란 표정을 짓는다.

"미구엘! 저, 저거 뭐야? 해, 해, 핵폭탄?"

"에르난데스! 튀어. 신의 징벌이야."

"뭐? 신의 징벌? 그게 뭔데?"

"야! 이 무식한 놈아! 너는 IS 근거지마다 운석이 쏟아져 전멸했다는 소리 못 들었어?"

"무슨 소리야? 누가 죽었어?"

"빌어먹을 놈! 게임만 하지 말고 뉴스 좀 봐. 이스라엘이 멸망한 건 알아?"

"그거야 당연히 알지. 그럼 설마……?"

"그래! 바로 그거야. 저기 저거! 우리 농장 다 망가졌겠다. 공장도 그렇고. 조직원들 있던 곳도 폭삭했을 거야."

미구엘의 중얼거림을 들은 에르난데스는 대체 무슨 영문이냐는 표정이다. 가방끈이 짧은데다 시사에 관심이 없어서 운석이 뭔지 모르기 때문이다.

그 순간이다. 하얀 두 줄기 빛이 보스가 미녀들과 즐기는 비밀 거처로 떨어져 내린다.

쐐에에엑ㅡ! 콰아앙ㅡ!

콰아아앙ㅡ! 쿠아아아앙!

두 번의 엄청난 폭음에 이어 비밀초소가 살짝 들리는 듯한 느낌이라 그쪽으로 시선을 주었다.

파파파파파파팍ㅡ!

"컥! 케엑!"

산산이 부서진 비밀 초소의 파편들이 미구엘과 에르난데스의 몸을 그대로 관통했다.

다음 순간 호야킨 구스만이 심혈을 기울여 암석지대에 만들어놓은 비밀거처 쪽에서 엄청난 굉음이 터져 나온다.

콰르릉! 콰르르르르릉ㅡ!

마약을 팔아 수많은 사람을 중독자로 만든 대가는 엄청난 달러화였다. 그걸 처발라 호화롭게 치장한 호야킨의 비밀 거처가 그대로 작살나는 소리였다.

같은 순간, 이실리프호 관제실은 조용했다.

"선장님! 목표물 파괴 완료되었습니다."

"좋아, 생체 반응은?"

"생체 반응은… 없습니다. 전멸입니다."

"그럼, 다음 장소로 이동!"

"네! 다음 타격지 볼리비아로 이동합니다."

현수로부터 몇 가지 명령을 받은 이후 이실리프호는 설화호 등과 함께 목표물 검색을 실시했다.

크로스 체크로 빠져나가는 것이 최소화되자 즉시 목표물 타격을 시작했다. 빠르면 빠를수록 좋은 일인 때문이다.

가장 먼저 태국—미얀마—라오스 접경지대의 골든트라이앵글8)을 작살냈다. 이 밖에 캄보디아 등의 마약농장과 공장, 거점 등을 완전무결하게 태워 버렸다.

전 세계 헤로인의 70%를 생산하던 곳이다.

이곳에 오기 직전 이실리프호는 황금의 초승달 지역이라 불리는 곳도 초토화시킨 바 있다. 아프가니스탄, 파키스탄, 이란 3국의 접경지대에 있는데 제2의 헤로인 주산지였다.

이로써 전 세계 헤로인 생산량의 90%가 줄어들었다.

이들 두 지역의 공통점은 개미 한 마리도 살아남을 수 없었다는 것과 모든 것이 완벽하게 말살되었다는 것이다.

이실리프호가 자리를 뜬 황금의 초승달 지역은 현재 설화호가 2차 타격을 가하고 있다.

핵폭발에 버금가는 강력한 타격에도 운 좋게 살아남은 잔당이 있다 하더라도 설화호의 공격은 견뎌내지 못할 것이다.

어린아이 주먹 크기 이상의 인공물이 존재할 수 없도록 강력한 융단폭격을 가하고 있는 때문이다.

24시간이 지나면 이실리프호가 재차 방문하여 생명 반응을 살핀다. 하나라도 존재하면 또다시 운석이 쏟아진다.

두 차례에 걸친 폭격과 확인작업을 하는 이유는 현수의 명을 확실하게 이행하기 위한 조치이다.

---

8) 골든트라이앵글(Golden Triangle) : 마약류 관련 국제범죄조직의 하나로 미얀마 · 태국 · 라오스 3국 접경 고산지대에서 아편(양귀비), 헤로인을 주로 공급하는 동남아시아의 '황금의 삼각지대'를 말하며, 가장 대표적인 국제마약루트지역이다.

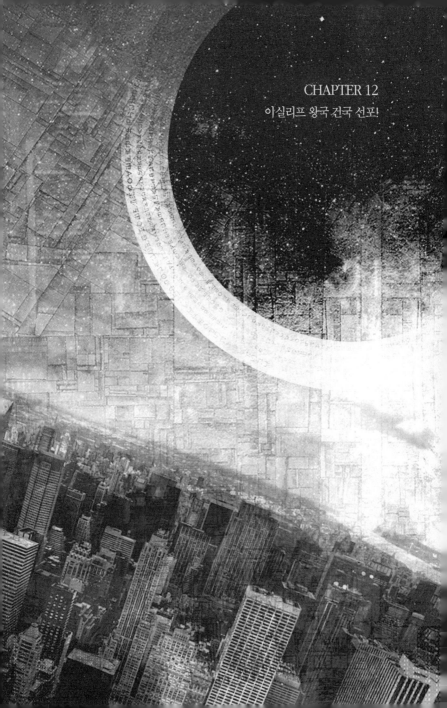

CHAPTER 12
아실리프 왕국 건국 선포!

　동남아의 모든 마약농장과 공장들이 철퇴를 맞았다. 적어도 20만 명 이상의 마약 관련자의 목숨도 사라졌다. 죽여도 하나도 아깝지 않을 것들이다.

　그리곤 곧장 멕시코로 왔다. 상당히 많은 곳에서 마약이 재배되었는데 하나하나 제거해 나가서 방금 전 마지막 남은 목표물을 초토화시켰다.

　"근데 현상금 43억 원은 어떻게 되는 거지?"

　"시체를 찾을 수 없어서 증거가 없습니다. 선장님!"

　"쩝! 그런가? 그렇겠지."

　김호인 선장은 고개를 끄덕인다. 통제관의 말이 사실일 것이라 짐작되는 때문이다.

　호야킨이 제아무리 신출귀몰하다 하더라도 방금 전의 공격에서 살아남았을 확률은 0.00001% 미만이다.

숨어 있는 곳이 암석지대라는 것을 알기에 컴퓨터가 계산한 것보다 큰 암석을 떨궜고, 그것도 부족하다 싶어 네 번 더 타격하도록 했다.

같은 장소에 핵폭탄이 다섯 번씩이나 떨어지면 설사 신이라 해도 살아남을 수 없을 것이다.

로렌카 제국의 9서클 마스터들조차 도망도 못 치고 그 자리에서 증발했으니 당연한 일이다.

평범한 인간인 호야킨 구스만은 아마도 시신조차 제대로 남기지 못한 채 피 떡이 되어 있을 것이다.

"그래도 놈의 DNA가 있는……."

누군가 현상금이 아쉽다며 말을 이으려하자 통제관이 입을 연다.

"자아, 다음 장소로 이동!"

이실리프호의 다음 타격 목표는 콜롬비아—과테말라—파나마의 마약농장 및 공장과 마약상들의 거점이다.

이실리프호와 설화호가 이동하고 있는 동안 새롭게 배치된 지현호와 연희호 역시 활발한 활동을 하고 있다.

아프리카 대륙을 샅샅이 훑으며 마약과 관련된 모든 것을 지구에서 지우는 중이다. 이곳 역시 자비는 없다.

이리냐호와 테리나호까지 배치되면 동부 유럽과 러시아를 훑을 것이다.

현수의 간곡한 요구에 따라 알렉세이 이바노비치가 이끄는 레드마피아는 마약에서 완전히 손을 떼었다. 그리곤 음지에서

양지를 지향하는 중이다.

불법과 폭력으로 수익을 얻는 것보다 정상적인 기업 활동을 하며 사람답게 사는 것이 더 나은 인생이라는 충고를 받아들인 것이다.

레드 마피아들에겐 조직원 신분을 증명하는 배지 하나씩이 지급되었다.

눈에 보이지는 않는 정신계 마법진이 그려진 것이다.

이것을 양복의 깃 등에 끼우고 있으면 충성심이 깊어지며, 난폭하던 인성이 점차 순화되도록 되어 있다.

별것 아닌 일에도 욱하는 급한 성질이 점점 더 느긋해지는 역할도 맡고 있다.

러시아 이실리프 왕국은 레드 마피아 단원들을 경비원 내지 군인 등으로 채용하고 있다. 안정된 일자리는 마법진보다 더한 효과를 내기 때문이다.

레드 마피아의 현재 서열은 알렉세이 이바노비치가 서열 1위이고, 상트페테르부르크의 밤을 장악한 빅토르 아나톨리에스키가 서열 2위이다.

이 중 빅토르는 현수의 후견인이다.

알렉세이 이바노비치가 상트페테르부르크와 북유럽의 쉐리엔 독점 판매권을 나눠주었더니 본인이 자청한 일이다.

하여 현수는 차기 보스로 낙점된 상태이다. 가장 잘 레드 마피아를 이끌어줄 적임자로 인정된 것이다.

어쨌거나 레드 마피아는 현재 탈각(脫殼)하고 있다.

따라서 러시아 내 마약 공장에 대한 폭격은 아무런 해도 끼치지 못할 것이다.

*　　　*　　　*

2019년 8월 1일 정오.

현수는 다물궁 앞에 마련된 단상 위에 올라 있다.

전면엔 이실리프 왕국의 방송사와 언론사뿐만 아니라 여러 나라에서 보낸 카메라가 설치되어 있다.

오늘의 가장 핫한 뉴스인 때문이다.

단상 앞 귀빈석에는 이실리프 왕국의 건국을 축하하기 위해 먼 길을 마다하지 않은 손님들이 앉아 있다.

힐러리 클린턴과 빌 클린턴은 곁에 앉은 푸틴과 메드베데프와 가볍게 담소를 나누고 있다.

콩고민주공화국 귀빈석엔 조제프 카빌라 대통령과 가에탄 카구지 내무장관 및 각부 장관들이 앉아 있다.

에티오피아 자리엔 기르마 올데 기오르기스 대통령과 로마우 바이할 의무장관 등이 있다.

몽골에선 차이야 엘백도르지 대통령과 폰착 차강 대통령비서실장 등이 왔고, 아제르바이잔에선 일함 알리예프 대통령, 자키르 하사노프 국방장관 등이 왔다.

브라질에선 지우마 호세프 대통령, 세르지우 카브랄 리우데자네이루 주지사가 왔고, 온두라스에서 온 후안 오를란도 에르난데스 대통령이 수행원들과 함께 앉아 있다.

대한민국에선 홍진표 대통령과 각부 장관들, 그리고 천지그룹, 백두그룹, 그리고 태백그룹 회장단 전원이 왔다.

미국, 러시아, 몽골, 콩고민주공화국, 에티오피아, 우간다, 케냐, 아제르바이잔, 온두라스, 브라질, 대한민국 정상들이 수행원들과 함께 착석해 있는 것이다.

이 밖에 이실리프 계열사 사장단 전원과 부장급 이상 임직원 전원도 자리하고 있다.

또한 CMS 오머런의 세바스티앙과, MSC사의 아폰테 사장부부, 이실리프 아카데미 수학과 교수 미하일 레오니도비치 그로모프와 가수 윌리엄 그로모프도 앉아 있다.

이들 모두 현수를 새로운 눈으로 바라보고 있다.

일개 직장인이었던 사람이 전 세계 최고의 부자가 되었으며, 인도보다도 넓은 땅을 경영하는 국왕이 되었으니 어찌 놀랍지 않겠는가!

"험험, 만장하신 내외빈 여러분! 오늘 이 자리는 김현수 국왕 폐하께서 영도하실 이실리프 왕국의 건국을 선포하는 자리입니다. 불편하시더라도 잠시 기립해 주십시오."

모두가 자리에서 일어서자 오케스트라 단원들 역시 기립한다. 다음 순간 포디움(Podium)에 선 지휘자의 지휘봉이 허공을 휘젓기 시작한다.

빰빠라 빰~! 빰빰 빠빠빠빰~! 빰 빰~!

아름다우면서도 장엄한 멜로디가 울려 퍼지자 사회자가 마이크 가까이 입을 가져간다.

"지금 연주되는 곡은 김현수 국왕 폐하께서 직접 작곡하신 국왕 찬가입니다."

작사 작곡한 모든 곡이 빌보트 차트 1위에 올라 있는 현수이기에 모두들 멜로디에 귀를 기울인다. 과연 듣고만 있어도 충성심이 절로 일 만큼 장중하면서도 유려한 곡이다.

하여 감탄을 하고 있는 사이에 연주가 끝났다.

사회자의 안내에 따라 모두 착석하자 현수는 마이크 가까이 다가섰다.

"먼저 멀리서 아국의 건국을 축하해 주러 오신 각국 정상들과 장관님들에게 깊은 감사를 드립니다."

현수는 한 걸음 옆으로 비켜서서 정중히 고개를 숙여 예를 표했다. 국왕이지만 손님들에 대한 예를 갖추는 것이다.

이에 다들 박수로 화답한다.

짝, 짝, 짝, 짜짜짜짜짝―!

가볍게 고개를 끄덕여 답례한 현수는 마이크를 당겼다.

"오늘은 2019년 8월 1일입니다. 나는 한반도 이북 지역인 이곳을 비롯하여 러시아와 몽골, 콩고민주공화국과 에티오피아, 그리고 우간다와 케냐에서 제공한 조차지를 포함한 영토를 이실리프 왕국의 영토로 선언하는 바입니다."

"와아아아! 이실리프 왕국 만세! 만세! 만세!"

뒤쪽에서 요란한 함성이 터져 나온다. 건국 선포식을 구경하러 온 이실리프 왕국민들이 내는 소리이다.

짜짝, 짝짝, 짝짝짝, 짜짜짜짜짝―!

앞쪽의 귀빈들은 다시 한 번 박수를 쳐 축하해 준다.

"나는 이실리프 왕국의 초대국왕으로서 내외빈 여러분께 몇 마디 하겠습니다. 우리 이실리프 왕국은……."

현수는 향후 국정운영에 대한 생각을 이야기했다.

왕국의 개발이 어느 정도 성과를 낼 때까지는 부득이하게 쇄국정책을 씀을 이야기한 것이다.

그때까지는 어떠한 국제적인 일에도 관여하지 않는 중립을 견지할 것임을 이야기했다.

모두들 고개를 끄덕인다. 북한은 대표적인 낙후지역이었다. 따라서 내실이 우선이기 때문이다.

어제 오전에 당도한 힐러리는 현수와 단독 면담을 가졌다. 이 자리엔 빌 클린턴 국무장관도 함께했다.

부부는 적시에 미라힐X를 제공해 준 덕분에 오늘이 있다며 감사의 뜻을 전하려 보자고 한 것이다.

이에 현수는 세 병의 미라힐X를 선물로 주었다.

힐러리와 빌, 그리고 첼시를 위한 것이다. 첼시의 남편 마크의 것은 없다. 유태인에게 줄 미라힐X는 없는 까닭이다.

어쨌거나 이를 받아 든 힐러리와 빌은 다시 한 번 감사의 뜻을 표했다. 여벌의 목숨 하나를 번 셈인 때문이다.

그리곤 많은 대화를 나눴다. 그러다 궁금해하던 '동방의 빛'이 현수라는 것을 알게 되었다.

아무런 대가도 바라지 않고 두 번이나 목숨을 구해주었으니 이후의 분위기는 화기애애할 수밖에 없었다.

회동이 끝난 후, 힐러리 클린턴은 특별 입국이 허락된 CNN의 카메라 앞에 섰다. 그리곤 전격적인 발표를 했다.

미국은 이실리프 왕국의 건국을 축하하며, 대사급 수교를 통하여 양국 간의 우의를 돈독히 하기로 했습니다.

이것이 생방송으로 뉴스가 나간 이후 전 세계의 이목은 평양으로 집중되었다.

왕국 선포가 끝난 후 내외빈은 다물궁 내부로 들어섰다. 모두들 깜짝 놀라는 표정이다. 이처럼 아름답고, 우아하며, 세련되고, 웅장한 건축물은 본 적이 없기 때문이다.

각국 정상 등은 체면도 잊은 듯 다물궁 곳곳을 사진으로 찍었다. 방송사 카메라들도 마찬가지이다.

잠시 후 건국 기념 리셉션이 베풀어졌다.

이실리프 왕국에서 직접 재배한 싱싱하고 무공해인 채소와 신선도 높은 육류 등으로 조리된 음식은 까다로운 미식가들도 감탄할 수밖에 없을 정도로 세련되고 맛이 있었다.

그러다 술잔을 든 외빈들은 모두들 혀를 내둘렀다.

술은 술인데 마시는 순간 위장은 물론이고 폐부까지 시원해지는 느낌을 받은 때문이다. 다들 화들짝 놀라며 술의 색깔과 향을 음미한다. 엘프주였으니 당연한 반응이다.

다물궁은 규모가 엄청나게 크다.

프랑스의 자랑인 베르사유궁의 면적은 2만여 평이지만 다물궁은 1층 바닥 면적만 4만 5천여 평이다.

2,000개가 넘는 널찍널찍한 방과 부속실들이 있다.

따라서 오늘 건국 기념을 축하해 주러 온 외교사절과 그 수행원 전부를 수용하고도 남는다.

지난 2013년에 서울 양재동 서울교육문화회관이 'The—K 서울호텔'로 새롭게 태어났다.

대한민국 최대 규모의 컨벤션센터를 자랑했는데 높이 7.5m, 면적 1,893㎡(약 570평) 크기의 커다란 홀이다.

호텔 측에선 1,500명이 연회를 즐길 수 있다고 한다.

다물궁의 리셉션홀은 이보다 훨씬 크다.

높이 12m, 면적 6,600㎡(약 2,000평)로 한꺼번에 5,400명이 연회를 즐길 수 있다.

참고로, 축구장 면적은 7,140㎡이다.

이 넓은 홀에 온갖 음식이 차려져 있다.

내외빈은 물론이고, 그들의 수행원들과 경호원, 그리고 취재진까지 모두 충분히 즐길 만큼 넉넉했다.

현수는 리셉션 장 바로 곁 귀빈식에서 각국 정상들과 함께 자리했다. 그리곤 이실리프 왕국에 대한 궁금증을 풀어주는 시간을 가졌다.

한편, 이실리프 왕국 전역에 건국이 선포되었음이 전해졌고, 닷새간의 특별 휴일이 선언되었다.

다들 즐거운 얼굴로 음식과 휴식을 즐겼다.

이처럼 흥겨운 가운데 이실리프 왕국의 좌우에 있는 일본과 지나는 배가 아파 죽을 지경이다.

특히 일본의 질투는 매우 심했다.

미국과 러시아의 전폭적인 지지를 받고 있음을 알게 된 이후 아베의 신경질은 극에 달했다.

지나의 수뇌부들은 심각한 표정으로 회동하고 있었다.

한국와 이실리프 왕국을 치려던 계획을 무기한 미뤄야 하는 때문이다.

"끄응! 힐러리는 왜……."

푸틴이야 전부터 친했다.

러시아는 만만하지 않지만 콩고민주공화국과 에티오피아, 우간다와 케냐, 그리고 몽골, 아제르바이잔, 브라질, 온두라스 등은 있으나 마나한 존재이다.

문제는 힐러리이다. 세계 최강인 미국의 대통령이 거의 무조건적인 지지를 선언했다.

지나 입장에선 매우 껄끄럽다. 이실리프 왕국은 국경을 맞대고 있음에도 개국 선언에 초청도 하지 않았다. 대놓고 친하고 싶지 않음을 선언한 것이나 다름없다.

"주석! 이실리프 왕국으로부터 외교문서가 또 왔습니다."

"가져와 보게."

"네! 주석."

잠시 후 습근평은 비서가 가져온 외교문서에 시선을 둔 채 나지막한 침음을 낸다.

귀국이 무단 점유하고 있는 동북삼성 및 장성 이북 내몽골자치구 일부 지역은 본시 아국 선조들의 영토였으므로 즉각 반환할 것을 요구합니다.

아울러 이 땅위의 모든 지나인의 퇴거 또한 정식으로 요구하는 바입니다.

— 이실리프 왕국 초대국왕 김현수

지나는 이실리프 왕국과 수교한 바 없지만 이 외교문서는 결코 가볍게 다뤄선 안 된다.

미국과 러시아 등 11개국 정상이 국제사회의 일원으로 인정한 때문이다.

"주석! 두고만 보실 겁니까?"

이극강 총리가 분노한 표정이다.

"주석! 이 오만방자한 놈들을 그냥 쓸어버립시다."

"미국과 러시아가 외교를 맺었다지만 아직 초기입니다. 우리가 쓸어버려도 별다른 액션을 취하진 않을 겁니다."

정치국 상무위원 등이 한마디씩 쏟아내는데 모두 분개한 표정이다.

동쪽의 코딱지만 한 나라가 심기를 어지럽히는 것이 몹시 가소로웠던 것이다.

＊　　　＊　　　＊

우릉—! 우르르르르릉—! 와르르르르르르—!

심양군구 39집단군에 제 116방공연대의 HQ—17이 배기음을 토하며 달려가기 시작했다.

이와 동시에 39집단군의 보병, 기갑병, 포병, 방공병, 항공병, 육군항공병, 화생방병, 전자병 등도 움직인다.

"아아! 나는 담민(譚民) 군단장이다."

잠시 말을 끊은 담민은 진군하고 있는 190기보사단의 86A식 AFC와 70식 전차를 바라본다.

"우리는 39집단군은 최고의 신속대응군이다. 이실리프 왕국까지 전속력으로 진군하라."

군단장의 명령이 떨어지자 39집단군 전체의 진군 속도가 확실히 빨라지기 시작한다.

지금은 전시이다. 상관의 명에 따르지 않으면 즉결심판을 당해도 할 말이 없다. 그렇기에 느려 터진 지나의 보병들까지 힘내어 걷기 시작한다.

군단장의 명령과 동시에 작전에 돌입한 부대가 있다.

39집단군 소속 미사일 부대들이다. 이들은 사전에 확인된 좌표에 조준된 미사일 발사 버튼을 일제히 눌렀다. 북한 전역의 군사요충지를 향한 것이다.

콰앙! 쐐에엑! 쉬이익!

크기도, 모양도, 발사음도 각각 다른 미사일들의 목적지를 향한 비행이 시작되었다.

같은 시각, 이실리프 왕국 외무부 팩시밀리는 지나에서 보낸 문서 하나를 토해내고 있다.

중화민국은 귀국이 요구한 무례함을 징치하기 위해 2019년 8월 25일 오전 9시를 기해 이실리프 왕국에 전쟁을 선포하는 바이다.

이를 본 것은 김순화이다.

"어머! 세상에……. 과장님! 과장님!"

김순화는 헐레벌떡 과장에서 달려가 팩스를 내려놓는다. 그리곤 그것을 읽기도 전에 속사포로 쏘아댄다.

"지나가 전쟁을 선포했어요. 어떻게 해요?"

"뭐어? 자, 잠깐만!"

화들짝 놀란 담당 과장은 즉시 전화기를 들었다. 그 결과 불과 5분 만에 지나의 선전포고 소식이 전해졌다.

이쯤 되면 난리법석이 벌어져야 한다. 그럼에도 국방장관 황병서는 집무실에서 결재서류를 들여다보고 있었다.

"뭐야? 왜 이렇게 비용이 많이 들어?"

"그게, 원체 동원인원이 많아서 그렇습니다. 거의 모두 특수분장을 해야 하는데 그것 또한 비용이 많이……."

"그래도 그렇지. 그리고 촬영 후 회식비용은 또 뭐야? 쇠고기와 돼지고기 가격을 내가 모를 줄 알아?"

북한에서 소모되는 각종 육류는 전량 러시아와 몽골에서 공급된다.

남한의 횡성 한우 등심 가격은 ㎏당 약 95,000원이다.

북한에 공급되는 등심은 2,730원에 불과하다. 참고로 삼겹살은 2,050원에 공급되고 있다.

"장관님! 인원수를 보세요. 인원수에 고깃값과 굽는 비용 등을 곱해 보시면……."

"아, 알았다. 알았어!"

황병서는 더 이상 잔소리하지 말라는 듯 손을 내젓는다. 부관은 그래도 할 말은 해야겠다는 듯 다시 입을 연다.

"폐하께서 동원된 병사들의 회식비용을 아끼지 말라고 하신 거 혹시 잊으셨습니까?"

"내가 그걸 몰라서 이러는 거 같은가? 폐하께서 그렇게 말씀 하셨어도 우리가 알아서 가급적 비용을 아껴야 하지. 그래야 이 나라가 점점 더 부강해지지. 안 그런가?"

"네? 그, 그건……. 죄송합니다. 제 생각이 짧았습니다."

"알면 됐어. 이만 나가봐."

"네, 알겠습니다. 충성!"

부관이 물러간 후 황병서는 모니터에 시선을 준다. 개전 이후 상황이 보여지고 있다.

39집단군은 전군에 전진명령을 내린 직후 작정이라도 한 듯 엄청난 미사일을 발사했다. 이것들은 거침없이 목표물을 행했고, 그 결과 상당히 많은 건축물이 무너졌다.

"폐하의 지시대로 하지 않았으면 엄청 죽었겠군."

붕괴된 군사시설들의 공통점은 너무 오래되어 곧 철거 예정 이란 것이다.

어제 오후까지만 해도 이곳엔 상당히 많은 병사가 근무하고 있었다. 그런데 지금은 하나도 없다. 현수의 명령에 따라 모종 의 장소로 이동한 후 대기하는 중이다.

지나의 선전포고를 설화호가 사전에 포착한 결과이다.

화면엔 지나가 발사한 미사일의 궤적이 가느다란 실선으로 표시되고 있다.

일부는 지상에 도달하지만 일부는 허공에서 사라진다.

이실리프호에서 발사한 레일건에 의해 하나하나 요격당하고 있는 것이다.

목표물까지 무사히 당도하는 미사일은 노후된 시설을 향하는 것이고, 요격당하는 것은 맞으면 안 될 곳을 행해 날아가는 것이다. 속도와 위치, 그리고 각도를 계산해보면 목적지가 금방 파악된다.

"젠장! 우리 부대가 부서지고 있어."

"그래! 근데 우리가 저기에 그냥 있었으면⋯⋯?"

함경북도 무수단리 미사일 발사기지가 한눈에 보이는 산 중턱에서 망원경을 보고 있던 병사가 부르르 떤다.

"아주 작살이 났겠지. 과연 국왕 폐하시다."

또 다른 병사가 고개를 끄덕이며 눈빛을 빛낸다.

어제 오전, 무수단리 미사일 발사기지엔 긴급명령이 떨어졌다. 하던 일 멈추고 즉각 이동하라는 것이다.

예외 인원은 없다.

의무대에 누워 있던 병사들까지 모조리 이동 차량에 탑승했다. 그리곤 부대로부터 약 5km 떨어진 이곳으로 왔다.

어리둥절한 명령이었지만 국왕의 직인이 찍힌 팩시밀리가 들어왔기에 사령관이 즉시 퇴각 명령을 내린 결과이다.

그리고 이곳에서 하룻밤을 보냈다.

모기만 문제였을 뿐 텐트나 식자재 등을 알뜰하게 챙겨왔기에 약간의 불편함만 있었을 뿐이다.

대체 무슨 일로 부대 이동 명령을 내렸는지 알 수는 없다. 최근 지급받은 개인화기 J—1 소총 등만 가지고 왔다.

날이 밝은 후에도 위에서 내려온 말은 중대별로 위장을 할 테니 대기하라는 것뿐이었다.

뜬금없는 위장이라는 말에 뭔가 싶었지만 자세한 설명은 없었다. 이런 상황에서 전투식량으로 아침식사를 마쳤다.

러시아 이실리프 왕국에 본사를 둔 이실리프 푸드에서 생산한 것으로 이전의 전투식량과는 비교조차 할 수 없는 고품질이고, 맛이 좋다.

식재료 자체가 다르고, 전투식량이 담긴 봉지에 보존마법진이 그려져 있어 마치 갓 조리한 음식 같기 때문이다.

이건 모든 이실리프 왕국뿐만 아니라 대한민국과 러시아, 그리고 몽골의 국방부에도 납품된다. 품질은 매우 높고, 그에 비해 가격은 비교적 저렴하니 모두가 만족하고 있다.

대한민국의 경우는 이실리프 상사가 군납하고 있는데 납품가는 기존의 절반 수준이다.

어쨌거나 병사들은 식사를 마치고 망원경으로 부대를 주시하라는 명령을 받았다.

그리고 얼마 지나지 않아 미사일들이 떨어졌고, 보는 바와 같이 부대가 완전히 작살나고 있다. 그럼에도 사령관을 비롯한 지휘관 어느 누구도 출동 명령을 내리지 않고 있다.

"어이! 김 병장."

"네, 병장 김충환."

부대의 살림을 맡은 주임상사는 여기저기 흩어져 있는 3중대 인원들을 바라보며 입을 연다.

"너희 중대 차례다. 집합시켜!"

"네! 알겠습니다."

상부의 명령에 따라 이동하니 50여 명의 민간인이 줄지어 있다. 그리고 그 앞에는 병사들이 앉아 있다.

"대체 뭐지?"

얼굴과 전투복에 붉은 물감 같은 것을 칠하고 있기에 모두가 고개를 갸웃거렸다.

"자자! 조금만 참으면 된다. 그리고 이따가 촬영이 끝나면 즉시 전투복을 세탁하도록! 알았나?"

"네!"

김 병장은 슬쩍 대열을 이탈하여 위장하고 있는 병사들의 면면을 살폈다. 치열한 전쟁터에 있었던 듯 흙과 먼지투성이인데다 여기 저기 붉은 물감이 발라져 있다.

마치 부상당한 병사 같은 모습이다.

"뭐지?"

의문이 들었으나 김 병장은 고개만 갸웃거렸다.

그러다 차례가 되자 얌전히 의자에 앉아 얼굴에 물감을 칠하는 것을 견뎌내야 했다.

"현재 상황을 보고하라."

"네, 폐하! 뙤놈들이 발사한 미사일의 80%가 아군 초소 등을 박살 냈습니다. 주요 시설로 향하는 것들은 요격 완료하였습니다."

현수는 설화호 황광연 함장의 보고를 받으며 화면에 시선을 주었다. 적이 발사한 미사일들의 현황이다.

"수고 많았다. 계속 현장을 주시하고 있다가 이상 상황이 발생되면 즉시 보고하도록!"

"네! 폐하."

설화호와 통신을 마친 현수는 새로운 지령을 내렸다.

"잠자리는 모두 출동하도록!"

"네! 잠자리 모두 출동시킵니다."

황병서 국방장관이 복창 후 부관을 바라본다. 지휘계통을 따라 명령이 전파되도록 하라는 눈짓이다.

"네! 장관님."

북한엔 약 900대의 전투기가 있었다.

Mig—29 40대, Mig—23 56대, Mig—21 150대, 청두 F—7 40대, 선양 F—6 98대, 선양 F—5, 100대 등이다.

나머지 400대는 6.25전쟁 때 사용하던 미그 15~19이다.

주력 전투기인 미그21은 미사일은 달려 있지만 락온 기능이 없고, 보유 전투기 중 가장 성능이 좋은 미그29는 KF—16을 만나는 순간 고철이 될 성능이다.

그래서 북한 공군은 '박물관 전력'이라는 평가를 받았다.

이 밖에 소가죽 스텔스기라 불리는 특수부대용 침투기 An—2는 약 300대가 있다.

지난 며칠간 북한의 모든 비행 가능한 물체의 연료탱크가 비워졌고, 미사일 등이 제거되었다. 대신 특수장치가 부착되었다. 특수 개발된 무인비행체계라는 것이다.

이것이 장착되어 있으면 엔진을 가동하지 않고도 이륙되며 일정 시간 동안 비행 가능하다.

어쨌거나 명령이 떨어지자 배치되어 있던 모든 전투기가 일제히 이륙하여 북쪽으로 비행하기 시작했다.

외관상 지나의 공격에 대한 응징을 위해 출격하는 것으로 보일 것이다. 그런데 이것의 조종석엔 아무도 없다. 설화호가 이것들을 원격조종하는 때문이다.

　엔진도 가동되지 않아 소음도 없다. 고물 미그기들은 제법 빠른 속도로 비행하고 있다.

CHAPTER 13
동쪽의 코딱지만 한 나라

전능의팔찌
THE OMNIPOTENT
BRACELET

"편대장님! 예상대로 적의 전투기가 떴습니다."

"좋아! 모조리 격추시킨다."

"크흐흐! 드디어 참새 사냥 시작인가요?"

"그렇다. 너무 허접하니 어려운 건 없을 거다."

"당연한 말씀입니다."

길림성 장춘에 기지를 둔 제1항공사단 예하 제1~3 항공연대
는 J—11, J—7E, J—8B를 모조리 출격시킨 바 있다.

미사일 공격이 퍼부어지면 이실리프 왕국의 허접한 공군이
대응할 것이 뻔한 때문이다.

그렇기에 북한의 미그기 등이 비행을 시작했을 때 이들은 이
미 신의주 인근에 당도한 상태였다.

"편대장님! 적기 배당해 주십시오. 라저."

동쪽의 코딱지만 한 나라 *277*

"알았다. 1편대 1기는……."

배당을 받은 지나 공군기들은 차례로 미사일을 발사했다. 6.25 전쟁 때는 인해전술을 펼쳤는데 이번엔 미해전술이다.

미사일이 얼마나 많이 있는지 알 수는 없지만 무지막지하게 쏘아댄다.

슈아아앙! 쒜에에에에엑! 고오오오!

수많은 미사일이 미그기 등을 향해 쏘아져 간다. 저쪽은 이쪽의 존재를 모르는지 무반응 직전 비행 중이다.

"어이구, 저런 걸 공군기라고……."

"그러게 말입니다. 레이더도 망가진 상태인가 봅니다. 쯧쯧, 저러다 돼지는데……. 명복을 빌어줄까요?"

"명복은 무슨 개소리! 적이다, 적!"

지나 공군 조종사들을 화마를 품은 미사일이 다가가는 것조차 몰라 회피 기동도 않는 북한기들을 보고 비웃었다.

콰앙! 쿠와앙! 콰쾅! 콰콰콰콰쾅!

미그기들이 허공에서 산화하기 시작했다. 신의주 인근 상공에서 무려 1,000기가 넘는 기체가 폭발하는 모습은 마치 거대한 불꽃놀이를 하는 듯 뻑적지근하다.

"으이그, 병신들!"

"병신 맞다! 자아, 우리 임무 끝났다. 귀환하자."

"네! 편대장님. 가서 한잔하는 거죠?"

"그래 오늘은 모처럼 회식 한번 하자."

기수를 돌린 지나 공군기들을 기지를 향해 비행했다.

같은 순간, 레이더를 지켜보고 있던 이실리프 왕국 공군장교 하나가 입을 연다.

"아무리 허접해도 그렇지 저렇게 다 산화시키면 우리 공군은 어떻게 되는 겁니까? 현대전은 하늘을 장악해야 승리하는데 이건 뭐 날 잡아 잡수서 하는 꼴이잖습니까?"

"그치? 귀관도 그런 생각이지?"

"네! 비행단장님. 대체 뭐가 어떻게 되는 겁니까? 왜 아군기를 몽땅 적의 먹잇감으로 내주는 겁니까?"

"자네 말대로 허접하니까."

비행단장의 시니컬한 반응이다.

"네? 뭐라고요?"

아무리 고물이지만 저 중 하나는 자신의 애기였다.

그런데 무방비 상태로 적의 먹잇감으로 내던져진 것에 분개한 파일럿이 무슨 소리냐는 표정으로 핏대를 세운다.

"고물은 고물인데 아주 비싼 고물이 될 거야."

"그게… 무슨 소리입니까?"

비행단장을 바라보는 파일럿은 고개를 갸웃거린다.

너무도 태연자약하니 뭔가 있는 것 같은데 설명을 안 해주니 답답한 것이다.

"조만간 우리 왕국의 공군은 대폭 축소될 거야. 그래도 자넨 전역 신청 안 할 거지?"

"전역이요? 하긴 전투기가 없으니 그래야 하나요?"

"아니, 새로 도입하는 전투기 성능이 너무 좋아서 파일럿이 많이 있을 필요가 없어서 그런 거야."

"네? 그게 무슨 소리예요? 무슨 전투기요?"

"남한에서 쓰는 F-15K 슬램이글이라는 거 알지?"

"네에? 설마 그걸 도입해요? 진짜요?"

파일럿의 표정은 금방 상기된다. 자신이 몰던 기체보다 훨씬 좋은 성능을 가졌음을 알기 때문이다.

"아니, 그걸 개조한 F-15Y 100대가 도입될 거야."

"F-15Y요? 그건 뭐죠? 처음 듣습니다."

"이실리프 왕국 전용 전투기의 명칭이네. 흐음, 말로 설명하는 것보다는 이걸 보는 게 더 빠르게 이해될 것이네."

비행단장은 팔에 끼고 있던 결재판을 열어 서류를 뒤적인다. 그러다 원하던 것을 찾았는지 A4용지 하나를 뽑는다.

여기엔 다음과 같은 표가 있었다. 찬찬히 이를 살피던 파일럿은 곧바로 투덜거린다.

"에이? 이게 뭡니까? 전파와 광학 스텔스라뇨? 게다가 세상에 작전 반경이 지구 전체인 전투기가 어디 있습니까?"

"있어."

비행단장은 반응은 짧고, 명료했다.

"그리고 무장능력이 1만 톤이라요? 게다가 추락방지장치 라는 건 대체 뭡니까? 표를 보니까 격추당해도 20m 상공에 떠 있는 것 같은데 이건 말도 안 됩니다. 물리법칙에 위배되죠. 설마 판타지 소설에 나오는 그런 겁니까?"

"아! 글쎄 있다니까."

비행단장은 두말하면 숨 가쁘다는 표정이다.

다음이 그 표이다.

F-15K와 F-15Y 성능비교		
구분	F-15K	F-15Y
최대속도	마하 2.3	마하 3.0
항속거리	5,700km	68,400km
작전반경	1,800km	지구 전체
전파 스텔스	기능 없음	가능
광학 스텔스	기능 없음	가능
이륙소음	118dB	28.8dB
비행소음	측정치 없음	23.6dB
무장능력	11톤	1만 톤
이륙방식	활주로 사용	수직이착륙
추락방지장치	없음	20m 상공 멈춤

"단장님! 이런 게 진짜 있으면 지구 최강입니다. 미제 놈들의 F-22 따윈 찜 쪄 먹을 겁니다. 안 그렇습니까? 예?"

"당연히 그렇지. 위대하신 국왕 폐하께서 직접 업그레이드하신 거니까."

"네? 정말요?"

파일럿은 잠시 말을 끊었다.

국왕의 IQ가 세계 최고라는 건 이미 공공연한 사실이다.

수많은 수학자가 달려들었지만 아무도 해내지 못한 6대 난제를 혼자서 말끔히 해결했을 뿐만 아니라 페르마의 마지막 정리까지 완전히 새로운 방법으로 증명해 냈다.

그 결과 수학자가 받을 수 있는 모든 상을 수상한 바 있다. 인류 역사상 전무후무할 일이다.

수학과가 있는 세계의 모든 대학에서 종신 정교수 자리를 주겠다는 러브콜을 보냈다는 건 이미 식상한 토픽이다.

이걸 취재한 언론사의 보도에 의하면 국왕은 수학뿐만 아니라 물리나 화학, 유전학, 생리학 같은 다른 부문에서도 천재적인 능력을 가진 것으로 짐작된다.

그 증거가 스피드와 항온의류, 그리고 미라힐 등이다.

전 세계를 강타한 초히트 상품인 이것은 특허를 출원하지 않았다. 누구든 복제해서 발매해도 된다.

그럼에도 어느 누구도 흉내조차 내지 못하고 있다.

미국, 영국, 프랑스, 독일 등에서 성분 분석에 나섰지만 모두 실패했다. 복제의 천국이라는 지나에서도 두 손을 놓았다.

그런 국왕이 전투기를 직접 손을 봤다면 충분히 납득되는 일이다. 그렇기에 파일럿의 입은 다물어졌다.

실제로 존재할 수 있음을 인정한 것이다.

"세상에! 어떻게 이런 전투기를……."

"이런 게 있으면 어떨 것 같은가?"

"어떻긴요? 이게 100대나 있으면 다른 건 아무것도 필요 없습니다. 지나가 제아무리 많은 기체를 보유하고 있어도 모두 떨굴 수 있단 말입니다."

"그치?"

"네! 근데 이건 어느 조종사에게 배당됩니까? 설마 저를 빼는 건 아니시겠죠?"

"글쎄? 그건 테스트를 해봐야 알겠지? 조만간 모든 조종사를 모아놓고 시험을 치를 것이네. 그 결과에 따라 F—15Y가 누구에게 배당되는지 결정될 예정이지."

"헉! 그, 그럼 뭘 준비해야 합니까?"

파일럿은 허를 찔린 듯 몹시 놀란 표정이다.

"그건 자네가 더 잘 알지 않나? 파일럿이 될 때 무엇을 공부했는지를 생각해 보게."

비행단장은 나이가 많아 새 전투기를 배당받을 수 없다. 그렇기에 여전히 시니컬한 표정이다.

"네에? 그, 그 많은 걸 전부 다시 공부하라고요?"

파일럿은 믿을 수 없다는 표정이다. 전투기 조종사가 되기 위해 해야 하는 공부의 수준과 양이 어마어마한 때문이다.

"100명 안에 못 들면 전역을 해야 할 걸세."

"헐……!"

최근 이실리프 왕국 최고의 유행어를 내뱉은 파일럿은 멍한 표정이 된다. 농담이 아니라는 것을 깨달은 것이다.

"나 같으면 지금부터라도 공부를 하겠네."

"아, 알겠습니다. 이만 물러갑니다. 충성!"

파일럿은 자신의 애기가 격추되든 말든 상관없다는 듯 후다닥 달려간다. F—15Y의 성능이 사실이라면 세상의 모든 조종사가 같은 마음일 것이다.

비행단장의 이 말은 실제와 약간 다르다.

현수가 손을 봐준 대한민국의 F—15K의 업그레이드 버전인 F—15Y는 총 500대가 제작될 예정이다.

이실리프 우주항공과 이실리프 코스모스, 그리고 이실리프 스페이스, 이실리프 기술연구소와 안주기계공업단지의 합작물이다.

엔진부터 시작하여 레이더까지 모두 직접 제작한다. 제작도 면이 있으니 당연한 일이다.

이렇게 해서 생산한 것 중 100대는 북한 지역에 보급된다. 영토 야욕을 부리던 일본과 지나를 염두에 둔 배치이다.

다음으로 몽골 50대, 러시아 50대, 콩고민주공화국 반둔두 25대, 비날리아 25대, 에티오피아 아와사 50대, 우간다 50대, 케냐 50대 순으로 배치될 예정이다.

각각의 영토에도 카헤리온과 봉황 1기씩, 그리고 우주전함들이 배치되지만 이것들은 극비인 전략 병기이다.

이들의 존재를 감춘 상태에서 각각의 영토를 수호하려면 이 정도는 갖춰야 한다.

어쨌거나 F—15Y는 지금껏 무적이던 F—22 랩터조차 가볍게 격추시킬 능력을 가졌다. 1 : 100도 가능하다.

따라서 배치가 완료되면 각각의 영토를 주변국들이 합심하여 한꺼번에 공격한다 하더라도 능히 물리치게 될 것이다.

어쨌거나 지나에서 쏜 미사일들은 북한에서 출격시킨 전투기들을 하나하나 사냥하고 있다.

콰앙! 콰아앙! 콰콰콰쾅! 쾅! 쾅앙!

미사일이 날아와도 회피 기동을 전혀 하지 않으니 맥없이 당하고 있는 것이다. 레이더에서 사라지는 점들을 지켜보던 39집단군 소속 장교는 괴소를 베어 문다.

"크흐흐흐! 그렇지, 그렇지!"

"명중률이 기가 막힙니다. 안 그렇습니까?"

"그래! 이실리프 왕국 놈들 아주 작살이 나는군."

같은 순간, 이실리프 왕국군 작전처에서도 레이더에 시선을 주고 있다.

"얼마나 떨어진 거야?"

"거의 다 떨어지고 이제 약 50기 정도 남았습니다."

"오케이! 다 떨어지면 그때부터 작전 개시한다. 준비해."

"네! 알겠습니다."

작전장교의 명이 떨어지자 병사들은 후다닥 자기 자리로 돌아간다. 전쟁은 이제부터 시작인 것이다.

한편, 39집단군 소속 포병들은 잠시 휴식을 취하고 있다. 잠시도 쉬지 않은 포격으로 포신이 너무 뜨거워진 때문이다.

"끄응! 위성이 없으니 확인이 안 되는 게 조금 답답하군. 그러거나 말거나 다음 목표는 평양이다. 좌표 확인해."

"네! 알겠습니다. 타격 지점 좌표 확인하여 입력합니다."

평양의 주요 시설인 금수산사당, 만수대의사당, 인민대학습당 등의 좌표를 확인한 장교는 남은 미사일의 수량을 다시 한번 점검했다.

최근 보급된 것까지 합치니 아직도 엄청나게 많이 남아 있다. 이게 다 쏘아지고 나면 평양은 쑥대밭이 될 것이다.

위성이 있다면 방금 전 포격 결과를 확인할 수 있었을 것이다. 그런데 불행히도 북한 지역을 사찰할 수 있는 위성 전부가 작살난 상태이다.

기술진들의 보고에 의하면 우주 쓰레기 때문이다. 하여 새로운 위성을 준비 중이었는데 공격 명령이 떨어진 것이다.

같은 순간, 용암포, 신의주, 의주, 옥강, 정수, 창성, 벽동 등

압록강변 도시 외곽에 배치된 사단장들에게 명령이 하달되고 있다.

왕국이 선포된 후 휴전선에 있던 병사들을 대거 이동시키면서 편제를 바꾸었다.

서에서 동으로 이동하면서 1사단부터 15사단으로 명명되었는데 보병, 기갑병, 포병 등으로 편제되어 있다.

사단별 인원은 15,000명이다. 30만 명 중 22만 5,000명이 지나와의 국경지대에 집중 배치되어 있는 것이다.

"제1사단 국방부 작전처의 명령 접수했습니다. 우리 사단은 즉시 작전에 돌입하여…… 이상!'

1사단장부터 15사단장까지 명령 내용을 복창하곤 통신을 마쳤다. 그리곤 곧바로 진격이 시작되었다.

이때 우주에 떠 있던 이실리프호와 설화호의 콘솔은 바쁘게 두들겨진다. 컴퓨터가 확인한 좌표를 일괄 입력하는 손길 때문이다.

"입력 완료되었습니다. 선장님!"

"좋아! 입력 순서에 입각한 사격을 허가한다."

"네! 레일건 사격 시작합니다."

타타닥, 타타타타타닥!

관제병의 손길이 다시 한 번 콘솔을 누빈다.

곧이어 설화호와 이실리프호에 장착된 레일건들이 가동되는 소음이 난다.

지이이잉—! 지이이이이잉—!

토톳, 토토토토토톳! 토토토토톳! 토토토토톳!

그리 크지 않은 소리가 울려 퍼지는 가운데 레일건으로부터 다수의 탄자가 쏟아져 간다.

레일건의 발사 속도는 마하 7.4 정도이다. 초속 2,500m이니, 시속으로 환산하면 약 9,000km/h이다.

지구는 지표면으로부터 약 1,000km에 이르는 고도까지 공기가 있다. 이를 대기권이라 하고 지표면에 가까울수록 밀도가 높다.

레일건에서 쏘아진 탄자는 공기층을 뚫고 가는 동안 공기저항을 받아 야구의 너클볼이나 축구의 무회전킥처럼 불규칙한 움직임을 보인다.

그 결과 목표물을 맞히지 못하는 결과가 야기될 수 있다.

현수는 이런 문제점을 일찌감치 파악했다.

하여 약간의 손을 보았다. 공기저항의 영향을 덜 받을 방법을 모색한 것이다.

탄자를 특수한 형태로 설계하여 공기저항으로 인한 운동에너지 손실 및 불규칙적인 움직임을 제거한 것이다.

이번 작전을 위해 이실리프호와 설화호는 지상으로부터 30km 떨어진 곳까지 내려와 있다. 따라서 방금 발사된 탄자들은 약 10초면 목표물에 도달했다.

피이잉ㅡ! 퍽!

"우웃! 아아악!"

날카로운 파공음에 이어 허벅지를 불로 지지는 듯한 통증을 느낀 조종사가 비명을 지른다.

"왕 상교, 왜 그러나?"

"헉……. 아악!"

콰아앙—!

잘 날고 있던 J—11 한 대가 갑작스레 폭발하였다. 편대장을 비롯한 나머지 조종사들은 얼른 사방을 둘러본다.

혹시라도 적기가 근처에 있는가 싶었던 것이다.

콰앙! 콰쾅! 콰콰콰콰콰쾅—!

북한의 공군 전력을 완벽하게 제거했다 생각하고 룰루랄라 하던 지나 공군기들이 갑작스레 터져 나가기 시작한다.

"아잇! 이게 왜 이래?"

지상 관제소에서 모니터를 들여다보고 있던 레이더 운용병이 소리를 지르자 모두의 시선이 쏠린다.

그들의 눈에 뜨인 것은 대련공군기지를 향해 귀환하던 아군기의 점들이 무더기로 사라지고 있는 것이다.

지나는 이번 전쟁을 통해 이실리프 왕국을 흡수하기로 마음 먹었다. 하여 전투기 J—11과 J—10, 그리고 J—9과 J—8을 600기나 출격시켰다.

이실리프 왕국의 공군 전력을 완전히 제거하기 위함이다.

이들의 뒤를 이어 300기의 폭격기들도 출격한 상태이다. 전투기들이 제공권을 장악하면 뒤를 이어 주요시설에 대한 폭격으로 작살내겠다는 의도이다.

동시에 포병들에 의한 무자비한 포격이 이루어지면 고물 무기뿐인 이실리프 왕국은 와르르 무너질 것이다.

이후엔 보병을 투입하여 잔당들만 정리하면 된다.

39집단군 작전처에서 직접 입안한 '작계 X—3'에 의하면 핵무기 동원 없이 48시간 이내에 적을 제압한다. 그리곤 기갑사단을 투입하여 하루 만에 평양을 점령하게 되어 있다.

이처럼 엄청난 물량공세로 속전속결하려는 의도는 빨리 전쟁을 끝내 버림으로써 미국과 러시아, 그리고 남한의 참전을 막으려는 것이다.

어쨌거나 대련공군기지 관제소에선 귀환하던 아군기는 물론이고, 폭격을 위해 신의주 상공으로 진입한 폭격기들마저 레이더에서 사라지는 것을 보고 난리가 벌어졌다.

"뭐야? 이게 왜 이래? 뭐지? 갑자기 왜 이러는 거야?"

"정비병! 정비병! 레이더 고장이다. 어서 고쳐!"

정비병들이 황급히 움직이고 있는 동안에도 레이더의 푸른 점들이 사라지고 있다.

긴급통신을 시도했지만 연결이 되지 않는다.

같은 순간, 단동 외곽에 배치되어 있던 기갑사단의 전차와 장갑차들에게 강철 소나기가 내리기 시작하였다.

피우웅! 콰앙ー! 콰콰쾅ー! 쐐에에엑! 쿠아앙! 콰콰쾅!

쐐에에엥! 콰쾅! 콰앙! 콰앙!

압록강 건너편 언덕 뒤에 있던 Y-1 전차들이 어느새 강을 건너와 무차별 포격을 가하는 중이다.

Y-1은 최대 속도 시속 140㎞이고, 항속거리는 10,000㎞에 이르며, 20m까지 잠수 도하가 가능하다.

전파와 광학스텔스 기능이 있어 레이더에 잡히지도 않고 눈에 보이지도 않으며, 열 추적과 적외선 추적도 불가능한 지구 최강의 전차들이 드디어 위용을 뽐내기 시작한 것이다.

자동으로 장전되는 포탄만 400발이고, 이번 작전을 위해 추가로 각각 400발이 적재되어 있다. 현재는 미리 입력된 좌표로 분당 40발의 속도로 포탄을 발사하는 중이다.

"으악! 뭐야? 어디서 포탄이 날아오는 거야?"

"저, 저쪽 언덕에서 옵니다."

"맞습니다. 저긴 아무것도 없습니다."

"레이더에도 아무것도 안 잡힙니다."

쒜에에엑! 쿠아앙! 콰콰쾅! 쌔에에엥! 콰쾅! 피우웅! 콰앙―!
콰콰쾅―! 콰앙! 콰콰콰쾅!

폭발음이 터져 나오는 곳은 기갑 전력 쪽만은 아니다. 포병 역시 하늘에서 쏟아지는 포탄에 지리멸렬하는 중이다.

이런 와중에 간간히 엄청난 폭발이 터져 나온다.

때론 전차가 뒤집어지기도 하는데 어른 머리만 한 구멍이 뚫려 있을 때도 있다. Y―1뿐만 아니라 이실리프호와 설화호까지 공격에 가담한 결과이다.

탄자의 크기는 얼마 되지 않는다.

그럼에도 육중한 전차들이 뻥뻥 뚫리거나 뒤집어지는 것은 운동에너지가 워낙 큰 때문이다.

아무튼 20대의 Y―1은 39집단군의 주력부대인 제116기계화보병사단과 4개의 기계화보병여단, 그리고 1개 전차여단을 5분 만에 박살을 내냈다.

그르릉! 그르르릉! 그르르르르릉!

타탕! 타타타탕! 타타타타타탕!

"아악! 케엑! 컥! 으아악! 커헉! 끄윽!"

퍼엉! 쐐에엑! 콰앙! 쾅! 슈아악! 쿠아앙! 콰콰콰쾅!

Y—1 전차의 뒤를 이어 I—1 보병전투장갑차가 전장에 나타났다. Y—1이 잠수 도하 후 포격으로 적의 혼을 쏙 빼버리는 동안 압록강을 건너온 것이다.

대전차 미사일 20발과 지대공 중거리 미사일이 각각 20기씩 장착된 I—1은 혼비백산하여 흩어지는 지나군을 향한 사격을 개시한다.

이들의 손에 들린 소총은 J—1이다. 워낙 명중률이 높아 쏘는 족족 비명을 지르며 쓰러진다.

같은 시각, 압록강에 놓인 다리 위를 건너는 행렬이 있다. 자주포 T—1이다. 현존하는 어떤 자주포보다도 기동력이 좋고, 정확성이 높으며, 사정거리 또한 긴 것이다.

T—1은 다리를 건너오면서도 연신 포격을 가한다. 이들의 목표는 단동 뒤쪽에 배치된 포병들이다.

쾅쾅! 콰콰콰콰콰콰콰쾅!

고폭탄들이 허공을 찢어발기며 목적지를 향한 비행을 시작한다. 이들은 목적지에 도착하는 즉시 품고 있던 화마를 한순간에 풀어놓을 것이다.

"으아아! 적의 공격이다. 모두 피해라."

"미친! 공격하라! 공격하라!"

멈춰선 전차와 장갑차들 사이로 지나 병사들이 우왕좌왕하고 있다.

타탕! 타타타타타타타탕!

지나군의 탄환은 전투장갑차 I-1에 아무런 해도 끼치지 못하고 있다. 그럼에도 겁에 질려 무차별 난사 중이다.

화르륵! 푸하아아아아아!

"아악! 아아아아아악!"

I-1의 좌우에서 시뻘건 불길이 뿜어져 나간다. 화염방사기가 가동된 것이다.

불길의 길이가 무려 100m나 되기에 우물쭈물하다 화염에 휩싸여 비틀거리며 비명을 지르는 놈들이 속출한다.

이 같은 상황은 비단 단동에서만 빚어지는 것이 아니다.

이실리프 왕국이 배치한 15개 사단 전체가 일시에 국경을 넘었다.

각각의 사단에는 Y-1 전차 20대, I-1 보병전투장갑차 50대, J-1 자주포 50문씩이 배치되어 있다.

Y-1 300대는 99식 전차 30,000대를 상대해 낸다.

일당백인 것이다. 따라서 지나가 보유한 총 전차전력 9,500대 정도는 완전무결하게 박살을 내고도 남는다.

게다가 혼자서 전차 20대와 헬기 20대를 작살낼 능력을 가진 I-1이 무려 50대나 있다.

이실리프 왕국을 집어삼키려 진군했던 39집단군은 지리멸렬하며 후퇴하기 시작했다.

이실리프 왕국군은 이들의 뒤를 따라가며 병력 및 장비를 축차 소모시키는 한편 적의 주요 군사시설을 박살 냈다.

경량화 마법과 공간확장 마법 덕분에 이실리프 왕국군은 별도의 보급선이 없어도 단독작전이 가능하다.

전차와 장갑차에는 실내 기온을 16~32℃까지 1℃ 간격으로 조절하는 선택온도유지 마법진이 적용되어 있다.

아무리 격렬한 전투를 치러도 에어 퓨리파잉 마법은 숲 속의 신선한 공기를 호흡하게 해준다.

승조원 전부가 편히 누워서 숙면을 취할 수 있는 간이침대도 있고, 시원한 음료나 신선한 샐러드를 보관할 냉장고도 장착되어 있다.

전쟁이 벌어진 8월 25일 오후부터 비가 쏟아지기 시작했다. 지나군은 질퍽한 진창으로 필사적인 도주를 하고 이실리프 왕국군은 유유히 그들의 뒤를 따르며 사냥했다.

어두운 밤까지 계속된 공격에 지나군은 지칠 대로 지쳤다.

한 3년쯤 개고생한 것 같은 기분이 들 정도로 나른해진 몸을 아무 곳에나 뉘였다.

그러자 기다렸다는 듯 모기들의 공습이 시작되었다.

같은 시각, 이실리프 왕국군은 영양가 높고, 맛있는 전투식량으로 배를 채우곤 편안히 침상에 누워 있다.

모기는 당연히 없다. 초음파발생 마법진이 가동되고 있는 때문이다. 침상에 누워 천정에 붙은 모니터로 영화를 감상하는 병사도 있다.

병사들은 아주 세세한 부분까지 신경 써져 있음을 깨닫고 감탄을 금치 못했다.

8월 26일 오후 이실리프 왕국군은 제1~5사단은 합동작전으로 39집단군을 거의 모두 궤멸시키고 곧장 북경을 향한 진군을 시작했다.

같은 시각, 다른 사단들은 16집단군과 40집단군의 잔당들을 소탕하는 한편 주요시설들을 점거하고 있다.

어제의 전투로 39집단군과 40집단군, 그리고 16집단군이 보유하고 있던 전차와 장갑차 전부가 고철이 되었다.

미사일 기지들은 모두 불벼락을 맞았다. 보유하고 있던 항공 전력도 모두 제거되었다. 남부럽지 않은 부자라 생각하고 있었는데 갑자기 거지로 전락한 것이다.

이실리프호와 설화호, 그리고 카헤리온과 봉황이 만주 전역을 누빈 결과이다.

이실리프 왕국이 가공할 전력으로 반격을 가하자 북경은 대경실색하며 비상을 걸었다. 그리곤 곧장 북경군구의 모든 군사력을 긴급히 투입하였다.

이들이 이실리프 왕국군과 격돌한 곳은 요녕성 서부의 공업도시 금주(錦州, 진저우)이다.

멋모르고 진격하던 99식 전차들은 눈에 보이지도 않는 Y−1을 만나는 즉시 고철이 되었다.

하늘을 수놓았던 공군 전력들은 어디서 발사된 건지도 모를 것에 모조리 격추되었다. 포병들은 포탄을 발사해 보기도 전에 강철의 소나기를 만나 비명만 지르다 스러졌다.

누가 봐도 일방적인 전투였다.

북경군구마저 무너지자 지나는 나머지 5대 군구를 모조리 소집하였다. 문제는 시간이다.

가장 가까운 제남군구도 이동하는 데 시간이 걸린다.

그보다 훨씬 먼 남경군구, 성도군구, 광주군구, 난주군구에서 오려면 얼마나 많은 시간이 걸리겠는가!

"주석! 핵을 씁시다."

"평양에 떨굽시다. 이러다 우리가 당합니다."

습근평은 눈을 감았다. 수뇌부들의 마음을 모르는 바 아니다. 자신도 같은 마음이다.

다만 핵을 발사한 후가 염려되는 때문이다.

"우리가 쏘면 저쪽에서도 쏜다는 것을 잊지 맙시다."

"그건 요격하면 됩니다. 어서 발사를 명령해 주십시오."

"네! 우리 병사들이 얼마나 많이 죽었는지 모르십니까?"

습근평은 수뇌부들의 채근을 끝내 이기기 못한다. 하여 핵무기 사용을 허가한다. 그런데 문제가 발생되었다,

상당히 많은 기지의 발사 암호가 누군가에 의해 변경된 때문이다. 나중에 확인한 바에 의하면 무려 92%의 기지가 해킹되었다.

하지만 일본을 겨냥하여 백두산 북서쪽에 새로 조성한 비밀기지는 이상이 없었다.

그곳으로부터 두 발의 핵미사일이 발사되었다. 사정거리 1,800㎞짜리 동풍—21이다.

하지만 평양과 함흥을 겨냥한 이것들은 목적지에 도착하지 못했다. 발사 직후 이실리프 왕국군에 의해 요격당한 때문이다.

당황한 지나군을 또 다른 기지로부터 여섯 발의 핵미사일을 발사한다. 평양, 함흥, 청진, 남포, 원산, 신의주를 향한 것이다. 그런데 이것들 역시 모조리 요격당한다.

습근평은 다시 여섯 발을 발사하도록 했다. 하지만 결과는 마찬가지이다.

이러는 동안 이실리프 왕국군은 심양군구 소속 16, 39, 40집단군은 물론이고 북경군구 소속 27, 38, 65집단군들도 모조리 궤멸 상태로 만들었다.

　지나에서 가장 강력한 두 개 군구가 홍수 앞의 토용처럼 무참하게 스러진 것이다.

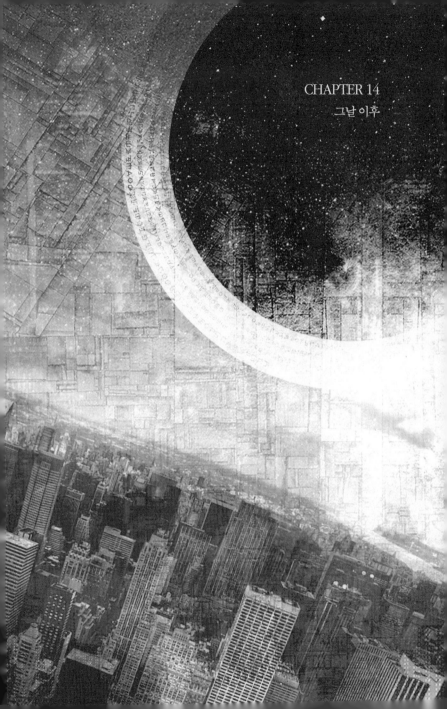

CHAPTER 14
그날 이후

그르르르릉! 그르르르르릉!

Y—1 전차 60대가 일렬로 진군하는 모습은 장관이다.

이곳은 만리장성의 동쪽 끝 산해관 앞 벌판이다.

압록강을 건넌 이후 상당히 여러 번 전투를 치렀음에도 단 한 대도 당하지 않고 모조리 살아서 온 것이다.

"발사 준비! 발사!"

쾅! 콰콰쾅! 콰콰콰콰콰콰쾅—!

60대의 Y—1 전차가 불을 뿜었다.

콰르릉! 콰르르르릉! 와르르르!

천하제일문이란 현판을 내건 산해관이 무너져 내린다.

"주석! 사, 산해관이 무너졌습니다."

"뭐라?"

습근평의 안색은 삽시간에 창백해진다. 산해관은 과거로부터 상징적 의미를 가진 축조물인 때문이다.

"산해관은 무너졌고, 현재 적 전차 60대가 이쪽으로 서진하고 있습니다. 뒤에는 전투장갑차 150대와 자주포 150문이 뒤따르고 있구요."

"아군은? 북경군구에서 파병한 아군은?"

"전멸입니다. 전멸! 크으으!"

"……!"

긴급 통신을 받은 수뇌부는 멍한 표정이다. 동쪽의 코딱지만 한 나라가 모기처럼 앵앵거리며 깐족거렸기에 단숨에 때려잡으려 했다. 그런데 전혀 예상치 못한 상황이다. 도끼를 들고 제압하려 나섰더니 기관총으로 응사하고 있다.

지나 수뇌부의 선택은 항복이었다.

승전한 이실리프 왕국군은 전쟁배상금을 청구했다.

최초의 공격 때 포격을 받아 약 30만 명이 전사했고, 북부의 군사시설 및 주요시설 거의 전부가 파괴되었으며, 보유 전투기 전부가 격추되었다.

이것에 대한 대가는 요녕성, 흑룡강성, 그리고 길림성과 내몽골자치구 전체이다. 이곳에 거주하는 모든 한족(漢族)의 퇴거도 포함되어 있다.

참고로, 길림성은 19만 1,000㎢, 흑룡강성은 45만 4,800㎢, 요녕성은 14만 5,700㎢, 내몽골자치구는 118만 3,000㎢이다.

이들 면적을 모두 합하면 무려 197만 4,500㎢이다.

단 한 번의 전투로 실로 어마어마한 영토 확장을 이룩한 것이다. 애초의 계획보다 더 큰 결과이기도 하다.

여기에 몽골 10만 8,000㎢, 러시아 10만㎢, 콩고민주공화국 14만㎢와, 에티오피아 4만㎢, 우간다 4만 2,000㎢와 케냐 6만 5,000㎢, 북한 12만 500㎢, 고비사막 112만 5,000㎢을 합치면 이실리프 왕국의 전체 면적은 약 371만 5,000㎢에 이른다.

세계 7위인 인도보다도 큰 국가가 되는 것이다.

지나의 국가 주석 습근평이 순순히 영토 할양서에 사인을 한 이유는 산동반도까지 내놓으라는 요구를 한 때문이다.

어쨌거나 세계는 경악했다.

동북아의 소국이 자타가 인정하는 세계 3위 군사력을 지닌 지나를 일방적으로 깨버린 때문이다.

전쟁 기간은 불과 7일이었다.

이 전쟁의 결과 지나는 만리장성 바깥의 영토 전부를 잃었다. 이전 국토의 20%에 해당된다.

별도의 배상금이 없는 것이 불행 중 유일한 다행이다.

패전 후 지나의 수뇌부는 대부분 경질되었다.

이실리프 왕국과 전쟁해야 한다며 입에 거품을 물던 주전파들은 전부 자리를 잃었다. 이들에 대한 처벌을 끝낸 습근평은 패전의 책임을 통감한다며 스스로 하야했다.

새로운 정부가 들어섰지만 장악력이 약했다. 하여 지나는 상당히 오랜 기간 동안 분열의 세월을 보낸다.

서로 권력을 쥐려는 욕심 때문이다.

그러던 어느 날, 위구르가 독립을 선언하고, 뒤를 이어 티베트와 장족까지 독립해 버린다.

이래저래 시끄럽지만 지나는 단결하지 못하고 북지나와 남지나로 갈리게 된다.

여러 개의 나라로 나뉘면서 지나는 더 이상 경제 및 군사대국이 아닌 변방의 소국으로 전락한다.

그 결과 UN에서도 상임이사국 자리를 잃는다.

7일 전쟁이 끝난 후 이실리프 왕국군의 신무기에 대한 열띤 논쟁이 있었다. 도대체 무엇이 있었기에 지나를 그토록 처절하게 박살 냈는지 공개하라는 것이다.

이에 이실리프 왕국은 Y―1 전차와 I―1 보병전투장갑차, 그리고 J―1 자주포를 공개했다.

그 성능에 다들 놀라움을 감추지 못했다. 실내와 스텔스 기능 등이 공개되지 않았음에도 그러하다.

F―15Y 역시 공개되었다. 이것 역시 많은 것이 감춰진 상태이다. 겉모습만 보여준 것이다.

제원도 적당히 수정해서 공개했다.

F―15K를 업그레이드한 것이지만 다른 부분이 많기에 독자 설계된 전투인 것으로 알려졌다.

미국과 러시아 등에서 입맛을 다시면서 공동연구를 제안했지만 단호히 거절되었다.

되찾은 영토에 대한 내실이 우선이라는 핑계였다.

세계 각국에선 승전 축하 메시지를 보내왔다. 이실리프 왕국이 가진 신형 병기들을 갖고 싶은 마음이 있어서이다.

현수는 홍진표 대통령이 취임한 직후 정상회담을 통해 경제 협력과 자유로운 이산가족 상봉 등을 약속해 주었다.

2019년 12월 24일, 현수는 다물궁에서 테리나와 설화를 아내로 맞이했다.

슈퍼 포션을 복용한 둘은 새롭게 태어났고, 열 달 뒤 각각 아들을 순산했다. 그러는 동안 지현과 연희, 그리고 이리냐도 둘째를 출산했다.

이실리프 군도의 이실리프 왕국도 건국을 선포했다.

이 자리엔 아르센 대륙의 황제와 국왕들 거의 전부가 참석했다. 대륙의 6서클 이상인 마법사 전원이 참석했고, 소드 마스터들 역시 전원이 참석했다. 이 밖에 수없이 많은 마법사와 엄청난 수의 기사들 또한 함께했다.

왕국을 선포한 직후 약 100여 개체의 드래곤이 수호룡 선포를 하는 기함할 일이 빚어졌다.

이 중엔 드래곤 로드도 포함되어 있다.

현수가 이실리프 마탑주가 아니고, 그랜드마스터가 아니라 할지라도 이실리프 왕국은 이제 절대 건드려선 안 될 국가가 된 것이다.

국왕 즉위식이 거행된 직후 성대한 결혼식이 열렸다.

1왕후는 카이로시아, 2왕후는 로잘린, 3왕후는 케이트, 4왕후는 스테이시, 그리고 5왕후는 다프네였다.

대륙의 결혼식 예절에 따른 예식이 거의 끝나갈 무렵 하늘로부터 여섯 줄기 빛이 강림했다.

대지의 여신인 가이아 여신이 신랑과 신부들에게 신성력 세례를 베풀어준 것이다.

이것만으로도 놀라운 일이다. 그런데 또 다른 이적(異蹟)이 빚어졌다. 가이아 여신의 가호가 내려진 직후 다른 빛깔의 빛기둥이 현수에게 내려졌다.

그와 함께 웅장한 음성이 울려 퍼졌다.

그대는 내 배우자가 고른 내 뜻의 대리자!
나, 전쟁과 수명의 신 데이오(Deio)는
세상의 사악함을 걷어낸 그대의 노고를 치하하노라.
이에 나의 권능으로
그대와 그대의 배우자 모두에게 천 년의 삶을 주노라.
아울러 자식에게도 축복을 내리노라.

신의 축복으로 무려 열흘간이나 현수와 왕후들의 머리 뒤에 선 후광이 비쳤다.

왕국선포식에 참석한 제국의 황제들과 왕국의 국왕들은 준비해 온 예물을 건네며 저마다 축하의 말을 전했다.

하긴, 이 세상 누가 있어 만인 환시 중에 신으로부터 축복을 받았겠는가! 아르센 대륙사 초유의 일이었다.

카이로시아와 로잘린 등은 1,000살까지 살 수 있게 되었다는 것을 매우 기꺼워하였다.

사랑하는 사내와 거의 늙지 않는 행복한 삶을 아주 오래오래

살 수 있게 되었다 생각한 때문이다.

하지만 현수는 아니다. 그렇지 않아도 몹시 긴 수명을 가졌다. 그런데 거기에 플러스 1,000년이란다. 어쩌면 인생이 너무 길어 지겨울 수도 있다는 생각을 했다.

결혼식에 참석한 하일라 토틀레아는 깊은 한숨을 쉬었다.

어쩌면 엄청나게 오랜 기간을 기다려야 자기 차례가 올지 모른다는 생각을 한 때문이다.

이실리프 왕국이 건국되고 열흘이 지났을 때 콰트로 대륙에서 쥬신제국이 건국됨을 선포했다.

황제와 국왕들은 단체로 활동하면서 상당히 친해졌다. 일종의 정상들의 단합대회처럼 된 때문이다.

어쨌거나 쥬신제국의 선포도 성공리에 이루어졌다. 이곳에서도 드래곤들의 수호룡 선포가 있었다.

문제는 다음이다. 황제 즉위식이 끝난 후 단상 아래로 내려서려던 현수는 사회자에 의해 제지되었다.

"잠시만 기다려주십시오, 폐하! 아직 끝난 게 아닙니다."

"······?"

현수는 무엇이 더 남았느냐는 표정으로 바라보았다.

"황제 폐하! 제국의 하늘이 되셨으니 마땅히 황후마마들을 맞이하셔야 하옵니다."

"황후······? 무슨 황후?"

현수가 어리둥절할 때 장엄한 음악이 연주된다.

"지금부터 쥬신제국의 황제폐하께서 황후마마님들을 맞이하는 혼례식이 거행될 예정입니다. 내외빈 여러분께서는 잠시 기립하여 주십시오."

"으잉? 대체 뭔 소리야?"

현수가 경악한 표정으로 바라볼 때 단상 바로 곁의 휘장이 젖혀지면서 일곱 명의 여인이 차례로 드러난다.

"으잉? 로즈? 마샤? 소피아, 아이리스, 이사벨, 나오미, 아그네스! 그대들이 어떻게 여기에……?"

"앞에 계신 일곱 분은 우리 쥬신제국의 7황후이십니다. 황후들께선 황제폐하께 지아비를 맞는 예를 갖춰주십시오."

사회자의 말이 떨어지기 무섭게 일곱 여인이 허리를 굽혀 공손한 예절을 갖춘다.

"저 로즈 크리스틴 폰 베로스는 하인스 멀린 킴 드 세울 폐하의 제1황후가 됨을 지극한 영광으로 생각하옵니다."

"저, 마샤 아푼젤 반 화이트는 제2황후로서……."

일곱 여인이 차례로 뭐라 중얼거리는데 현수의 귀에는 들리지 않는다. 원치 않던 혼례인 때문이다.

그렇다 하여 만장한 내외빈 앞에서 내칠 수도 없는 노릇이다. 그랬다간 당장 오늘 밤에 일곱 구의 시체를 맞이하게 될 것이 뻔한 때문이다.

현수가 무엇을 어찌해야 할지 몰라 난감해하는 동안 모든 예식이 마쳐졌다.

가장 즐거워한 이는 아드리안 왕국의 아민 국왕과 로레알 공작, 필립스 공작, 할렌 후작, 그리고 화이트 후작이다. 쥬신제국의 황후 중 여섯이 이들과 관련 있는 때문이다.

이로써 아드리안 왕국과 이실리프 마탑은 떼려야 뗄 수 없는 확실한 관계로 맺어졌다는 생각에 몹시 기뻤던 것이다.

"이로써 쥬신제국 초대 황제 즉위식과 7황후를 맞이하는 성스러운 예식을 모두 마칩니다. 이 자리를 축하하러 와주신 내외빈 여러분께 깊은 감사를 드립니다."

사회자는 잠시 내외빈들을 둘러보곤 다시 입을 연다.

"안쪽에 여러분을 위한 성대한 연회가 준비되었으니 모두 자리를 이동하여 주시옵소서."

곧이어 정말 성대한 잔치가 벌어졌다.

황제와 국왕이 먼 길을 이동하면 측근은 물론이고 시녀와 요리사까지 같이 움직인다. 심지어 악사들도 동행한다.

불편함이 없어야 하는 때문이다.

쥬신제국에선 각국 황제와 국왕들에게 각국의 요리들을 선보이는 것은 어떻겠느냐는 건의를 했다.

하여 일종의 요리박람회 같은 상황이 된 것이다. 하여 정말 없는 게 없는 어마어마한 잔치가 되었다.

이번에도 술은 엘프주이다.

이실리프 왕국 선포식 때엔 토들레아 일족이 축하의 뜻으로 내놨지만 이번엔 현수가 꺼내놓은 것이다.

연회가 베풀어지는 동안 각국 악사들이 차례로 자국의 음악을 선보였다.

내외빈 모두 입과 귀가 호강하는 시간이었다.

각국의 왕자와 공주들은 눈빛 교환을 하며 서로에 대해 알아가는 시간을 갖기도 했다. 아르센 대륙의 평화를 위해 아주 좋은 일이다.

다들 즐거웠지만 주인공인 현수만 마음이 무거웠다.

로즈를 비롯한 헥사곤 오브 이실리프의 여섯 여인을 아내로 맞이하여야 하는 것이 마음 불편했던 때문이다.

현수의 이런 불편함을 눈치챈 신하들은 첫날밤을 치를 침소에 일곱 황후를 넣어놓고 슬그머니 물러났다.

카이로시아와 로잘린 등 이실리프 왕국의 다섯 왕후도 아직 슈퍼 포션을 복용하지 못하여 첫날밤도 못 치렀는데 느닷없이 7명이나 추가되니 마뜩치 않은 것이다.

그러나 어쩌겠는가! 만인이 보는 앞에서 황후들을 맞이했다. 이곳 풍습상 거절은 말도 안 되는 이야기이다.

"끄으응!"

현수는 계속 낮은 침음을 냈다. 신부들은 밤새 뜬눈으로 기다렸지만 현수는 신방에 들지 않았다. 축하하러 와준 각국 정상들과 밤새 술자리를 가진 때문이다.

다음 날 아침, 현수는 신부들의 아침 문안을 받았다.

한잠도 못자고 기다렸는지 다크서클이 보였지만 애써 못 본 척했다. 그리곤 밀린 서류에 사인하느라 시간을 보냈다.

"이로써 환 제국의 건국이 선포되었습니다. 다음은 초대 황제이신 하인스 멀린 킴 드 셰울님의 즉위식이 있겠습니다. 내외빈 여러분은 모두 자리에서 일어서 주십시오."

요슈프 공작의 사회로 즉위식이 진행되고 있었다.

맥마흔의 재건은 아직 이루어지지 못했다. 시일이 촉박한 때문이다. 하지만 즉위식을 거행할 만한 공간은 완성되어 있었다. 드워프들이 돌관 작업[9]을 한 결과이다.

그 결과 웅장한 건축물 한 동이 완성되었다.

로마의 판테온 신전을 본뜬 이 축조물은 장차 환 제국의 대소사가 의논되고 결정되는 정전(正殿)으로 쓰일 용도로 지어져 그 크기가 매우 크다.

1,000개가 넘는 큰 방이 있는데 각 방마다 현수로부터 전수받은 수세식 화장실 시설이 갖춰져 있다.

도자기는 구워냈지만 부속으로 들어가는 고무 패킹 등은 마법으로 대체된 상태이다.

"나 하인스 멀린 킴 드 셰울은 환 제국의 초대 황제로서 국가를 보위하고, 문화의 창달과 신민들의 안녕을 도모할 것임을 만인 앞에서 선서한다."

"이로써 환 제국의 황제 즉위식이 이루어졌습니다. 다음은 아국의 7황후를 내외빈 여러분께 소개해 드립니다."

"뭐……?"

현수가 무어라 말을 하려했지만 요슈프 공작이 먼저 말을 이었다.

"제국의 제1황후는 싸미라 브리프 폰 가르멜 님이십니다. 아국의 가르멜 공작님의 공녀이십니다."

싸미라가 내외빈에게 정중한 예를 갖추자 모두들 자리에서 일어서 답례를 한다.

"다음 제2황후는 아르센 대륙 도델 왕국의 공주이신 아만다

---

9) 돌관 작업 : 건설 현장에서 공사 기간을 단축하기 위한 목적으로 비용을 무시하고, 인원 및 장비를 최대한으로 투입하여 주야로 급하게 하는 작업.

프러페 반 도델 님이십니다."

아만다 역시 예를 갖출 때 홀로 멍한 표정을 짓는 이가 있다. 도델 왕국의 국왕이다.

어느 날 실종된 여식을 멀고먼 마인트 대륙에서 만났는데 어찌 놀랍지 않겠는가!

마음 같아선 당장 뛰어나가고 싶지만 그럴 수 없다.

도델 왕국은 소국이다.

땅덩이도 작고, 인구수도 적으며, 군사력도 약하다. 쟁쟁한 황제와 국왕들이 있는 자리인지라 나설 수 없는 것이다.

마음 답답해하던 도델 왕국의 국왕은 어느 순간 표정이 바뀌었다. 아르셴과 콰트로, 그리고 마인트 대륙 모두를 주무르는 인물이 사위가 되었다는 사실을 떠올린 것이다.

'아만다! 네가 용을 물어왔구나.'

아만다를 바라보는 국왕의 얼굴엔 감격의 빛이 어리고 있다. 이제 도델 왕국은 다른 어떤 나라도 무시할 수 없는 국가가 된 때문이다.

그러거나 말거나 예식은 계속되었다.

"다음 제3황후는 스타르라이트 님으로……."

"제4황후님은 테이란 왕국의 후작가 영애이신 도로시 칼라폰 발렌틴 님이십니다."

"제5황후는 요슈프 공작가의 말라크……."

"제6황후는 하시에라 공작가의 안젤라……."

요슈프 공작의 소개가 이어지는 동안 하나하나 정중한 예를 갖추고 답례를 받는 시간이 이어졌다.

현수는 속이 뒤틀렸다.

'뭐야, 이거! 내 황후를 왜 지들 마음대로 정해?'

하지만 겉으로 드러낼 수는 없었다. 싸미라 때문이다. 자신을 바라보고 있는 눈빛이 너무나 사랑스러웠다.

아만다와 스타르라이트, 그리고 도로시는 브리프 공작가에 감금되어 있을 때 직접 구해주었다.

놔두면 핵폭발 때 죽을 것이기 때문이다. 그렇다 하여 자신의 여인으로 인정하겠다는 뜻은 아니었다.

말라크도 그렇다. 몇 번을 만났지만 애정을 가질 만한 아무런 사건도 없었다. 심지어 안젤라는 본 적도 없다.

그런데 모두 황후 자리에 올라 있다. 심기가 당연히 불편해진다. 이때 요슈프 공작의 말이 이어진다.

"에, 제7황후의 자리는 현재 공석입니다. 현재 아국 귀족들이 모여 적합한 분을 추대하려……."

요슈프가 마땅한 뒷말을 찾지 못하여 잠시 말꼬리를 흐릴 때 누군가의 음성이 있었다.

"할 말이 있습니다. 폐하! 왜 저를 외면하시옵니까? 저는 이미 폐하의 여인이옵니다."

모두의 시선이 쏠리는 건 당연하다.

거기엔 인도의 여배우 디피카 파두콘을 닮은 절세미녀 파티마 이브라힘이 오연한 모습으로 현수를 바라보고 있었다.

파티마는 무척이나 먼 길을 왔다.

거리로만 따지만 수천㎞에 이른다. 물론 걸어서 온 것은 아니다. 배를 타고 대륙의 남부해안을 빙 돌아서 왔다.

오는 동안 풍랑을 만나 갖은 고생을 했다. 육지에 내려선 발바닥이 부르트도록 먼 길을 걸었다.

그렇게 어렵게 맥마흔에 도착한 파티마는 자신의 주인인 될 하인스를 찾아다녔다.

아르센 대륙엔 하인스와 세실리아라는 이름이 널리고 또 널려 있다. 하지만 마인트 대륙은 아니다.

아프리카 대륙에 김현수라는 이름이 없는 것과 같다.

그렇기에 하인스라는 이름을 가진 젊은 청년을 찾는 건 그리 어렵지 않았다.

그런데 너무나 놀라웠다.

자신이 찾는 하인스가 이실리프 마탑의 마탑주이며, 아르센 대륙의 위저드 로드라 한다.

뿐만 아니라 세상 모든 기사의 하늘인 그랜드 마스터이고, 이실리프 왕국의 국왕일 뿐만 아니라, 흑마법사의 나라 로렌카 제국을 무너뜨린 장본인이며, 장차 환 제국의 황제가 될 지고한 신분이라고 들었다.

놀랍고, 기쁘고, 황당하고, 어이없고, 두렵고, 이상했다. 그러나 어쩌겠는가! 어떤 사내든 손만 내밀면 무조건 그걸 잡아야 하는 와이퍼가 되기 싫으면 꽉 잡아야 한다.

건국 선포에 이은 즉위식이 있고, 바로 이어서 황후들을 맞이한다는데 7황후 자리 때문에 귀족들이 치고받을 정도로 논쟁을 벌인다는 소문을 접했다.

파티마는 오늘 이 자리에 참석하기 위해 스스로 시녀를 자원했다. 하여 즉위식에 필요한 세팅 작업을 도왔다.

그리곤 내내 기회를 엿보았다. 모 아니면 도라는 심정으로 이 순간을 기다린 것이다.

내외빈 모두의 시선이 쏠릴 때 현수 역시 먼발치의 파티마를 바라보았다.

"방금 폐하의 여인이라 말씀하신 분은 불편하시더라도 앞쪽으로 나와 주십시오."

요슈프 공작은 시끄러운 논란 때문에 갓 건국된 환 제국이 내우(內憂)에 시달릴 수 있음이 불편했다.

국론이 갈가리 찢기는 기분이다. 서로 권력을 차지하려는 이기심 때문이라는 걸 알면서도 뭐라 말하지 못했다.

자신의 딸이 황후 중 하나인 때문이다.

하시에라 공작도 마찬가지이다. 현수와 일면식도 없는 안젤라를 황후 자리에 올려놓았다.

그렇기에 국론 분열을 말없이 바라보는 입장이다.

그런데 스스로 7황후라는 여인이 나타났다. 그렇기에 얼른 앞으로 나와 보라고 한 것이다.

파티마는 앞으로 나서기 전에 입고 있던 시녀복을 벗었다. 그러자 이 자리에 어울릴 만큼 우아한 드레스가 드러난다.

오늘을 위해 전 재산을 털어 장만한 것이다.

살짝 흐트러진 머리를 매만지곤 자박자박 걸어 앞으로 나섰다. 파티마를 본 내외빈은 고개를 끄덕인다.

과연 황후가 될 만한 절세미모와 그에 걸맞는 우아함을 인정한 것이다.

"성함이 어떻게 되십니까?"

요슈프 공작은 더없이 정중한 어투로 묻는다. 황후가 되면 자신보다 웃전이 되기 때문이다.

"파티마 이브라힘이에요. 헤르마에서 왔습니다."

"헤르마하면 자유 영지를 말씀……?"

"맞아요. 마인트 대륙 동북단에 위치한 자유 영지지요."

"방금 전 폐하의 여인이라 말씀하셨습니다."

"네! 폐하는 제 영혼의 소유자이세요."

요슈프는 고개를 갸웃거린다. 어디서 많이 들은 이야기이기는 한데 구체적으로는 무슨 뜻인지 모르는 때문이다.

하여 의아하다는 눈빛으로 현수와 파티마를 여러 번 번갈아 바라본다. 자세히 말해달라는 뜻이다.

"폐하께서 제 입술을 가지셨습니다."

"아……!"

마인트 대륙이 아닌 곳에서 온 사람들은 무슨 말인지 전혀 알아듣지 못하지만 이곳 사람들은 단번에 무슨 뜻인지 안다는 듯 고개를 끄덕인다.

이번엔 내외빈들이 설명해 달라는 표정이다. 하지만 요슈프 공작은 이에 아랑곳하지 않고 현수를 바라본다.

"폐하! 이분의 말씀이 사실이온지요?"

"…끄응!"

현수는 참으로 난감했다. 사람들의 시선도 그렇지만 파티마의 시선 때문이다. 초롱초롱한 눈빛으로 어서 고개를 끄덕여 달라는 표정을 짓고 있다.

아니라고 하면 또 무슨 짓을 저지를까 싶다.

'에효! 뭐 이런 개 같은 경우가 있냐? 끄응! 대체 나더러 뭘 어쩌라고? 끄응!'

"폐하! 정녕 이분의 입술을 가지셨사옵니까?"

로렌카 제국은 망했다. 그리고 키스를 하면 그 여인을 소유한다는 칙령은 로렌카 제국의 황제가 반포한 법령이다.

그럼에도 요슈프가 사실을 말해달라는 표정을 짓는 이유는 이 칙령이 무려 300년이나 유지된 관습인 때문이다.

하여 로렌카 제국과의 연관성을 깜박 잊은 것이다.

"폐하! 어서 말씀해 주시옵소서."

내외빈은 요슈프와 현수의 얼굴을 번갈아 바라본다. 마치 한국의 막장 드라마를 보는 기분일 것이다.

"으으음!"

현수가 답하지 않자 파티마는 더 이상 기다릴 수 없다는 듯 몇 발짝 앞으로 오더니 무릎을 꿇고 고개를 조아린다.

"폐하! 경사스러운 날 마뜩치 않은 제가 나서서 잔치 분위기를 깨었사옵니다. 만장하신 내외빈이 계심을 잊고 계집이 욕심을 부리는 죽을죄를 지었음을 인정하옵니다. 하오니 저를 참수형에 처하여 다시는 같은 일이 빚어지지 않도록 본보기를 삼아주시옵소서."

'헐! 자기 목을 잘라 달래. 이 동네는 뭐 이래?'

대놓고 협박을 받은 현수는 어이가 없었다. 하지만 대놓고 그런 표정을 지을 수는 없다.

그러다 문득 아니라고 부인하면 어찌 될까 생각해 보았다.

파티마의 말대로 잔치 분위기를 깬데다 거짓을 고했다. 당연히 참수형에 처해질 중죄이다.

"끄웅! 이쪽으로 와서 서."

"…하오면 감사한 마음으로 폐하께 가겠사옵니다."

공손히 예를 갖춘 파티마는 싸미라 등에게 차례로 인사를 하곤 남은 자리에 앉는다. 어디서 뭘 배웠는지 몰라도 선술집 여급 같은 모습은 전혀 보이지 않는다.

마치 귀족가에서 제대로 교육받은 영애 같은 모습이다.

한편 요슈프 공작은 7황후 자리를 차지하려는 각축전이 종식된 것이 너무도 기쁜 듯 환한 미소를 짓는다.

"이로써 환 제국의 건국 선언과 초대황제 즉위, 그리고 7황후와의 성혼식을 모두 마치겠습니다. 오늘을 위해 성대한 연회를 준비했으니 즐겨주시기 바랍니다."

"와아아! 황제폐하 만세! 만세! 만세!"

"7황후님 만세! 만세! 만세!"

모두가 환호성을 지를 때 마나 실린 음성이 터져 나온다.

"잠깐……!"

상당히 큰 음성에 놀란 사람들이 어디에서 난 소리인가 싶어 고개를 두리번거릴 때였다.

"아직 안 끝났다. 나! 라수스 협곡의 지배자 라이세뮤리안은 환 제국의 영원한 안녕을 위한 수호룡… 나 제니스케이안도 역시 환 제국의……."

또 수호룡 선포이다. 이번엔 70여 개체가 차례로 환 제국을 보위하겠노라 선언했다.

처음엔 놀랐지만 이젠 다들 놀라지도 않는다.

가장 마지막으로 수호룡 선포를 한 블랙 드래곤 샤카이데마룬은 고개를 갸웃거린다. 다들 무서워서 벌벌 떨어야 하는데 아무도 그렇지 않은 때문이다.

　'뭐야? 이 인간들이 간이 배 밖으로 나온 거야? 그런 거야? 샤벨타이거 간을 삶아 먹었나?

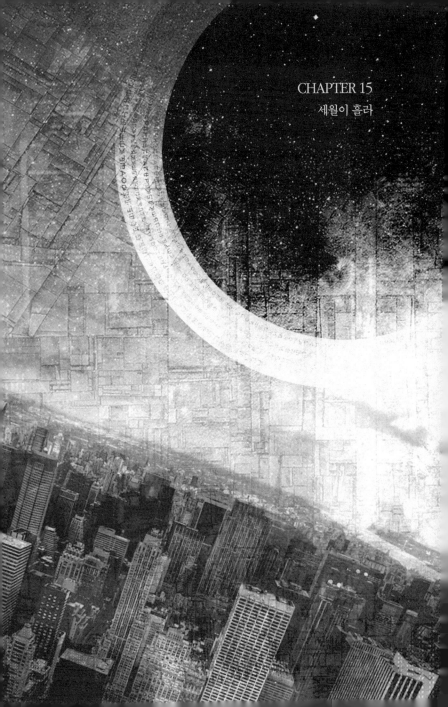

CHAPTER 15

세월이 흘러

전능의팔찌

THE OMNIPOTENT
BRACELET

이실리프 왕국, 쥬신 제국, 그리고 환 제국의 선포식이 끝났다. 현수는 지구로 귀환하여 밀린 업무를 보곤 다시 차원이동하여 바세른 산맥 아래 한옥단지로 갔다.

그곳엔 다섯 신부가 하하호호 하며 즐거운 놀이를 즐기고 있었다. 현수가 가르쳐 준 윷놀이 삼매경에 빠져 있었던 것이다.

현수는 카이로시아를 필두로 모두에게 슈퍼 포션을 복용시켰다. 열흘 후 모두들 바디 체인지를 겪었다.

다들 20대 초반의 싱싱함을 되찾은 것이다.

전쟁과 수명의 신 데이오 덕분에 1,000년의 삶을 살게 될 다섯 여인은 젊음을 500년 이상 유지하게 될 것이다.

첫날밤을 치른 날 카이로시아는 현수의 품에 안겨 펑펑 울었다. 오랫동안 기다리느라 마음고생이 많았던 것이다.

로잘린도 그랬다. 그러면서 몹시 미안해했다.

아무것도 해준 게 없고, 도움준 것도 없는데 너무 과분한 사랑을 받는다며 평생 동안 갚겠다고 다짐했다.

성녀 스테이시와 합방한 날에 다시 한 번 가이아 여신의 음성을 들을 수 있었다.

너는 내가 간택한 내 딸의 배우자!
선택받은 성군이여!
누릴 수 있는 모든 복락을 누리며 살게 될 것이다.
자손만대에 이르도록 영광이 있을 것이며
네 세상에서도 나의 힘을 허락하노라.

성녀의 배우자인 성군(聖君)이 되면서 자신이 사용할 수 있는 신성력이 크게 늘었음을 알게 되었다.

방사능을 정화시킬 수 있으니 후쿠시마와 체르노빌 원전에서 방사된 것들을 원상으로 회복시킬 힘을 얻은 것이다.

마지막은 다프네였다.

드래곤의 딸로 태어나 버림받은 인생을 살았다.

몇백 살이 되도록 라수스 협곡 안에 갇혀 살 뻔했는데 현수를 만나 팔자 폈다면서 환히 웃었다.

*　　*　　*

"전하! 로스차일드 뱅크가 파산했다고 합니다."

"오! 그런가? 그거 듣던 중 아주 반가운 소리군."

집무실에서 결재 서류에 시선을 주고 있던 현수는 신은희 비서의 보고에 환히 웃는다. 유태인 자본 중 가장 큰 덩어리가 드디어 사라진다니 기쁜 것이다.

"석유 메이저들의 성세도 크게 쪼그라들었습니다."

"그래, 그렇겠지."

이실리프 엔진은 전 세계로 수출되고 있다. 연비가 기존보다 12배나 좋아지니 안 쓸 수 없는 것이다.

차량용뿐만 아니라 선박용, 비행기용, 중장비용, 발전기용 등을 생산하고 있다.

당연히 전 세계 유류 소모량은 급격히 줄어들었다.

선택온도유지 마법진도 전 세계로 수출되는 품목이다. 하여 난방과 냉방에 더 이상 전기나 연료를 쓰지 않는다.

그 결과 석유 메이저들이 다루는 화폐의 단위는 이전의 1,000분의 1 수준이 되어버렸다.

거래량 자체가 작으니 만지는 돈도 적은 것이다.

"전하! 올해 밀 거래가는 어떻게 할까요?"

"밀? 생산량이 얼마나 되지?"

이실리프 왕국에서 생산하는 밀은 전 세계에서 필요로 하는 양의 75%이다.

쌀, 콩, 보리, 팥 등 다른 곡식들도 거의 그 수준이다. 스테이시가 곡물종자 개량 작업을 취미로 삼은 결과이다.

여기에 정령들의 협조가 있어 밀은 16.3배, 벼는 15.7배, 옥수수는 15.3배 정도 수확한다.

나머지 작물들도 기존의 13~15배 수준이다.

그렇기에 어떤 곡물이든 그 가격을 이실리프 왕국에서 정하면 그게 그대로 국제시세가 된다.

곡물 메이저들은 더 이상 농간을 부릴 수 없다.

이실리프 왕국에서 생산되는 것의 품질이 더 좋은데다 값까지 싸니 모두가 거래선을 바꾸려 하기 때문이다.

마음 같아선 테러라도 지시하고 싶다. 그런데 그랬다가는 국제적인 외톨이가 된다.

그리고 그게 끝이 아니다.

현수를 암살하겠다며 이실리프 왕국에 밀입국했던 지나의 암살자 흑룡과 록펠러가의 암살자 팀 24명, 그리고 아서 록펠러 등은 전원 생포된 후 어디론가 사라졌다.

이들은 현재 아르센 대륙 남쪽 절해고도인 벌레도에 있다.

로잘린이 해적들에게 납치되었을 때 현수가 발견한 섬이다. 이 섬에는 지구의 총알개미와 타란툴라 호크, 그리고 전투모기라 불리는 흰줄숲모기가 우글거린다.

그래서 매일매일 지옥에서나 들릴 법한 비명 소리들이 터져나오고 있다.

도주하고 싶어도 사방 모두 깎아지른 듯한 높이 50m짜리 해식절벽(海蝕絶壁)이다.

설사 아래로 내려간다 하더라고 살기는 힘들다.

이 섬의 주변 해역에 해수 피라냐가 있고 먼 바다엔 길이 30m짜리 메갈로돈이 서식하고 있기 때문이다.

특히 피라냐는 바닷물에 손을 담그면 1분 이내로 뼈만 남을 정도로 많다.

이 섬엔 암살자뿐만 아니라 이전의 정치인들도 상당히 많다. 한 번이라도 헛소리를 했다면 모조리 잡아다 놨다.

장관 재직 시 권력자에 아부하는 발언으로 물의를 일으켰고, 그 자리를 그만두면서 총선에 출마하지 않겠다고 했다가 이를 번복한 전직 장관 놈도 잡혀왔다.

여배우를 자살로 내몬 성상납 사건에 연루된 놈들도 모조리 끌려와 있다.

스포츠 경기에서 편파판정을 한 심판들도 모조리 끌어다 놓았다. 당연히 기레기들도 상당히 많이 끌려왔다.

이들은 아침부터 밤까지 비명을 질러댄다. 지독한 통증은 좀처럼 둔화되지 않기 때문이다.

"전하! 우리 밤(BAM)화가 달러화를 밀어내고 기축통화의 자리를 차지했습니다."

"그래? 그거 좋은 일이네."

힐러리 로댐 클린턴은 FRB가 갖고 있던 달러발행권을 전격적으로 회수했다. 아울러 중앙은행의 지위 또한 박탈했다.

이실리프 트레이딩에 의해 FRB의 대주주들이 무장 해제를 당한 순간에 일어난 일이다.

록펠러와 JP모건이 가장 먼저 몰락했다.

특히 현수를 암살하라고 24명의 암살 팀을 보냈던 록펠러가는 모두 노숙자 신세가 되었다.

이실리프 트레이딩의 대표 윌슨 카메론의 솜씨이다.

어느 날, 연방준비은행 지하에 보관하고 있던 금괴 전부를 도

난당했다는 언론 보도가 있었다.

웬만하면 기사를 내리게 하였을 것이다. 하지만 인터넷을 어찌 막겠는가!

당연히 난리가 났고, 금괴의 주인들은 즉각 현물 반환을 요구했다. 그 결과 FRB는 전액을 배상해야 했다.

무려 8,350톤의 황금을 사서 현물로 되돌려줘야 했던 것이다. 그런데 하필 그때의 국제 금시세가 엄청나게 높았다. 현수가 움켜만 쥐고 내놓지 않아서이다.

FRB에선 돈을 싸들고 와서 금괴를 팔아달라고 애걸복걸했다. 하지만 현수는 금을 팔지 않았다.

그래야 금값이 더 오르는 때문이다.

그 결과 FRB의 주요 주주인 은행들이 유동성 부실 상태가 되자 이실리프 뱅크는 'Bank transfer day'를 맞이한 'Move your money' 운동을 벌였다.

'당신의 돈을 안전한 곳으로 옮기라'는 광고가 지속되는 동안 유태인 소유 은행들의 부실에 관한 보도가 추가되었다.

그 결과 여러 곳에서 뱅크—런이 벌어졌다.

JP모건 체이스, 웰스 파고, 골드만삭스, 모건 스탠리, 뱅크오브아메리카(BoA) 등이다.

미국 정부는 두고 보기만 했다. 그러면서 정보기관을 투입하여 이들 은행들의 부조리와 부정을 조사했다.

털어서 먼지 안 나는 사람 없다는 말이 있듯 은행들도 그러했다. 하여 잡히는 족족 재판에 회부해 버렸다.

결국 유태인 소유 은행들은 하나둘 망해갔다. 마지막이 로스

차일드였다. 이제 그마저 망한 것이다.

힐러리 로댐 클린턴은 유태인에 종속된 미국의 경제를 제대로 추스르기로 마음먹었다.

하여 달러의 발행을 엄격히 제한했다.

당연히 자금경색이 시작되었다. 이때 허리띠 졸라 묶기 운동을 제안했다. '인간의 욕심은 무한하지만, 자원은 유한하다 그러니 펑펑 쓰지 말고 절약하자'는 대통령의 제안을 반대할 명분은 그리 많지 않다.

미국이 자국 경제를 추스르는 동안 세계 각국에서도 경제적인 문제가 발생되었다. 유태인들의 장난질이 그만큼 교묘하고 심했던 때문이다.

이전 같으면 주가가 크게 출렁거리면서 경제 위기를 더욱 심화시켰을 것이다. 그러면 투기자본들이 달려들어 온갖 농간을 부렸을 것이다.

하지만 다행히도 그런 일은 빚어지지 않았다.

세계 각국의 주식시장을 이실리프 트레이딩이 거의 완벽하게 장악하고 있는 때문이다. 주가의 등락을 자유자재로 조절할 능력을 가진 유일한 집단이 된 것이다.

이러는 동안 이실리프 왕국은 점점 발전했다.

동북삼성과 내몽골자치구 지역에선 빠르게 한족의 색깔을 지워 나갔다. 조선족이라도 완전히 한족화된 이들은 모조리 지나로 추방했다.

이전에 없던 자유가 주어지자 처음엔 어리둥절했으나 사람들은 금방 적응했다.

한글로 교육했고, 한반도의 역사를 가르쳤다. 식민사관을 가진 사학자들은 단 한 명도 교단에 서지 못했다.

이실리프 왕국은 인구에 비해 어마어마하게 넓은 영토와 엄청난 지하자원을 가진 나라이다.

군사력은 세계 1위이고, 정쟁(政爭)이 없는 나라이다.

국왕을 중심으로 일치단결하여 화목과 단합을 다지는 가장 모범적인 국가로 성장한 것이다.

*   *   *

"여보! 어때?"

"어떻긴요? 좋지."

2088년 12월 24일.

현수는 지현, 연희, 이리냐, 테리나, 그리고 설화와 함께 이실리프함을 타고 바다 속 여행을 하고 있다.

후쿠시마 원전에서 유출된 방사능은 현수에 의해 모두 정화된 상태라 일본 해구를 태연한 표정으로 구경하고 있다.

제법 긴 세월이 흘렀어도 이들은 여전히 청년과 처녀처럼 보인다. 하지만 시선이 있기에 일선에서 은퇴했다.

이실리프 제국은 아이들이 잘 운영하고 있다.

초대국왕의 뜻이 그대로 유지되는 중이다. 하긴 현수가 죽지 않고 멀쩡하게 살아 있으니 말을 잘 듣는다.

한 가지 변화한 점은 건국 30년이 되던 해에 이실리프 왕국이 이실리프 제국으로 명칭이 변경된 것이다.

각각의 자치령의 명칭 또한 이실리프 연방국으로 바뀌었고, 현수의 아이들이 국왕의 자리에 올랐다.

자손들은 부친이 마법사라는 것을 안다. 김현과 김철 등은 마나의 맹세를 한 후 마법을 전수받았다.

그 결과 황제 권한대행을 맡고 있는 큰아들 현이는 현재 6서클 유저이며 북한 지역을 다스리고 있다.

자치령 중 가장 발달된 지역이다.

콩고민주공화국에 소재한 이실리프 연방국의 국왕은 강연희의 아들인 김철이 맡았는데 6서클 비기너이다.

이리냐의 딸 김아름은 5서클인데 러시아 이실리프 연방국 여왕의 자리에 앉아 있다.

테리나와 설화가 낳은 아이들도 다 마법을 배웠으며 각각 몽골 이실리프 연방국과 만주 이실리프 연방국의 여왕이다.

이처럼 아이들에게 국사를 맡겨놓고 일선의 업무에서 손을 뗀 현수는 아내들과 더불어 유유자적한 여행 중이다.

덕항산에서 전능의 팔찌를 만나게 된 후 누구보다도 바쁜 삶을 살았던 것에 대한 보상이다.

지구에선 관찰할 수 없는 달의 뒷면에는 현수의 별장이 있다. 물과 공기가 없는 곳이지만 땅의 정령왕 노이아가 애를 써준 결과 조성할 수 있었다.

이 별장은 운석 충돌에도 버틸 수 있도록 강력한 쉴드 마법이 중첩된 반구형 신소재로 완벽하게 감싸여 있다.

지상 면적은 약 20만 평이다. 현재는 지하에서 공사를 하는 중이다. 지구엔 없는 광물질이 발견된 때문이다.

텅스텐보다도 단단한 물질을 이루고 있는 구성성분은 '이실리프늄' 이라 부른다.

현재는 오대양을 누비며 바닷속 여행을 즐기고 있는데 오염되지 않은 청정지역에 별장을 추가하려는 의도도 있다.

물의 정령왕 엘레이아가 있으니 그리 어려운 일은 아닐 것이다.

"황제 폐하! 수라 드실 시간이옵니다."

"아! 그래? 알았다, 곧 가지."

황제의 비서실장은 맡고 있는 이는 민주영과 이은정의 큰손자이다.

주영과 은정은 고령이라 현직에서 은퇴한 후 현수와 가까운 곳에서 유유자적한 삶을 살고 있다.

주영은 103세이고, 은정은 98세이지만 현수 덕분에 70세 정도로 보인다. 참고로, 둘의 수명은 약 150년 정도이다.

친구 부부가 늙는 모습이 싫어 슈퍼 포션을 복용시켰지만 너무 늦은 나이라 절반 정도의 효과만 얻은 결과이다.

둘 사이엔 여섯 아들과 네 딸이 있다.

부부금슬이 아주 좋았던 모양이다. 하긴 주영의 바이롯 소모량이 제법 많았으니 당연한 일이다.

현수는 때론 바이롯 공급을 중단시키기도 했다. 친구가 복상사하는 꼴은 두고 볼 수 없는 때문이다.

어쨌거나 주영의 첫아들로부터 얻은 첫 손자가 바로 현수의 비서실장이다. 똑똑한 데다가 현명하고, 싹싹하며 충성심이 깊어 차기 총리로 키워지는 중이다.

어쨌거나 이실리프함이 유유히 바다 속을 누비는 동안에도 이실리프 제국은 점점 더 성세를 넓히고 있다.

10년에 걸친 쇄국정책을 거두고 국제사회에 첫발을 내디뎠을 때 세계 각국은 깜짝 놀라지 않을 수 없었다.

빈곤한 낙후국 북한이 남한보다도 더욱 발전한 모습으로 바뀌어 있었던 때문이다.

금강산 관광을 재개시켰을 때 이곳을 찾은 세계 각국 여행객들은 두 개의 엄지손가락을 추켜올리지 않을 수 없었다.

경치도 아름답지만 기반시설이 너무도 잘 갖추어져 있었던 때문이다. 편리하고, 간결하며, 청결하고, 안락했다.

게다가 사용 비용이 엄청 저렴했다.

처음부터 대한민국과는 교류를 했는데 한때 남북통일에 관한 의견이 대두되어 국민투표를 실시했다.

놀랍게도 남북한 지역 모두 통일에 반대하는 목소리가 월등하게 높았다. 남한 지역에선 일체의 종교시설을 건립하거나 운영할 수 없다는 제국법을 걸고 넘어졌다.

북한 지역에선 광신적이고, 이기적이며, 맹목적이고, 탐욕스런 남한의 종교가 유입되는 것을 바라지 않았다.

이실리프 왕국은 건국 초기에 헤어진 가족들과 함께 살기를 원하는 모든 이산가족에게 남한으로 가도 좋다고 했다.

그런데 불과 8%만 이주했다.

남한의 이산가족 중 약 22%는 북한으로 이주했다. 특정 종교 등과 관련 있으면 받아들이지 않은 결과이다.

　나머지는 자유롭게 만날 수 있도록 국경 근처에 조성해 놓은 이산가족 교류단지를 이용했다.

　결국 남한과 북한은 통일되지 못했다.

　남한은 한때 제대로 된 정치관을 가진 대통령을 뽑아 발전하는 모습을 보였다. 홍진표 대통령은 연임에 성공했고, 이때는 정치와 경제 모두가 안정되던 시기이다.

　당시엔 현수가 대한민국의 모든 상장사의 주인일 때이다. 그래서 국가의 정책에 기업이 발맞춰주는 일이 가능했다.

　홍진표가 퇴임할 때 대한민국은 안정된 경제, 자립 기반을 닦은 사회로 변모해 있었다.

　전임들이 싸질러놓은 엄청난 국가채무도 거의 모두 상환하여 건전한 펀더멘탈[10]을 가졌었다.

　덕분에 주가도 많이 오른 상태였다.

　하여 현수는 보유 주식 전부를 처분했다. 대한민국의 기업이니 대한민국 사람들이 알아서 발전시키라는 의도였다.

　그런데 다시 이기주의가 판치는 경쟁 일변도의 사회로 되돌아가 버렸다.

　한동안 사라졌던 '갑질'이 다시 나타나기도 했다.

　다른 것은 다 놔두고 봤지만 이런 것은 참을 수 없던 현수에 의해 갑질한 장본인들은 모두 지옥도, 연옥도, 징벌도, 벌레도 중 한 곳으로 보내졌다.

　영원히 사회에서 격리시켜 버린 것이다.

---

10) 펀더멘탈(Fundamental) : 한 나라의 경제가 얼마나 건강하고 튼튼한지를 나타내는 용어로써 우리말로는 기초 경제 여건이리고 풀이 할 수 있음.

어쨌거나 대한민국은 삐걱거리지만 잘 버티고 있다.

일본과 조선인민주의공화국, 그리고 지나라는 강력한 적들이 모두 사라진 결과이다.

이실리프 제국은 대한민국에게 없어선 안 될 나라가 되었다. 공산품 제조에 꼭 필요한 기초 소재 및 부품들을 공급하는 국가이다. 신선한 곡물과 육류의 공급자이기도 하다.

가스와 석유도 이실리프 제국이 공급하고 있다.

일본은 외부와의 모든 교류가 차단되어 국제사회의 일원에서 지워졌다. 대한민국이 해상 봉쇄를 한 때문이다.

현재는 내부 균열이 일어나 내전 중이다. 스스로 자멸의 길을 걷고 있는 셈이다.

지나는 여러 개의 나라로 쪼개지면서 빈곤국으로 전락했다. 이 와중에 남지나와 북지나는 자기들끼리 치열한 전쟁을 벌이는 중이다. 특유의 이기주의와 욕심 때문이다.

한족(漢族)의 숫자는 12억 5,000만 명에서 9억 미만으로 급격히 줄었고 계속해서 줄고 있다. 전쟁 때문이 아니라 출산율이 급격하게 줄어든 결과이다.

현재엔 50쌍의 부부가 결혼했을 때 겨우 한 쌍 정도만 자식을 보고 있다. 100명의 인구가 1세대를 거치는 동안 1명으로 줄어들고 있음을 의미한다.

이는 현수가 알고 있는 흑마법 중 저주 마법의 결과이다.

이실리프 제국에서 지나에 수출하는 식료품 중에는 스위티 클로버 제품군이 있다. 참고로, 스위티 클로버는 마인트 대륙의 특산물로 잡초 취급을 받는 다년생 풀이다.

이실리프 그룹은 이를 이용한 다양한 제품을 생산해 내고 있다. 쉐리엔의 버금 갈 히트 상품이다.

이 중엔 차(茶)로 만든 제품도 있다.

마시기만 해도 체내의 독성물질을 분해해 주는 효능이 있다. 숙취 해소에도 좋고, 피로도 회복된다.

게다가 암 발생을 극도로 억제하는 효능이 있기에 다른 어떤 차보다도 스위티 클로버를 선호한다.

그런데 지나에 수출되는 이것엔 임신을 방해하는 저주마법이 걸려 있다. 그렇기에 출산율이 극도로 떨어진 것이다.

지나용 수출품은 별도의 공장에서 제조되고 있는데 생산 공정을 거치는 동안 자동으로 저주 마법이 인챈트된다. 티백에 그려진 로고가 바로 저주마법진인 것이다.

어쨌거나 현수는 한족의 전체 인구가 5,000만 명 이하로 떨어질 때까지 이 마법을 해제할 생각이 없다.

1세대가 지날 때마다 100분의 1로 줄어드니 12억 5,000만 명이었던 인구는 30년 후엔 1,250만 명으로 쪼그라든다.

다시 30년이 지나면 12만 5,000명이 되고, 또 30년이 지나면 1,250명으로 준다. 여기서 다시 30년이 지나면 대륙의 한족의 숫자는 12~13명이 된다.

스위티 클로버를 수출하고 120년 정도가 지나면 현수가 의도하는 바대로 대륙은 비워진다. 전 세계에 흩어져 있는 화교 숫자가 약 5,000만 명인 것이다.

아무튼 대한민국은 이제 안위를 위협받는 국가가 아니다. 국방비를 대폭 줄일 수 있어 발전 속도를 높일 수 있다.

그럼에도 집단 이기주의와 욕심, 그리고 정쟁이 사회 발전의 발목을 잡고 있다.

반면 이실리프 왕국은 이러한 사회 반목현상이 없다. 가히 낙원이라 불러도 좋을 정도로 살기 좋은 나라이다.

공부를 강요하지도 않고, 취업 걱정도 하지 않는다.

물가는 싸고 품질은 좋다.

노후를 어찌 보낼지 고심할 필요도 없다. 원하기만 하면 나이와 상관없이 적절한 일이 주어지는 때문이다.

하여 발전에 발전을 거듭하고 있다.

매년 엄청난 황사를 야기하던 고비사막은 이제 더 이상 쓸모없는 땅이 아니다.

물의 정령왕 엘레이아와 땅의 정령왕 노이아, 그리고 바람의 정령왕 세리프아 덕분에 상전벽해가 되었다.

현재는 문전옥답 같은 농지도 있고, 과수원도 즐비하다. 당연히 축사도 지어져 있고, 도시도 건설되었다.

염수였던 지하수에선 정제된 소금이 추출되고 있다.

제법 깊이 있는 계류도 흐른다.

풍부한 수량을 가진 이 계류는 이리저리 구불거리며 고비사막이었던 농지와 과수원 등에 충분한 물을 공급한다.

바세른 산맥 아래와 이실리프 군도의 이실리프 왕국은 아르센 대륙에서 가장 문물이 발달된 국가가 되었다.

하여 세계 각국의 문물이 이곳에서 이합집산을 되풀이한다. 이는 풍부한 농수축산물 때문만은 아니다.

도자기, 유리, 시멘트, 철근, 천연고무, 알루미늄 새시, 종이 등이 생산되고 있기 때문이다.

이 모든 것은 지구에서 가져오는 것이 아니다. 그리고 생산공정은 철저한 비밀이다.

너무 빠른 발전은 심한 오염을 불러올 수 있음을 알기에 꼭 필요한 만큼만 생산토록 물량을 조절하고 있다.

카이로시아와 로잘린, 케이트와 스테이시, 그리고 다프네는 현수의 품에 안겨 행복한 세월을 보냈다.

다들 셋 이상의 아이를 출산했음에도 처녀 시절의 아름답고 날씬한 모습을 그대로 유지하고 있다.

마법이 일상인 곳이기에 지구에서처럼 모습을 감출 필요가 없어서 여전히 왕성한 활동을 하고 있다.

두 가지 변동사항이 있다.

이실리프 왕국엔 후궁이 둘이나 생겼다.

하나는 율리안 영지 출신 엘리시아 나후엘 드 율리안이다.

로잘린을 따라와 40살 가까이 되도록 시집도 안 가고 오로지 현수만 바라보았기에 구제해 주었다.

당연히 슈퍼 포션을 복용했고, 열흘에 걸친 마사지를 받았다. 그 결과 엘리시아 역시 젊음을 되찾았다.

다른 하나는 S급 용병이 된 줄리앙이다.

헤어질 때 현수가 준 라일리아 후작의 검법서를 익혀 소드 마스터가 되어 S급 용병이 된 것이다.

갑자기 나타난 줄리앙은 자신의 엉덩이를 입으로 빨았으니 책임지라며 난동 아닌 난동을 부렸다.

줄리앙의 나이도 마흔이 가까웠을 때이다. 막 엘리시아를 받아들였던 시기이기도 하다.

줄리앙을 불러들여 자초지종을 들은 카이로시아 등 다섯 왕후는 이 참에 제국으로 명칭을 바꾸라고 하였다.

하여 줄리앙을 받아들이면서 이실리프 제국으로 명칭을 변경했다. 현재 두 곳의 영토는 카이로시아와 로잘린의 아들들이 국왕 자격으로 통치하고 있다.

콰트로 대륙 또한 발전에 발전을 거듭하고 있다.

50년이 넘는 세월이 흐르면서 나라의 틀이 잡혔고, 인구도 많이 늘었다. 맹수와 몬스터가 없는 곳인 덕도 있다.

사통팔달한 도로가 물류의 흐름을 빠르고 부드럽게 해준 결과이다.

넓은 농지에선 충분한 곡식이 생산되고, 산지에선 달콤하고 큼지막한 과일이 생산되며, 축사에선 신선한 축산물이 공급된다. 사방이 바다인 섬이기에 해산물 또한 풍부하다.

현수는 결국 신하들에게 졌다.

천 명이 넘는 관리 전부가 삭발하고 단식투쟁을 벌인 결과이다. 하여 일곱 황후를 받아들였다.

로즈는 아들 셋에 딸 둘을 낳았다. 마샤와 아그네스 등도 셋 이상의 아이를 출산했다.

일곱 황후가 출산한 아이의 숫자만 26명이다.

아이들이 장성하자 현수는 적당한 크기의 땅을 주었고, 각각의 왕국을 건국토록 하였다.

마인트 대륙의 수도 서울은 거대한 도시가 되었다.

수많은 건축물이 들어섰고, 인구도 엄청나게 늘었다.

선술집에서 기분 좋게 한잔하고 있는 드래곤을 만나는 게 어색하지 않은 아주 활발한 도시이다.

이곳에서도 현수는 신하들에게 겼다.

그 결과 싸미라를 비롯한 일곱 황후와 더불어 아주 행복한 세월을 보냈다.

황후들은 여전히 아름답고 날씬하다. 하여 여기저기 널려 있는 별장들을 방문하며 즐거운 시간을 보내곤 하였다.

그 결과 많은 아이가 태어났다.

서로 시기하거나 질투하지 않도록 아주 공정하게 대해주었기에 다들 사이가 좋다.

현수는 각자의 재질에 따라 마법, 검, 정령술, 학문 중 하나를 익히도록 하였다. 이 아이들 역시 모두 적당한 영토를 할양받아 국왕이 되었다.

2164년 2월 22일, 러시아로부터 보르자와 네르친스크 지역을 조차받은 지 150년이 흐른 때이다.

현수는 비서실장이 가져온 외교문서에 시선을 주고 있다.

귀국과 아국 간 체결된 조차에 관한 조약은 2164년 3월 1일에 기한이 만료됨을 통보합니다.

　이에 아국은 현재 귀국이 점유하고 있는 아국의 영토를 영구히 할양함을 통보합니다. 앞으로도 양국 간 문물 교류 및 우호증진이 계속되길 기원합니다.

—러시아 대통령 빅토르 이바노프스키

CHAPTER 16
에필로그

세계에서 가장 부자인 나라가 이실리프 제국이다. 그리고 가
장 강력한 무력도 가졌다.

게다가 홍익인간(Benefit all mankind)을 뜻하는 이실리프 제
국의 통화 밤(BAM)화는 세계경제의 흐름을 잡아주는 기축통화
이다.

러시아 역시 발전을 거듭했지만 이실리프 제국에 비하면 한
참 멀었다. 국토의 일부를 내어주는 대신 교류를 계속하는 것이
훨씬 이익이라는 판단에 기꺼이 영토 할양을 하겠다는 외교문
서를 보내온 것이다.

"끄응! 이러면 안 되는데."

옛 영토인 사할린을 돌려받으려던 현수는 이맛살을 찌푸렸
다. 웃는 얼굴에는 침을 뱉을 수 없기 때문이다.

"끄응! 할 수 없군. 사할린은 한참 뒤로 미뤄야 하네."

현수는 곁에 있던 황제의 직인을 찍었다.

2114년엔 더 많은 외교문서를 받았다.

콩고민주공화국과 에티오피아, 그리고 우간다와 케냐, 마지막으로 몽골 정부에서 보낸 것이다.

기한이 만료되는 기존 조차에 관한 조약을 무효로 하며, 현재 이실리프 제국이 사용하고 있는 영토 전부를 영구히 할양합니다. 앞으로도 많은 교류를 당부드립니다.

이게 외교문서들의 공통된 내용이다.

이실리프 제국 덕분에 엄청난 반사이익을 입고 있음을 알기에 이런 결정을 내린 것이다.

이보다 훨씬 전인 2020년경엔 외교 문서의 러시를 경험했다.

수단, 탄자니아, 중앙아프리카공화국, 나이지리아, 잠비아, 보츠와나, 짐바브웨, 남아프리카공화국, 나미비아, 앙골라 등 아프리카 각국으로부터 조차 의견서가 당도한 것이다.

뿐만이 아니다. 브라질과 아르헨티나에서도 조차지를 줄 테니 진출해 달라는 외교문서가 당도했다. 이들의 조차 조건은 대체적으로 약 10만㎢를 300년간 제공하는 것이다. 물론 치외법권이다. 이처럼 조건이 후했던 것은 콩고민주공화국과 에티오피아 등이 어떻게 발전하는지가 언론에 보도된 때문이다.

두 나라는 아프리카에서 가장 발전되었으며, 살기 좋고, 안전한 나라로 평가되고 있었다.

이실리프 왕국과 교류를 하게 되면 같은 혜택을 입을 것이라는 기대심리가 조차지 제안을 하게 만든 것이다.

하지만 현수는 더 이상의 영토 확장을 꾀하지 않았다.

대신 이실리프 그룹의 모든 계열사와 천지그룹, 백두그룹, 태백그룹이 진출하도록 했다.

이들 덕분에 조차의견서를 보냈던 국가들은 외환위기 등으로부터 손쉽게 빠져나왔으며, 빠른 발전을 거듭했다.

그중 이실리프 뱅크의 역할이 가장 컸다. 막대한 자본력으로 농간 세력들의 야욕을 잠재워 버렸다. 어느 국가든 외부자본에 의한 농간에 휘둘릴 수 있다. 욕심만 사나운 국제펀드 등이 그런 존재이다.

1998년 한국이 외환위기를 겪을 때 텍사스에서 창업된 헤지펀드 '론스타'가 대표적이다. 이 펀드는 기업의 인수합병을 전문으로 하는데 회사의 생산성이라곤 코딱지만큼도 없었다.

이실리프 뱅크는 막대한 자본력으로 이런 자들의 농간을 중도에 잠재워 버렸다. 남의 위기를 틈 타 돈질로 돈을 벌려던 야욕을 차단시킨 것이다.

그 결과 여럿이 그 힘을 잃고 사라졌다. 이들의 숨은 이실리프 트레이딩이 끊어놓았다.

대놓고 지목한 뒤 이들이 관여하고 있는 기업 등의 주가를 흔들어 망하게 만들었다. 거미줄처럼 연결되어 있는 납품의 연결고리를 끊어버리는 것은 아주 쉬운 일이다.

원료를 공급받지 못하거나, 완제품을 납품하지 못하면 망할 수밖에 없다.

이실리프 트레이딩의 지목에도 불구하고 코웃음 치며 팔짱을 끼고 있던 펀드들은 보유하던 주식이 휴지가 되는 걸 보아야 했다. 이실리프 그룹은 이들이 떨어져 나가면 해당 기업에 자본을 투입하여 다시 회생시켜 주곤 하였다. 하여 전 세계 투기자본들은 이실리프라는 이름만 들어도 진저리를 친다.

싸워서 이길 수 있다는 생각조차 품지 못할 정도로 거대한 자본의 집약체인 때문이다. 이실리프 뱅크는 결국 대한민국의 모든 시중은행을 인수했다. 주식 지분율은 95% 이상이다.

경영권을 장악한 이후 최초로 시행한 일은 이자율 인하였다. 거의 이실리프 뱅크 수준으로 낮춰 버린 것이다.

모든 시중은행 대출상담용 의자엔 항상 진실만을 이야기하게 하는 'Always tell the truth' 마법진이 그려져 있다.

하여 대출시 신용등급을 조회하지 않는다. 담보도 요구하지 않고, 연대보증도 요구하지 않는다. 꺾기도 없다.

이실리프 뱅크로부터 대출을 거절당한 사람들은 양심이 올바르지 못한 인간들이다.

이들은 돈 구하는 게 몹시 어려워졌다.

이실리프 뱅크가 시중은행들의 경영권을 장악한 이후 이자율이 높던 저축은행들이 모조리 문을 닫은 때문이다.

그들이 취급하던 서민고객들을 이실리프 뱅크와 시중은행들이 모조리 흡수한 결과이다.

거액의 이자를 받아 챙기던 대부업체와 사채업자들도 거의 모두 사라졌다. 경쟁이 안 되는 때문이다. 이는 홍진표 대통령이 제안한 '이자제한법' 때문이기도 하다.

새 정부는 출범 초기에 이 법률을 손질하여 최고이자율을 연 10%로 대폭 낮추는 한편 이 법을 어길 경우 가혹한 처벌을 받도록 하였다.

건당 최하 징역 10년이니 100건이면 1,000년간 교도소에 수감되도록 한 것이다.

개정된 '감형에 관한 법률'을 보면 형기의 5분의 1 이상을 모범수로 생활을 했을 경우에만 최대 절반까지 형기가 줄어들도록 되어 있다. 이를 그대로 적용하면 징역 1,000년이 선고된 자는 일단 200년간 교도소 생활을 해야 한다.

이때까지 말썽부리지 않고 모범수로 살았다면 최대 500년을 감형해 줄 수 있다. 그렇다면 나머지 300년을 교도소에서 더 살아야 바깥 공기로 호흡할 수 있다.

게다가 단 한 건이라도 이자상한선을 넘기거나 불법 복리이자를 취했을 경우 취급 금액 전액을 국고에 환수하는 징벌 조항을 신설시켰다. 가진 돈을 다 빼앗는 것이다.

친척 중에 고위 경찰관이 있어 개정된 법을 우습게 알고 사채업을 하던 자 하나가 최초로 이 법을 적용받았다.

그 결과 전 재산이 몰수되었고, 징역 760년에 처해져 있다. 152년을 모범수로 살아야 감형을 노려보는데 체포되었을 때 나이가 42세였다.

196세가 될 때까지 모범수로 살아야 하고, 최대한 감형을 받아도 228년을 더 갇혀 있어야 한다.

이런 일벌백계는 확실히 효과가 있었다.

불법 사채와 무리한 추심을 하던 자의 소식이 언론에 보도되자 사채업자 거의 전부가 사라졌다.

어쨌거나 대한민국의 금융시장은 현재 이실리프 그룹이 모조리 장악하고 있다. 외국의 은행들은 들어올 엄두조차 내지 못한다. 경쟁력이 없는 때문이다.

참고로, 이실리프 뱅크의 2대 행장은 김지윤이 역임했다.

천지건설 박진영과 2018년 12월 24일에 조촐한 결혼식을 올렸다. 그때 축의금 대신 들어온 쌀은 전량 고아원과 양로원에 기부되었다.

현수는 이들 부부에게 우미내 마을의 단독주택을 선물로 주었다. 대지 385평, 연면적 100평짜리 고급 전원주택이다.

걸그룹 다이안은 모두 은퇴했다.

아주 나이 많은 할머니가 되었음에도 매년 자선공연을 할 때면 사람들이 구름처럼 모여든다.

2311년 8월 어느 날, 현수는 오래전에 썼던 회고록을 보며 미소를 짓고 있다.

어느새 326년이나 살았다. 그동안 회고록을 보고 또 보았지만 아무리 생각해 봐도 한바탕 활극 같은 인생이다.

"여보! 우리 거기 또 가면 안 돼요?"

따끈한 커피를 가져온 지현이 부드러운 미소를 지으며 현수의 어깨에 손을 얹는다.

"자기 왔어?"

현수는 자연스레 지현의 허리를 잡아 당겨 무릎에 앉혔다.

"네! 거기 또 가요. 우리."

현수가 차원이동을 하고 있음은 100살쯤 되었을 때 이야기해 주었다. 그 후 지현과 연희, 그리고 이라냐와 테리나, 설화와 함께 아르센 대륙을 다녀왔다.

10서클인 차원이동마법을 창안해 낸 결과이다.

그곳에서 카이로시아 등을 만났다.

다른 세상에 감춰둔 부인이 무려 21명이 있었음에도 지현 등은 아무런 불만이 없다.

같이 있는 동안 항상 최선을 다해 사랑해 주고, 보살핀다는 것을 잘 알기 때문이다. 절륜한 정력도 한몫했다.

현수는 300살이 넘었어도 바이롯의 신세를 지지 않는다. 여러 번에 걸친 바디체인지 덕분이다.

그랜드 마스터의 체력을 지녔기에 28명의 부인을 모두 만족시키고 있다.

현수가 창안한 10서클 마법은 또 있다.

전설처럼 전해지는 부활마법 리절렉션이다.

다만 상처 없이 사망했을 때만 가능하고, 숨이 멎고 30분 이내만 효과가 있다.

아주 많은 시험 끝에 만들어진 마법이다.

그러다 리노와 셀다의 후손 중 하나가 죽었을 때 성공시켰다. 하지만 사람에겐 써 본 적이 없다.

"그나저나 하일라를 어쩌지?"

지난번 방문 때 이실리프 제국의 아카데미에서 정령학 학장으로 재직 중인 하일라 토틀레아가 사랑을 고백했다. 300년 가까이 기다렸으니 자신을 받아달라는 것이다. 그러면서 여성 엘프가 세계수의 잎을 사내에게 주는 것이 어떤 의미인지를 이야기해 주었다.

하일라가 준 것은 왕국 개발 초기에 수맥을 찾을 때 아주 유용하게 써먹었다. 현재 숲의 종족인 토틀레아 일족은 아르센 대륙뿐만 아니라 콰트로 대륙과 마인트 대륙에서도 산다. 현수의 권유로 나뉘어 이주한 것이다. 그리고 아리아니가 각 대륙마다 세계수의 씨앗을 심은 때문이기도 하다.

하여 토틀레아 일족은 세 대륙 인간들과 화합하면서 자유로운 삶을 살고 있다.

현수는 이들 토틀레아 일족의 덕을 많이 보았다.

세상에 알려지지 않은 각종 식물의 효능을 알 수 있어서 여러 종류의 신약을 만들어낼 수 있었던 것이다.

그 결과 후천성면역결핍증 AIDS와 루게릭병이 정복되었다. 특효약이 개발된 것이다.

콰트로 대륙에서 발견한 약초 덕분에 다운증후군[11]과 터너증후군[12], 그리고 에드워드증후군[13]의 예방약을 만들 수 있었다.

마인트 대륙에서만 자생하는 희귀식물은 알츠하이머를 치료 가능한 질병으로 만들었다. 이 밖에도 상당히 많은 질병이 정복되거나 치료 가능한 질병이 되었다.

---

11) 다운 증후군(Down syndrome) : 21번 염색체가 정상적인 2개가 아니라 3개 존재하여 정신 지체, 신체 기형, 전신 기능 이상, 성장 장애 등을 일으키는 유전 질환.
12) 터너 증후군(Turner syndrome) : 성염색체인 X염색체 부족에 의하여 난소 형성 부전과 함께 저신장증을 포함한 다양한 신체 변화가 함께 나타나는 유전 질환.
13) 에드워드 증후군(Edwards syndrome) : 정상적이라면 2개이어야 할 18번 염색체가 3개가 되어 발생하는 선천적 기형 증후군.

이 모든 성과는 토틀레아 일족의 도움이 없었으면 불가능한 일이다.

현수는 이들 일족이 자신에게 무엇을 바라는지 짐작했다.

하일라와 정식부부로 맺어지면 일족의 안위가 보다 확고해지고, 안정적이 된다.

현수는 이 문제를 카이로시아 등과 의논했다. 그리고 만장일치로 승낙되었다. 결국 하일라마저 받아들인 것이다.

인간이 미(美)의 상징인 엘프와 맺어졌다.

지구의 사내들이라면 다들 부러워할 일이지만 현수는 그렇지 않다. 아내로 맞이한 여인들 중 하일라와 비교했을 때 뒤처지는 미모는 없는 때문이다.

＊　　　＊　　　＊

"마나의 권능으로 죽은 이에게 새 숨결을 부여하노라. 리절렉션(Resurrection)!"

샤르르르르릉―!

마나가 스며들고 약 2분 후 방금 전 숨을 거뒀던 싸미라의 속눈썹이 바르르 떨린다.

그리곤 멈췄던 가슴의 기복이 다시 시작된다. 다음 순간, 눈꺼풀이 올라가며 맑은 눈빛이 드러난다.

현수는 혹시나 하는 마음으로 묻는다.

"싸미라! 괜찮아? 괜찮은 거지? 그렇지?"

"아아, 자기……! 자기!"

싸미라는 10서클 부활마법 리절렉션이 정말로 성공할 것이라 생각하지 못했다.

마인트 대륙의 황제를 비롯한 즐비했던 9서클 마스터들도 이론상 불가능하다고 추측을 했던 마법인 때문이다.

러절렉션은 마법이 아니라 신의 권능만이 가능하다는 것이다. 하여 숨을 거두면 즉시 부활마법으로 살려내겠다는 말을 들었음에도 지난 생을 회고하는 마지막 인사를 했었다.

현수 덕에 슈퍼 포션을 복용하여 바디체인지를 겪으면서 300년을 살았다. 하여 남길 말이 많았다.

사랑해 줘서 고맙다고, 당신의 아내여서 행복했다고, 아이들을 잘 보살펴 달라고 등등의 구구절절한 유언을 남겼다.

그런데 숨을 거둔 지 불과 2분 만에 부활했다. 게다가 70대 노파의 모습이었는데 조금씩 젊어지고 있다.

현수의 리절렉션 마법에 '전쟁과 수명의 신' 데이오의 권능이 섞여 들어간 결과이다. 하여 앞으로 300년을 더 살 수 있는 기회를 얻었다.

어쨌거나 싸미라는 다시 사랑하는 이들과 함께할 수 있는 시간을 얻었다는 것이 너무 행복하다.

하여 짙은 감격의 눈물을 흘린다.

"흐흑! 고마워요. 그리고 사랑해요."

"세상에······! 정말 10서클이네. 허어, 내 생전에 부활 마법을 보다니. 대단해! 정말 대단해! 자넨, 정말 대단한 친구야. 그리고 진짜 놀라운 일이야. 안 그래?"

라이세뮤리안이 감탄사를 터뜨린다.

"그러게요. 이건 전대 로드들도 못하던 권능인데."

라이세뮤리안과 부부의 연을 맺은 제니스케리안도 몹시 놀란 표정으로 현수를 바라본다. 드래곤들의 역사서에도 리절렉션은 사용된 기록이 없는 때문이다.

그러거나 말거나 현수는 부활한 싸미라를 조심스레 일으켜 앉힌다. 혹시라도 부작용이 있을까 매우 긴장된 표정이다.

그런데 아무리 봐도 멀쩡하다.

"싸미라, 이제 다시 시작이야. 우리 오래오래 같이 살자."

"네에, 사랑해요. 여보! 흐흐흑!"

와락 안겨드는 싸미라를 안고 있는 현수의 팔목엔 '전능의 팔찌'가 채워져 있었다. 이 모든 일이 일어날 수 있게 해준 세상에 하나밖에 없는 아티펙트이다.

이 팔찌는 현수가 세상을 떠나는 날이 되면 스르르 분해되어 사라진다. 생명 반응이 사라지면 분해마법이 구현되도록 설계된 때문이다.

현수는 싸미라의 등을 조용히 토닥이며 나직이 속삭인다.

"나도 싸미라가 있어서 아주 좋았어. 사랑해!"

"흐흑! 흐흐흑! 저도요."

— 대미(大尾) —

맺는 말

독자 여러분께.

안녕하시지요?
드디어 긴 글의 끝을 보았습니다.

전작이면서 미완인 '신화창조'를 쓰면서 많은 자료 조사를
하는 것이 힘들어서 쉬어가는 이야기로 쓰기 시작한 것이 '전능
의 팔찌' 입니다.
2011년 초에 시작되었는데 2015년 끝 무렵이 되어서야 마무
리되었습니다. 4년이 넘는 긴 시간이었습니다.

제가 독자이던 시절엔 장편소설이라는 이름만 붙어 있을 뿐 진짜로 장편인 소설이 거의 없었습니다. 요즘으로 치면 3권짜리 소설이 대부분이었지요.

너무도 재미있고, 흥미진진한데 일찍 종결되는 것이 아쉬워서 긴 글을 찾아봤지만 길어봐야 4권이었습니다.

하여 늘 긴 글에 대한 목마름이 있었습니다.

'전능의 팔찌'를 쓰기 시작하면서 이처럼 긴 이야기가 될 것이라곤 작가인 저도 상상치 못했습니다.

다 써놓고 서가에 꽂힌 것을 보니 길기는 정말 깁니다.

1편부터 다시 읽으려면 매일 한 권씩 읽었을 때 두 달 가까이 걸릴 만큼 엄청난 분량입니다.

저처럼 장편을 찾던 누군가에게 꽤 오랜 시간 읽을 수 있는 결과물을 만들어준 것 같아서 뿌듯하면서도 아쉽습니다.

오랜 친구와 헤어지는 기분이거든요.

그동안 독자 여러분의 관심과 성원에 힘입어 53권이라는 긴 이야기를 쓸 수 있어서 정말 행복했습니다.

모두 여러분들 덕입니다. 감사합니다.

저는 이제 미완으로 남겨두었던 신화창조의 완결을 쓸 예정입니다. 부디 이 글도 많은 관심 당부드립니다.

끝으로 긴 글을 출판해 준 도서출판 청어람과 임직원께 감사의 인사를 드립니다. 오랫동안 이 글과 함께한 권태완, 박은정

님에게 깊은 감사를 드립니다.

감사합니다.
다들 진심으로 감사드립니다.
또 뵙겠습니다.

2015년 깊은 가을에

김현석 배상.

초대형 24시 만화방

신간 100%, 샤워실, 흡연실, 수면실(침대석), 커플석, 세탁기 완비

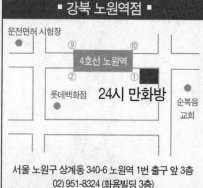

▪ 강북 노원역점 ▪

운전면허 시험장

4호선 노원역

롯데백화점　24시 만화방

순복음 교회

서울 노원구 상계동 340-6 노원역 1번 출구 앞 3층
02) 951-8324 (화용빌딩 3층)

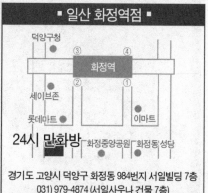

▪ 일산 정발산역점 ▪

경찰서　정발산역

제2 공영주차장　롯데백화점

24시 만화방

E C A
라페스타
F D B

라페스타 E동 건너편 먹자골목 내 객잔건물 5층
031) 914-1957

▪ 일산 화정역점 ▪

덕양구청

화정역

세이브존
롯데마트　이마트

24시 만화방　화정중앙공원　화정동 성당

경기도 고양시 덕양구 화정동 984번지 서일빌딩 7층
031) 979-4874 (서일사우나 건물 7층)

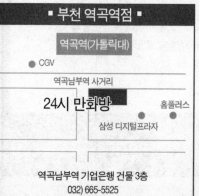

▪ 부천 역곡역점 ▪

역곡역(가톨릭대)

CGV

역곡남부역 사거리

24시 만화방　홈플러스

삼성 디지털프라자

역곡남부역 기업은행 건물 3층
032) 665-5525

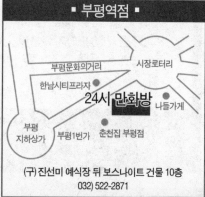

▪ 부평역점 ▪

부평문화의거리　시장로터리

한남시티프라자

24시 만화방　나들가게

부평
지하상가　부평1번가　춘천집 부평점

(구) 진선미 예식장 뒤 보스나이트 건물 10층
032) 522-2871

월야환담

· 채월야 ·

홍정훈 장편 소설

만상조 新무협 판타지 소설

FANTASTIC ORIENTAL HEROES

천하제일이란 이름은 불변(不變)하지 않는다!

『광풍제월』

시천마(始天魔) 혁무원(赫撫源)에 의한 천마일통(天魔一統)!
그의 무시무시한 무공 앞에 구대문파는 멸문했고,
무림은 일통되었다.

"그는 너무나도 강했지.
그래서 우리는 패배했고, 이곳에 갇혔다."

천하제일이란 그림자에 가려져 있던 수많은 이인자들.

"만약……."
"이인자들의 무공을 한데로 모은다면 어떨까?"
"시천마, 그놈을 엿 먹일 수도 있을 거야."

이들의 뜻을 이어받은 소년, 소하.
그의 무림 진출기가 시작된다.

FUSION FANTASTIC STORY

말리브해적 장편소설

MLB
메이저리그

유료독자 누적 1200만!

행복해지고 싶은 이들을 위한 동화 같은 소설.

『MLB-메이저리그』

100마일의 강속구를 던지는
메이저리그의 전설적인 괴짜 투수 강삼열.
그가 펼치는 뜨거운 도전과 아름다운 이야기!
승리를 위해 외치는 소리─

"파워업!"

그라운드에 파워업이 울려 퍼질 때,

전설이 시작된다!

Book Publishing CHUNGEORAM

유행이 아닌 자유추구
WWW.chungeoram.com

이경영 판타지 장편소설

FANTASY FRONTIER SPIRIT

그라니트

용들의 땅

GRANITE

사고로 위장된 사건에 의해 동료를 모두 잃고 서로를 만나게 된 '치프'와 '데스디아'.
사건의 이면에 상식을 벗어난 음모가 있음을 알게 된 둘은
동료들의 죽음을 가슴에 새긴 채 각자의 고향으로 돌아간다.
2년 후, 뜻하지 않게 다시 만난 두 사람은 동료들의 복수를 위해
개척용역회사 '그라니트 용역'을 설립해 다시금 그 땅을 찾게 되는데……

용들이 지배하는 땅 그라니트!
그곳에서 펼쳐지는 고대로부터 이어지는 운명적 만남,
깊어지는 오해, 그리고 채워지는 상처.

『가즈 나이트』시리즈 이경영 작가의 미래형 판타지 신작!

Book Publishing CHUNGEORAM

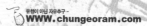

유행이 아닌 자유추구 -
WWW.chungeoram.com